Paul Henkes, u. a.

Bibliothek der Unterhaltung und des Wissens

Jahrgang 1891

Paul Henkes, u. a.

Bibliothek der Unterhaltung und des Wissens
Jahrgang 1891

ISBN/EAN: 9783741130649

Hergestellt in Europa, USA, Kanada, Australien, Japan

Cover: Foto ©Andreas Hilbeck / pixelio.de

Manufactured and distributed by brebook publishing software
(www.brebook.com)

Paul Henkes, u. a.

Bibliothek der Unterhaltung und des Wissens

Bibliothek

der

Unterhaltung

und des

Wissens.

Mit Original-Beiträgen

der

hervorragendsten Schriftsteller und Gelehrten.

Jahrgang 1891.

Elfter Band.

Stuttgart, Berlin, Leipzig.

Union Deutsche Verlagsgesellschaft

(früher Hermann Schönleins Nachfolger).

Inhalts-Verzeichniß.

	Seite
Verwehte Spuren. Kriminalroman von Paul Henkes (Fortsetzung)	5
Verwandte Seelen. Novelle von Wilhelm Berger	107
Bruder Lucian. Historische Erzählung von Max Voß	192
Straßenleben in Fes. Ein Städtebild aus dem Orient. Von Aug. Scheibe	203
Gelehrige Vögel. Zoologische Skizze von Jos. Siegmar	213

Mannigfaltiges:

Feuergeister und Wassergeister	225
Die deutsche Titelsucht	230
Eine Lücke in unserem Wahrnehmungsvermögen	231
Grausame Strafe	232
Die Verwendung von Pflanzenblättern 2c.	234
Beckmann 'raus!	235
Wundersame Abstammungen klügelte man im Mittelalter heraus	235
Unerwarteter Bescheid	236
Hindostanischer Styl	236
Ein Stückchen vom Professor Taubmann	237
Das Ende aller Dinge 2c.	238
Eine Flucht von einem Throne auf den anderen	239
Das ist starker Tabak	239
Der Brief des Schneiders	240
Sehr wahr	240

Verwehte Spuren.

Kriminalroman

von

Paul Henkes.

(Fortsetzung.)

————

(Nachdruck verboten.)

7.

In der Engler'schen Villa walteten inzwischen die Aerzte
ihres traurigen Amtes. Die Diagnose des Gerichts=
arztes erwies sich als richtig. Seine Kollegen stimmten
mit ihm darin überein, daß nur eine besonders geschickte
und kräftige Hand den tödtlichen Dolchstich nach dem
Herzen des Barons geführt haben könne. Ebenso war
auch die Todesart Dora's v. Gerstenberg über jeden Zweifel
erhaben. Dieselbe war wirklich den verheerenden Folgen
des Tikunagiftes erlegen. Eine vorläufig an Ort und
Stelle vorgenommene mikroskopische Untersuchung ließ die
farblosen Krystalle der im Magen vorgefundenen Gift=
spuren bereits entdecken.

Es wurde ein Protokoll aufgenommen, dann ordnete
der Untersuchungsrichter noch die Fortschaffung der Leichen
nach dem Schauhause an.

Die Aerzte verabschiedeten sich und verließen das Haus
des Unglücks.

Alberti selbst hatte noch in der Villa zu thun. Ihm
lag die ebenso mühevolle wie zeitraubende Verpflichtung
ob, mit Beihilfe des Polizeikommissärs ein ausführliches

Inventar des im Kassenschranke vorgefundenen Bestandes
aufzustellen und den letzteren vorläufig an das Gericht
abzuführen.

Endlich waren sie damit fertig. In Begleitung des
Kommissärs verließ Alberti das Gebäude und trat die
Rückfahrt nach dem Justizgebäude an.

Er lud den Kommissär ein, mit ihm zu fahren, und
bot dann, als sie nebeneinander Platz genommen, seinem
langjährigen Mitarbeiter eine Cigarre an.

Während der Fahrt tauschten die beiden Beamten ihre
Meinungen über den vorliegenden Fall aus, und der
Untersuchungsrichter war nicht wenig überrascht, von dem
Kommissär das Bekenntniß zu hören, daß dieser von der
Schuld des Verhafteten nichts weniger als überzeugt war.

„Ach was," unterbrach Alberti ihn unmuthig, „es
soll von jeher nicht viel an ihm gewesen sein. Er war
durchaus kein Geschäftsmann, hing allerlei eitlen Träu=
mereien nach und vernachlässigte seine Fabrik. Ich erinnere
mich des Geredes noch gar gut, das es damals gab, als
er Bankerott machte. Für mich steht seine Schuld außer
jedem Zweifel."

Der Kommissär schüttelte nachdenklich den Kopf. „Die
Blutspur paßt nicht auf seine Hand," gab er zu bedenken.
„Und zweifelsohne hat doch der Mörder — eben von seinem
Opfer kommend — dieselbe verursacht. Wo soll der in
den allerdürftigsten Verhältnissen Lebende übrigens auch
das so seltene Tikunagift herbekommen haben, das über=
haupt nur durch Zufall in Deutschland erhältlich ist?"

„Angesichts der geradezu erdrückenden Schuldbeweise
können diese Einwendungen gar nicht in Betracht kom=
men," unterbrach ihn Alberti ärgerlich. „Das Wie
und Wo dieser Mordthat werden wir bei dem verstockten
Leugnen des Verhafteten wohl niemals aufzuklären ver=
mögen, wichtig und erfreulich für uns ist nur, daß wir

in der Person des Letzteren den wirklichen Mörder gefaßt haben."

„Ich wünsche Ihnen, daß Sie sich nicht täuschen," entgegnete der Kommissär mit leichtem Achselzucken. „Mir will, offen gestanden, Manches nicht recht einleuchten, ich vermag es zum Beispiel nicht zu fassen, daß ein Verbrecher, der fähig ist, kaltblütig solch' eine Entsetzensthat zu vollbringen, auf der anderen Seite die unverzeihliche Thorheit begehen soll, die Beweise seiner Schuld auf offenem Arbeitstische liegen zu lassen, zudem hatte er stündlich den Besuch des Gerichtsvollziehers zu erwarten, der zur Abholung der Möbel kommen mußte. Wie leicht hätte diesem Kette und Banknoten in die Hand kommen können?"

Alberti lächelte überlegen. „Sie vergessen, daß er müde vom blutigen Werke heimgekehrt ist. Er verbarg die geraubten Gegenstände auf's Gerathewohl, damit sie von seinen Angehörigen nicht entdeckt werden sollten, und behielt sich vor, die Werthsachen nach seinem Erwachen besser zu verbergen. Das wäre sicherlich auch geschehen, wenn wir ihn nicht schon unmittelbar am nächsten Morgen nach seinem Aufstehen abgefaßt hätten."

„Aber kann — Ihre Vermuthung in Ehren — seine Behauptung, daß der unbekannte Mörder ihm während der Nacht die Werthstücke durch's offen stehende Fenster unter die Werkzeuge auf den Arbeitstisch gelegt habe, nicht einen Schein von Glaubwürdigkeit erhalten?" wendete der Kommissär wieder ein.

Alberti schüttelte den Kopf. „Sie vergessen das Lügengewebe, in welches er sich verstrickte," widersprach er bestimmt. „Er wollte das Mordwerkzeug an den Trödler Schimmel verkauft haben, aber die beschworene Zeugenaussage des Letzteren hat ihn Lügen gestraft."

Der Kommissär zuckte vielsagend die Achseln. „Dieser

Schimmel ist nun auch gerade kein klassischer Zeuge,“ brummte er.

Alberti sah ihn erstaunt an. „Ihre Parteinahme für den Verhafteten führt Sie zu weit,“ meinte er dann. „Sie wollen doch nicht gar den Zeugen eines Meineids be= schuldigen? Er ist bisher durchaus unbescholten!“

„Nun ja, was man so nennt,“ entgegnete der Andere. „Man hat dem geriebenen Burschen freilich noch nicht bei= kommen können, aber er steht schon gar lang im Verdacht, ein Diebeshehler zu sein. Wir lauern ordentlich auf eine Unregelmäßigkeit, die uns das Recht an die Hand gäbe, uns innerhalb seiner vier Pfähle umzuschauen, das weiß der alte Fuchs auch recht gut und nimmt sich deshalb höllisch in Acht.“

„Jedenfalls ist er für uns ein durchaus einwandsfreier Zeuge,“ unterbrach ihn Alberti. „Was für einen Grund sollte er auch haben, durch einen Meineid einen Mann, der ihm zu keiner Zeit etwas zu Leide gethan, in unab= sehbares Elend zu stürzen?“

„Sie vergessen, daß er vielleicht dabei sich seiner eigenen Haut zu wehren hatte,“ sagte der Kommissär. „Es ist ihm vielleicht schon aus dem Grunde unmöglich gewesen, den Erwerb der Werkzeuge einzugestehen, weil er alsdann den Kunden, der diesen Grabstichel ihm abgekauft, hätte verrathen müssen. Jedenfalls wäre es mir nicht unan= genehm, wenn ich von Ihnen Vollmacht erhielte, eine Haus= suchung bei dem Burschen vornehmen zu dürfen.“

„Wo denken Sie hin? Es liegt das beschworene Zeugniß eines vor Gericht unbescholtenen Mannes vor, auf bloße Vermuthungen hin darf ich keine Haussuchung anordnen, das wäre ungesetzlich.“

Der Kommissär gab keine Antwort. Der Wagen hielt in demselben Momente auch schon vor dem Justizgebäude.

Alberti stieg zuerst aus und verabschiedete sich dann

von seinem Untergebenen kürzer und förmlicher, als es sonst in seiner Art lag. Kopfschüttelnd durchschritt er das Portal und stieg die Treppen empor. „Ich verstehe den Mann nicht," murmelte er ärgerlich vor sich hin. „Er ist doch sonst recht scharfsinnig, wie kann er zweifeln, wo die Schuld doch erwiesen ist!"

Als er sein Amtszimmer betrat, bekam sein Gedanken= gang sofort eine andere Richtung, denn der Diener meldete ihm, daß Baron Hugo v. Engler bereits seit einer Viertel= stunde auf ihn im Vorzimmer warte.

Sofort nahmen Alberti's Züge einen erwartungsvollen Ausdruck an. „Ich lasse den Herrn bitten, einzutreten."

Wenige Minuten später öffnete sich die Thür. Ein hochgewachsener, schlanker junger Mann, dessen hübsches, ausdrucksvolles Gesicht nur durch einen die Mundwinkel herabziehenden blasirten Zug in seiner Wirkung etwas beeinträchtigt wurde, trat in das Gemach ein und verneigte sich mit vollendetem Anstande vor dem Beamten.

Dieser hatte inzwischen hinter seinem Schreibtische Platz genommen; jetzt deutete er artig auf einen Stuhl. „Bitte, nehmen Sie Platz," begann er. „Es thut mir leid, Ihnen die unangenehme Pflicht haben auferlegen zu müssen, vor mir zu erscheinen, allein es ist mir in hohem Grade wün= schenswerth, einige Auskünfte von Ihnen zu erhalten."

Der junge Baron verbeugte sich zustimmend. „Ich stehe mit Vergnügen zu Diensten," begann er mit einer wie ermüdet klingenden Stimme, während er sich auf den angebotenen Stuhl niederließ, „obwohl ich offen gestanden nicht weiß, worin ich Ihnen werde dienlich sein können."

„Durch die gleichzeitige Ermordung Ihrer Cousine sind Sie wohl jetzt der einzige Erbe Ihres Onkels?"

„Ich vermuthe es wenigstens. Mein Onkel ist zwar immer von unberechenbaren Launen abhängig gewesen und hat in einer solchen mir sogar vor einem halben Jahre

in völlig unmotivirter Weise das Betreten seines Hauses
verboten. Er hat sicherlich ein Testament hinterlassen, in
welchem er — wie es sich bei seiner mißtrauischen Charakter=
veranlagung eigentlich von selbst verstand — genaue Dis=
positionen über sein Vermögen getroffen hat."

„Das setzt mich in Erstaunen," warf der Untersuchungs=
richter ein. „Trotz der sorgfältigsten Durchsuchung des
Gesammtnachlasses hat sich kein Testament vorgefunden."

Ein lebhaftes Roth verdunkelte die Wangen des jungen
Barons. Ersichtliche Freude spiegelte sich in seinen Zügen
wieder. „Mein Onkel hätte kein Testament hinterlassen?"
rief er dann. „In solchem Falle wäre ich ja unbestreitbar
der alleinige Erbe! Aber nein, das ist gar nicht möglich,"
unterbrach er sich gleich darauf, „mein Onkel war ein viel
zu vorsichtiger Mann, er hat sicher ein Testament gemacht,
ich weiß es ganz genau, das Testament ist sogar schon
zwei Jahre alt. Sein vertrauter Rathgeber, der Justiz=
rath Braun, hat es, glaube ich, angefertigt."

„Sie sagen mir nichts Neues," entgegnete Alberti, „ich
kann es Ihnen ja mittheilen, daß ich bereits von Seiten
des hiesigen Moritzspitals, welchem bei Lebzeiten des Er=
mordeten von diesem die Verständigung zugegangen ist,
daß es in seinem Testamente mit einer bedeutenden Summe
bedacht sei, beauftragt worden bin, Nachforschungen nach
einem solchen Testament zu halten. Ich wundere mich über
das Verschwinden desselben um so mehr, als der Mörder
doch eigentlich kein Interesse an einem solchen haben konnte."

Baron Hugo hielt frei und unbefangen den forschenden
Blick des Untersuchungsrichters aus. „Ich weiß Ihnen
wirklich darauf keine passende Antwort zu geben," meinte
er dann im Tone sorgloser Fröhlichkeit. „Mir kommt
offen gestanden die Nachricht, daß ein Testament nicht vor=
handen gewesen ist, nur erwünscht. Ich glaube kaum,
daß in einem solchen mein Oheim mich hervorragend be=

dacht haben würde, wie ich denn überhaupt bis zur Stunde
kaum die Hoffnung gehegt habe, eine nennenswerthe Erb=
schaft antreten zu dürfen."

„Der Vertreter des Moritzspitals, zugleich der Direktor
unseres Landgerichts, behauptet auf das Entschiedenste,
daß ein Testament vorhanden gewesen ist," fuhr der Unter=
suchungsrichter nachdenklich fort. „Er will es aus dem
Munde des verstorbenen Justizraths Braun selbst gehört
haben."

„Dann muß sich in dessen Nachlaßpapieren doch eine
Abschrift oder dergleichen finden. Vielleicht hat mein Oheim
auch ein zweites Testament bei Gericht deponirt," warf
Hugo hastig ein.

Alberti entging der rasch auftauchende und ebenso schnell
wieder verschwindende, fast lauernde Blick nicht, den der
Andere auf ihn warf. Aber er fand dieses erwartungs=
volle Fragen verständlich; hatte ihm doch der junge Baron
deutlich zu verstehen gegeben, daß er sich der zu erhoffenden
Erbschaft wegen nur wenig aus dem Tode seines ungeliebten
Oheims mache.

„Bei Gericht ist kein Testament deponirt," entgegnete
der Untersuchungsrichter nach sekundenlangem Stillschwei=
gen. „Die Papiere des Justizraths Braun stehen eben=
falls nicht mehr zur Verfügung. Der alte Herr war
Junggeselle, seine unverheirathete Schwester führte ihm
die Wirthschaft, und diese hat nun unverantwortlicher
Weise in ihrer Rechtsunkenntniß die Nachlaßakten ihres
Bruders zum größten Theil als Makulatur verkauft. Es
sind schon mehrere ärgerliche Prozesse dadurch entstanden."

Ein leises Lächeln umspielte auf Augenblicke die Lippen
des Barons.

„Aber um auf den eigentlichen Grund der an Sie er=
gangenen Vorladung zu kommen," begann Alberti, der
inzwischen vor sich in's Leere gestarrt hatte, wieder, „so

möchte ich von Ihnen wissen, ob Sie nicht vielleicht irgend
welche Kenntniß von dem Inhalte des Testamentes gehabt
haben."

„Vermuthungen kann ich ruhig aussprechen," meinte
der Baron. „Es ist ja leicht möglich, daß mein Oheim
mich im Testament vollständig übergangen, meine Cousine
Dora aber zur Universalerbin eingesetzt und bedeutende
Summen zu wohlthätigen Zwecken vermacht hat, aber wie
die Sache nun einmal liegt und steht, kann es mir Niemand
übel nehmen, wenn ich als erstberechtigter Erbe auftrete
und den Verwandten meiner überdies nur im dritten Grade
mit mir verwandten Cousine das Nachsehen überlasse."

„Das sind Privatangelegenheiten, über welche mir
keinerlei Urtheil zusteht," unterbrach ihn Alberti höflich,
aber bestimmt. „Wie standen Sie mit Ihrer Cousine?"

„Eigentlich gar nicht. Sie war eine alte Jungfer,
mißtrauisch und scheelsüchtig. Ich habe ihr zum großen
Theil die Verfeindung mit meinem Oheim zu verdanken."

„Oheim und Nichte standen aber gut miteinander?"

Der Baron zuckte die Achseln. „Das will ich gerade
nicht behaupten," meinte er dann in gedehntem Tone.
„Der Onkel hat vor seiner treuen Pflegerin wohl etwas
Furcht empfunden."

„Sie pflogen keinerlei Verkehr mit dem Ermordeten?"

„Unsere Wege gingen weit auseinander; nachdem er mir
das Haus verboten, existirte er einfach nicht mehr für mich."

„Sie werden natürlich Ihre Erbansprüche sofort geltend machen?"

„Das kann mir kein Mensch verübeln, ich sage es ganz
offen, daß mir die Erbschaft recht erwünscht kommt. Ich
bin nicht eben günstig von Hause aus gestellt, das Leben
in unseren Kreisen macht einen gewissen Aufwand nöthig,
für die Folge wird es mir natürlich leicht fallen, denselben
zu bestreiten."

„Es ließ sich heute Morgen schon ein Herr v. Gersten=
berg bei mir melden," schaltete Alberti beiläufig ein.
„Derselbe kam ebenfalls wegen des Testamentes. Er be=
hauptete, der nächste Erbe seiner Schwester Dora zu sein
und von ihr die bündigste Erklärung erhalten zu haben,
daß sie im Testamente ihres Oheims zur Universalerbin
eingesetzt worden sei."

Ein spöttisches Lächeln umspielte Hugo's Lippen. „So
werde ich mich vermuthlich mit diesem Herrn wegen meiner
Ansprüche auseinander zu setzen haben; nun, das soll mir
wenig Sorge machen."

Er erhob sich von seinem Stuhle. „Kann ich Ihnen
sonst noch mit irgend welcher Auskunft dienen?" fragte
er liebenswürdig.

Alberti erhob sich ebenfalls. „Nein, Herr Baron, ich
würde Ihnen überhaupt gern den peinlichen Gang nach
dem Gerichtsgebäude erspart haben. Ich hoffte, Sie
vielleicht in der Villa Ihrer Verwandten begrüßen zu
dürfen —"

Hugo v. Engler machte eine Geberde der Abwehr.
„Um Gottes willen," rief er hastig, „mir widerstrebt nichts
so sehr, wie der Anblick von Blut und Leichen."

„So werden wir uns bei dem Leichenbegängniß, an
dem ich ebenfalls theilnehme, wiedersehen," entgegnete
Alberti. „Zur Stunde befinden sich die entseelten Körper=
hüllen Ihrer Verwandten wahrscheinlich schon im Leichen=
schauhause."

Der junge Baron verabschiedete sich.

Gedankenvoll blickte Alberti ihm nach. „Junges, leicht=
sinniges Blut," murmelte er vor sich hin, „aber gerade
und offen. Er kann die Freude über die ihm unerwartet
zugefallene Erbschaft kaum verbergen!"

8.

In dem Dichterworte, daß das höchste Glück, der tiefste Schmerz keinen Laut habe, liegt tiefbegründete Wahrheit. Besonders der unvorbereitet an uns herantretende Schreck birgt gleich dem Schlangenblicke etwas Lähmendes in sich.

Hedwig Beck war sonst ein thatkräftiges, zielbewußtes, klar und entschlossen denkendes Mädchen. In ihrer ersten Jugend von zärtlichen Eltern mit allem erdenklichen Komfort umgeben, viel beneidet von ihren minder glücklich gestellten Mitschülerinnen, hatte sie sich ohne Murren in den jähen Wechsel, welchen die Verhältnisse ihres Vaters erlitten, zu fügen gewußt. Sie war vielmehr tröstend und ver= mittelnd aufgetreten, als die schwere Wucht des über ihn hereinbrechenden Schicksals den früher so begüterten Mann plötzlich bettelarm und damit auch verzweifelt und klein= müthig gemacht hatte.

Hedwig war Braut. Ein um wenige Jahre älterer Jugendgespiele hatte noch während der besseren Tage um ihre Hand geworben, und sie, welche dem jungen Mann von jeher zugethan gewesen war, hatte mit Freuden „Ja" gesagt.

Die frühere Fabrik Beck's lag neben der des Fabrikanten Andreas Wichern, und die gleich begüterten Familien hatten freundnachbarlichen Verkehr miteinander gepflogen, der zu einem Liebesverhältniß zwischen Hedwig und dem jungen Rudolph Wichern geführt hatte.

Als das Verhängniß über Karl Beck hereinbrach, hatte der alte Wichern, der in dem Rufe eines stolzen, vorurtheils= vollen Mannes stand, sich zwar auffallend schnell von Beck zu= rückgezogen, nichtsdestoweniger aber der glühenden Neigung seines Sohnes, der Rechtsanwalt war, zu der jetzt verarm= ten Nachbarstochter keinen ernstlichen Widerstand entgegen= gesetzt. Stillschweigend hatte er das Verhältniß auch ferner geduldet, sich selbst aber nach Möglichkeit zurückgehalten.

Hedwig nun hatte, so gern sie auch die Braut des ge=

liebten Mannes geworden war, diesem doch, gleich nachdem
das Unglück über sie hereingebrochen war, eine Bedingung
gestellt, die bezeichnend genug für ihre Charakterveranlagung
war. Sie wisse wohl, hatte sie zu Rudolph gesagt, daß
sie dem geliebten Manne nun gar wenig zu bringen habe,
ebenso sei sie davon überzeugt, daß Rudolph sie nur ihrer
selbst wegen liebe. Aber ihres zukünftigen Glückes wegen
müsse sie doch darauf beharren, erst dann Rudolph's Gattin
zu werden, wenn sie im Stande sei, ihm eine zureichende,
anständige Aussteuer mitzubringen. Vergeblich waren alle
Ueberredungsversuche des jungen Rechtsanwalts geblieben,
Hedwig hatte standhaft auf ihrer Meinung beharrt. Da
sie die beklagenswerthen Verhältnisse ihrer Eltern nur zu
gut kannte und wußte, daß sie nicht darauf hoffen konnte,
von diesen ausgestattet zu werden, hatte sie beschlossen, ihre
seltene Kunstfertigkeit in Anfertigung weiblicher Hand=
arbeiten zur Bestreitung der dazu nöthigen Mittel zu ver=
werthen. Unablässig hatte sie gar viele Nachtstunden,
wenn rings um sie Alles schlief, gewacht und gearbeitet.
Manch hübsches Sümmchen hatte sie durch ihrer Hände
Fleiß sich schon zu erringen gewußt, aber durch die Krank=
heit der Mutter waren die Verhältnisse immer trüber ge=
worden. Ohne Murren, obwohl sie wußte, daß sie dadurch
das ersehnte Ziel in immer weitere, unabsehbare Ferne
hinausschob, hatte Hedwig alsdann ihre heimlichen Er=
sparnisse in der Haushaltung verwendet.

Wenn es ihr oft auch sterbensweh im Herzen zu Muthe
war, hatte sie doch nach wie vor ein sonniges, warmes
Lächeln für ihre Eltern gehabt und unermüdlich war sie
im Trösten und Aufrichten gewesen. Jetzt aber, wo das
Schicksal ihrem Vater die härteste und furchtbarste Probe
auferlegt, die ein Menschenherz bestehen kann, fühlte Hedwig
auch, wie die Hoffnung aus ihrem eigenen Herzen schwand
und bange Verzweiflung dafür einzog.

Zum Glück hatte sie sich viel mit der Mutter zu beschäftigen und mußte all' ihre Aufmerksamkeit dem ge-
fährdet erscheinenden Zustande derselben zuwenden.

Es war, nachdem man ihren Vater abgeführt, ihrem
angestrengten Bemühen endlich gelungen, die Ohnmächtige
wieder zum Bewußtsein zurückzubringen. Frau Katharine
hatte die Augen wieder aufgeschlagen. Mit müdem, glanz=
losem Blicke hatte sie im Zimmer umhergeschaut, ver=
ständnißlos waren ihre Augen endlich auf dem tobten=
bleichen Angesicht ihrer Tochter haften geblieben, deren
Lippen trotz aller Bemühungen kein Lächeln hervorbringen
wollten.

„Wo ist der Vater?" hatte dann die Kranke endlich
gefragt.

Liebevoll hatte sich Hedwig über sie gebeugt und ihre
fieberheiße Stirn geküßt. Dabei hatte sie es freilich nicht
vermeiden können, daß ihr aus den Augen Zähren brennen=
den Wehs geflossen und auf die Stirn der Mutter herab=
gefallen waren.

„Es ist ein unglückseliger Irrthum, beunruhige Dich
nicht, Mutter," hatte das junge Mädchen mit zitternden
Lippen geflüstert. „Der Vater kommt sicherlich bald
wieder, glaube es mir!"

Aber über die schmerzlich verzerrten Lippen war nur
ein banges Stöhnen gekommen. „Ich werde ihn niemals
wiedersehen. Ich weiß es, daß meine letzte Stunde
nahe ist."

„O Mutter, wenn Du wüßtest, wie solche Worte mein
Herz martern," flüsterte Hedwig erschauernd und barg
das tobtenbleiche Angesicht an der Brust der Mutter.

Diese streichelte mit zitternder Hand ihren lockigen
Scheitel. „Du wirst noch glücklich sein, mein Kind. Und
wenn auch der augenblickliche Schmerz ein herber ist,
wirst Du es doch in Bälde dem Schicksal danken, daß

es mich hat ſchlafengehen heißen. Ich ſterbe ja beruhigt, weiß ich doch Deine Zukunft geſichert!"

Sie hatte zum Glück den ſchmerzerſtarrten Ausdruck nicht geſehen, der ſich in den reinen, klaren Zügen ihres Kindes eben ausgeprägt hatte.

„Du darfſt ja gar nicht ſo viel ſprechen, Mütterchen, der heftige Schreck hat Dich angegriffen," flüſterte Hedwig endlich, ſich entſchloſſen aufrichtend. „Hier iſt Deine Arznei. Nimm ſie, Mutter, und verſuche ein wenig zu ſchlafen."

Gehorſam ließ ſich die todkranke Frau zudecken und dann ſchloß ſie wirklich ermattet die Augen.

Hedwig aber erhob ſich haſtig und trat an ein Fenſter. Sie konnte nicht länger an ſich halten, bange, heiße Thrä= nen entrangen in ſchier unerſchöpflicher Fluth ſich ihren Augen.

Als ihre Blicke zufällig auf die Straße hinabglitten, zuckte ſie zuſammen. Dort ſtand, Kopf an Kopf gedrängt, eine neugierige Menſchenmaſſe, herbeigeeilt, um wenigſtens die Außenſeite des Hauſes, welches den Mörder beher= bergt hatte, zu ſehen. Verletzt zog ſich das junge Mäd= chen vom Fenſter zurück.

Sie trat wieder an das Krankenbett der Mutter, mit beſorgtem Blick nahm ſie wahr, wie die Athemzüge der wieder Eingeſchlafenen gar unregelmäßig raſch gingen. Eine entſetzliche, bange Unruhe überkam ſie. Unwillkürlich fühlte das junge Mädchen, daß ihr eine neue, ſchwere Prüfung bevorſtand.

„Ich will Rudolph ſchreiben," flüſterte ſie, wieder vom Bett zurücktretend, vor ſich hin. „Ich bin ihm volle Aufklärung ſchuldig. Mein Gott, wie habe ich auch ahnen können, daß ſolch' ein gräßliches Verhängniß über mich hereinbrechen wird!"

Sie ſetzte ſich an den Tiſch und begann zu ſchreiben.

Zu wiederholten Malen aber unterbrach sie sich, erhob sich vom Stuhle und schaute ängstlich nach der Mutter hinüber. Erst wenn sie sich davon überzeugt hatte, daß diese vor wie nach still lag, fuhr sie im Schreiben fort.

Endlich hatte sie den Brief beendigt; sie versah den Umschlag mit Aufschrift und dann erhob sie sich zögernd. Sie mußte das Schreiben zum nächsten Briefkasten bringen, aber es graute ihr davor, unter die noch immer versammelte Menge zu treten. Dann widerstrebte es auch ihrer Empfindung, die Mutter allein zu lassen. Endlich über- wand sie die bange Scheu, sie lehnte die Vorsaalthür nur leise an und eilte die Treppe hinunter. Den Blick zu Boden gerichtet, schritt sie längs der Häusermauern dahin. Verletzende, höhnende Bemerkungen begleiteten sie. Tief aufathmend kehrte sie endlich zurück.

Vor dem Treppenaufgang traf sie mit dem Tröbler zusammen. Dieser vertrat ihr, als sie an ihm vorüber- eilen wollte, den Weg.

„Hören Sie," begann der kleine Mann, „solche Ge- schichten passen mir nicht. Da stehen die Menschen schon seit Stunden draußen und gaffen mein Haus an, dar- unter leidet mein Geschäft; zudem ist es keine Ehre, solch' eine Familie unter seinem Dache zu wissen. Sie sind mir nun schon seit vier Monaten den Miethzins schuldig, ich will ein Einsehen mit Ihrer Lage haben und Sie nicht drücken, aber ziehen Sie binnen drei Tagen aus."

Ein banges Zucken glitt über das bleiche Angesicht Hedwig's. „Es ist unverschuldetes Unglück, welches uns betroffen hat, Herr Schimmel," murmelte sie verstört. „Mein Vater ist unschuldig, meine Mutter liegt auf den Tod darnieder, Sie müssen Erbarmen mit uns haben, denn ich weiß im Augenblicke nicht, wohin die Schritte wenden. Mein Gott, es ist Alles so plötzlich, so über- raschend gekommen!"

Der kleine Mann zuckte die Achseln und rieb an=
gelegentlich die inneren Handflächen gegeneinander. „Jeder
ist sich selbst der Nächste, Verehrtefte,“ verſetzte er dann
ausweichend. „Ich ſagte ja ſchon, ich will Sie nicht
drücken, aber auf der anderen Seite haben Sie die Freund=
lichkeit und erfüllen Sie meinen Wunſch, bis dahin em=
pfehle ich mich ergebenſt!“

Damit verſchwand er, ohne eine weitere Entgegnung
abzuwarten, hinter ſeiner Wohnungsthür.

Noch verzagter, als vorhin, begab ſich Hedwig nach
der elterlichen Wohnung zurück. Der wider ſie entfeſſelte
Schickſalsſturm war zu übermächtig auch für ihr junges,
gläubig vertrauendes Herz. Zum erſten Male in ihrem
Leben fühlte ſie ſich ſo elend und verlaſſen, daß ſie am
liebſten vor Jammer und Weh hätte ſterben mögen.

Oben angekommen ſetzte ſie ſich neben das Bett ihrer
noch ſchlafenden Mutter. Sie verſuchte eine Handarbeit
vorzunehmen, aber ihre Augen vermochten nicht klar zu
ſehen; immer von Neuem ließ ſie die Arbeit in den Schoß
ſinken und ſtarrte mit troſtloſem Geſichtsausdruck vor ſich
in das Leere.

Wie ſie ſich nach dem Kommen ihres Bräutigams
ſehnte! — Und dennoch — wie ſie ſich vor dem entſchei=
denden Augenblick fürchtete, in welchem ſie, dem in ihrem
Innern wohnenden Pflichtgefühl folgend, die letzte treu=
meinende Menſchenſeele, welche ſie beſaß, auf Nimmer=
wiederſehen von ſich ſtoßen mußte! —

Etwa um vier Uhr Nachmittags klingelte es vernehm=
lich an der Vorſaalthür; aber es war der Herbeigeſehnte
nicht.

Der Polizeikommiſſär Gröſſer mit einigen Kriminal=
beamten war es. Mit theilnahmsvoller Freundlichkeit
theilten die Beamten dem jungen Mädchen mit, daß ſie
nochmals nach dem Verbleib der fehlenden Banknoten

spüren müßten. Der Kommissär nahm das Mädchen
selbst in ein kurzes Verhör; selbstverständlich konnte Hedwig nicht das Geringste über den Verbleib der fehlenden
Tausendmarkscheine aussagen.

Während die Beamten noch mit der Durchsuchung
der Wohnung, die sie mit Rücksicht auf die schlafende,
todkranke Frau möglichst geräuschlos vollzogen, beschäftigt
waren, erschien ein neuer Gast. Es war der Gerichts-
vollzieher mit seinen Gehilfen, die auf Betreiben des
drängenden Gläubigers das bereits mit Beschlag belegte
Mobiliar aus der Wohnung holen wollten.

Auch er ging nach Möglichkeit schonungsvoll vor, aber
er vermochte es doch nicht zu verhindern, daß beim Her-
austransportiren des Schrankes, des Bettes, in welchem
der Mechaniker bis dahin geschlafen, und einiger anderer
Möbel die Kranke erwachte und mit schreckhaften Augen
auf das Gebahren der Männer starrte.

Hedwig war, von Schmerz, Scham und Verzweiflung
überwältigt, vor dem Bette der Mutter niedergesunken
und hatte in den Kissen ihr bleiches, schmerzverzerrtes
Angesicht vergraben.

Endlich entfernten sich die Beamten aus der völlig
leergewordenen, kahlen Wohnung.

Unbeweglich blieb Hedwig neben dem Schmerzenslager
der sterbenskranken Mutter liegen. Sie wollte sich vergeblich zwingen, aufzuschauen, um mit der geliebten Mutter
zu sprechen; sie fühlte, daß dies über ihre Kräfte ging
und daß sie beim ersten Laut vor Schmerz und Weh aus
tiefinnerster Brust aufschreien mußte.

So gingen die Stunden dahin. Einförmig, mit bleiernem
Flügelschlage schlichen sie in das Reich der Ewigkeit hinüber.

Die Kranke war wieder niedergesunken, von Neuem
hatten sich ihre Augen geschlossen. Der Schlummer, mit-
leidiger als die Menschen, hatte ihr Frieden gegeben.

Nur Hedwig fand keine Erlösung von der Last un=
beschreiblichen Kummers, die ihr das Herz beschwerte.
Von Sekunde zu Sekunde harrte sie auf das so sehr her=
beigesehnte und doch wieder so gefürchtete Kommen des
geliebten Mannes.

Die Abendsonne neigte sich schon zur Rüste, mit goldigem
Strahle funkelte sie durch die Fensterscheiben und wie
abschiednehmend überfluthete sie noch einmal das bleiche
Angesicht der sterbenden Frau mit goldigem Schimmer.

Die Kranke hatte die Augen wieder weit geöffnet, sie
lag still und unbeweglich da.

„Ich werde die Sonne nimmer sehen," murmelte sie
mit eintöniger, erlöschender Stimme, „für mich gibt es
keine Sonne mehr!"

Das junge Mädchen stand neben ihr, die Linke auf
das stürmisch pochende Herz gepreßt, mit dem nagenden,
quälenden Gedanken in der Brust, daß auch ihre eigene
Glückessonne untergegangen sei, um niemals wieder auf=
zutauchen aus der Nacht des Jammers und der Ver=
zweiflung.

Da klingelte es.

Hedwig zuckte zusammen. Nun nahte der Augenblick
des Scheidens heran — der bitterste, wehmüthigste Augen=
blick ihres an Enttäuschungen reichen Lebens.

Sie beugte sich über die Kranke nieder und hauchte
einen Kuß auf deren schweißbedeckte Stirn. „Erschrick
nicht, Mutter, Rudolph ist draußen. Ich hatte ihm ge=
schrieben."

Ein verklärtes Lächeln glitt über die Züge der Ster=
benden. „Es ist recht so, er soll Dich schützen, wenn ich
nicht mehr bin," flüsterte sie.

9.

Rudolph Wichern war ein junger, kaum im Beginn
der Dreißiger stehender Mann, mit ausdrucksvollen, geist=
reichen Zügen, die von einem braunen Vollbart umrahmt
wurden.

Er streckte der Oeffnenden beide Hände entgegen. „Meine
liebe Hedwig," begann er mit wohllautender Stimme,
„Du siehst, ich bin augenblicklich Deinem Wunsche gefolgt.
Aber um des Himmels willen, was ist geschehen?"

Während der letzten Worte war er in den Vorraum
getreten und hatte die Thür hinter sich geschlossen.

Um die Fassung des jungen Mädchens war es ge=
schehen. Wehes Schluchzen entrang sich ihren Lippen;
haltlos sank sie an die Brust des geliebten Mannes und
weinte bitterlich.

Zärtlich umschloß derselbe sie mit einem Arme und
schaute tröstend zu ihr nieder. „Fassung, Muth, Hedwig,"
flüsterte er. „Mag das Schlimmste geschehen sein, jetzt
bin ich bei Dir, und Du weißt, so lange ich lebe und
athme, wirst Du immer an mir einen treuen Berather
und Beschützer haben!"

Unter Thränen lächelte das junge Mädchen. „Ich
weiß es, Du bist gut und treu, Rudolph," murmelte sie,
vergeblich versuchend, den immer von Neuem hervor=
quellenden Thränen Einhalt zu gebieten. „Aber es ist
schrecklich, was über uns hereingebrochen ist! Denke nur,
der Vater —"

Eine dunkle Wolke zeigte sich auf der Stirn des jungen
Rechtsanwaltes. „Ich hörte bereits davon," versetzte er
mit gepreßter Stimme, „aber schon jetzt behaupte ich,
daß es ein großer Mißgriff war, Deinen Vater zu ver=
haften. Er ist ein Ehrenmann im wahrsten Sinne des
Wortes!"

„Habe Dank für diese Worte," flüsterte Hedwig.

„Wenn alle Welt so dächte, wie Du! Aber komm zur Mutter, sie wird froh sein, Dich begrüßen zu dürfen."

Sie wollte sich aus den Armen ihres Bräutigams befreien, aber dieser hielt sie vor wie nach innig umschlungen. So gingen sie vereint nach der Wohnstubenthür.

An der Schwelle des Wohnzimmers zögerte Hedwig. „Es ist mir peinlich, Dir zu sagen," stammelte sie, „aber der Vater hat viel Unglück gehabt. Man hat uns das letzte Mobiliar gepfändet. Erschrick nicht, wenn es —"

Ein banger Schrecken glitt über die Gesichtszüge des jungen Mannes; ergriffen beugte er sich zu der Geliebten nieder und berührte mit seinen Lippen die Stirn des jungen Mädchen mit einem innigen Kusse.

„So hat sich meine trübe Ahnung bestätigt," versetzte er tief aufathmend. „Du hättest mir Vertrauen schenken sollen! Mein Gott, wenn ich bedenke, welch' schreckliche Heimsuchung für Dich!"

Sie traten in das ärmliche, nunmehr ganz kahl gewordene Zimmer ein.

Die Kranke hatte versucht, sich ein wenig auf ihrem Schmerzenslager aufzurichten, aber es war beim Versuch geblieben. Mit einem müden, schwachen Lächeln um die Lippen blickte sie den Eintretenden entgegen.

„Gottlob, daß Sie kommen, Rudolph," lispelte sie mit kaum mehr verständlicher Stimme. „Ich bin so froh, Sie noch einmal sehen und sprechen zu dürfen."

Der junge Mann hatte Hedwig freigegeben und war hastig an das Schmerzenslager der Sterbenden herangetreten. „Arme Frau Beck," versetzte er, „Sie sehen mich bestürzt und fassungslos. Ich begreife wohl, wie die Fülle des Unglücks Sie niederdrücken muß, aber auf der anderen Seite mag es Ihnen Trost spenden, daß es noch Herzen gibt, welche warm und treu für Sie schlagen!"

Ein schwaches Lächeln huschte über die Lippen der

Kranken. „Dieser Gedanke ist es ja auch, der mich tröstet," versetzte sie mit leiser, ersterbender Stimme. „Ich weiß, Rudolph, Sie sind ein ganzer Mann, Sie werden es meine arme Hedwig nicht entgelten lassen, daß die Welt vor= schnell über ihren unglücklichen Vater den Stab gebrochen hat. Sie werden treu und wahrhaft zu meinem Kinde halten, wenn ich nicht mehr bin, nicht wahr, Rudolph, das versprechen Sie mir?"

Das Gesicht Hedwig's war tobtenbleich geworden; ein starrer, tiefschmerzlicher Ausdruck hatte sich in ihren Zügen ausgeprägt. „Mutter, liebste Mutter, ich bitte Dich, sprich nicht davon zu Rudolph. Ich werde schon selbst mit ihm reden und ihm sagen —"

Sie vermochte nicht weiter zu sprechen, ein leises Schluchzen erstickte ihre Stimme.

Bittend streckte ihr Verlobter die Hand nach ihr aus. „Laße es mich nur mit der guten Mutter in's Reine bringen," bat er, während ein inniger Blick sie streifte. — „Verehrte Frau, ich verdiente ja die Liebe nicht, welche Hedwig mir gewährt," wendete er sich wieder zu der Sterbenden, „wenn ich auch nur einen Augenblick unschlüssig zu sein vermöchte. Ich habe mich Hedwig anverlobt und ich werde der ihrige sein und bleiben, bis der Tod uns scheidet."

„Dank, tausend Dank für diese Worte," murmelte Frau Beck.

„Nein, das sollst Du nicht sagen," widersprach Hed= wig, während ein angstvoller Ausdruck in ihren Zügen sich ausprägte. Wie abwehrend hatte sie dabei eine Hand gegen ihren Verlobten ausgestreckt. „Du stehst nicht allein in der Welt, Du hast Rücksichten zu nehmen auf Deine Familie, denke an Deinen stolzen, strengen Vater. Er hat ohnehin nur ungern in unsere Verlobung ge= willigt, und nun —"

Rudolph umschloß mit beiden Armen seine wider=
strebende Braut und preßte einen heißen Kuß auf ihre
Lippen. „Kein Wort weiter, Theuerste," bat er. „Du
weißt nicht, wie wehe Du mir thust, wenn Du so sprichst!"

Er gewahrte den tiefschmerzlichen Zug nicht, der sich
in Hedwig's Gesicht ausprägte, sondern wendete sich zu
der Sterbenden zurück, von Neuem deren beide Hände
ergreifend.

Ein langes Stillschweigen entstand in dem Gemach.
Es war so ruhig in demselben geworden, daß man die
Herzen der Anwesenden klopfen zu hören vermeinen konnte.

Der Athem der Sterbenden ging röchelnd und unregel=
mäßig, mit schwacher Kraft hielt sie die Hände Rudolph's
umspannt, während sie demselben unausgesetzt in die Augen
schaute.

„Ja, Sie sind gut, Sie meinen es treu, Rudolph. Sie
werden mein Kind nicht verlassen und Gott wird Sie
dafür segnen," flüsterte sie kaum mehr hörbar.

Dann winkte sie mit den Augen Hedwig heran. „Gib
mir Deine Hand," flüsterte sie.

Willenlos gehorchte das junge Mädchen. Aber ein
banger Schauer ging über ihr Gesicht, als sie fühlte,
wie die Mutter ihre Hand mit der des geliebten Mannes
vereinigte.

„Haltet treu zusammen, meine lieben Kinder, das
Glück der Welt ist nichtig, es zerbricht wie Glas! Nur
das Glück zweier wahrhaft liebenden Herzen ist beständig,
denn es wurzelt in der Liebe, und die Liebe ist Gott,"
flüsterte die Sterbende.

Wie segnend breitete sie dann ihre Hände gegen die
Liebenden aus. „Es ist so dunkel geworden," versetzte sie
dann nach einer langen Weile Stillschweigens. „Die
Abendschatten dämmern in das Zimmer herein und ich
kann euch kaum mehr sehen, meine Kinder! Behalten

Sie meine Tochter lieb, Rudolph . . . Gott segne Sie
dafür!"

Es war das letzte Wort, welches die Scheidende sprach.
Dann lag sie still und lautlos da. Ihre Lippen be=
wegten sich nur wenig, es war, als ob sie bete und des
Augenblickes gewärtig sei, wo der Todesengel an ihre
Lagerstatt treten und sich niederbeugen würde, um mit
sanftem Kusse ihre Seele aus dem sterbenden Körper
heimzuholen in das Himmelreich.

Beide jungen Leute wagten kein Wort zu sprechen.
Jedes fühlte im Herzen, was der nächste Augenblick brin=
gen mußte. Hand in Hand standen sie da, unausgesetzt
auf das immer ruhiger werdende Angesicht der Scheiden=
den schauend.

Inzwischen wurde es immer dunkler. Von der Straße
her erklang dumpfes Lärmen bis in die abgeschiedene
Stille des Zimmers. Der Widerschein einer Laterne
warf grelle Streiflichter auf die eine Wand.

Da löste sich mit einem Male Hedwig von der
Hand ihres Bräutigams. „Die Mutter ist so gar still
geworden," meinte sie, kaum wagend, einen Laut über ihre
Lippen zu bringen.

Sie beugte sich zu der Geliebten nieder und sah ihr
forschend in das Gesicht.

„Mein Gott, Rudolph," schrie im nächsten Augenblick
das junge Mädchen auf — „Mutter, Mutter, theuerste
Mutter —"

Ein wehes Schluchzen erstickte ihre Stimme.

Tiefbewegt, kaum fähig zu sprechen, trat Rudolph
näher an Hedwig heran. „Fürchte nicht gleich das
Aeußerste," suchte er zu beruhigen.

„Ich will Licht anzünden, es ist so gar dunkel gewor=
ben," stammelte Hedwig und eilte aus dem Zimmer.

Gleich darauf kehrte sie schon wieder mit einer bren=

nenden Lampe in der Hand zurück. Hastig, mit wankenden
Knieen trat sie wieder an das Lager der Mutter heran.
„Sie ist todt, Rudolph."

Der junge Rechtsanwalt nickte ihr traurig zu. „Sie
ist schlafen gegangen, die arme Dulderin! — Hedwig,
sie ist wohl glücklicher nun, wie im Leben," flüsterte er.
Sie hatte die Lampe auf den Tisch gestellt. Jetzt sank
sie neben der Leiche der geliebten Mutter auf die Kniee
nieder.

Der namenlose Jammer, der tagsüber schon in ihrem
Innern gewühlt hatte, kam nun voll und ganz zum Aus=
bruch. Sie hörte weder auf den tröstenden Zuspruch des
selbst fassungslosen Bräutigams, noch achtete sie darauf,
daß Rudolph sich nach einer Weile entfernte, um einen
Arzt zu holen.

Erst als er mit diesem durch die nur angelehnt gewesene
Vorsaalthür zurückkehrte, sprang Hedwig auf und schritt
dem Arzt entgegen. „Meine Mutter ist todt," sagte sie
mit müder Stimme.

Rudolph erschrak, als er den starren Ausdruck ihres
Gesichts wahrnahm. „Hedwig, liebe Hedwig!" bat er.

Nur ein bitteres, schmerzliches Lächeln umspielte sekun=
denlang die Lippen seine Braut. Sie wendete sich nach
dem Arzt, der inzwischen flüchtig nach der Todten gesehen
hatte. „Sie hätten sich nicht zu bemühen brauchen, Herr
Doktor, meine Mutter ist todt," sagte sie wieder.

„Sie ist schmerzlos gestorben," meinte dann der Arzt,
wie nur um etwas zu sagen. „Ihre Krankheit war eine
absolut tödtliche und es ist gewissermaßen ein Glück für
sie, daß sie erlöst wurde."

Er wendete sich zum Gehen. Der junge Rechtsanwalt
gab ihm das Geleite bis an die Ausgangsthür. Als er
in das Wohnzimmer zurückkehrte, fand er Hedwig regungs=
los neben dem Sterbelager der Mutter stehen.

„Hedwig," begann er, „gib Dich Deinem Schmerze nicht ganz hin, bedenke, daß Dir noch ein Herz schlägt, das —"

„Nein, nein," unterbrach ihn Hedwig, „es ist Alles, Alles todt. Ich fühlte schon längst, daß ich nicht für das Glück geboren bin! O Mutter, Mutter, wie wohl ist Dir!" schluchzte sie mit einem Male auf und sank neben der Verklärten auf die Kniee nieder. „Wie ich Dir diese Ruhe, diesen Frieden neide, o, warum nahmst Du mich nicht mit, Mutter?"

Der junge Rechtsanwalt beugte sich zu ihr nieder. „Hedwig, bei unserer Liebe beschwöre ich Dich, komme zu Dir, fasse Dich!" flüsterte er zärtlich.

Er wollte sie sanft umschlingen, aber fast gewaltsam riß sie sich los. Als sie sein Erschrecken wahrnahm, zuckte es um ihre Lippen. Sie ergriff seine beiden Hände und schaute ihm lange schweigend tief in die Augen.

„Rudolph," begann sie dann. „Du bist ein guter, edler Mann, Dein Weib zu heißen, wäre das höchste Glück meines Lebens gewesen, aber der Himmel hat es anders gewollt, ich kann, ich darf Dein Weib nicht werden! Von dieser Stunde an müssen unsere Wege sich trennen!"

„Hedwig, was sprichst Du da?" rief ihr Verlobter, sie erschreckt anstarrend. „Du kannst es selbst nicht glauben, was Du sagst!"

„Nein, nein, Rudolph, ich fürchtete mich heute schon den ganzen Tag vor dieser Stunde, schon der Mutter wegen hatte ich Angst davor, das entscheidende Wort zu sprechen, das mich niederdrückte wie eine Todsünde. Laß' mich ausreden," fuhr sie hastig fort, ohne auf seine bittende Handbewegung zu achten. „Du bist jung und begabt, vor Dir steht das Leben, Du hast Rücksichten zu nehmen auf Dich und die Deinen, Du kannst und darfst nicht ein Mädchen heimführen, dessen Vatername befleckt

ist. — Nein, nein, sage, was Du willst, Du weißt es wohl,
daß ich Dich so lieb habe, daß ich um Deinetwillen mein
letztes Herzblut hergeben könnte, aber ich habe auch meinen
Stolz. Wenn Du die Verlobung aufrecht hieltest, so
wäre es ein ungeheures Opfer, das verdammende Urtheil
der Welt würde uns Beide treffen, und ich will kein Opfer
gebracht haben. Ich will den Mann, dem ich angehören
soll, beglücken und ihm nicht früher oder später eine
hemmende, drückende Fessel sein! Angesichts meiner todten
Mutter sage ich es Dir: geh', Rudolph, Du bist frei!"

Aber er ließ sie kaum endigen. Fast ungestüm faßte
er ihre beiden Hände, und mit einem langen, vorwurfs=
vollen Blicke schaute er sie an. „Hedwig, ich achte, ich
ehre Deinen Schmerz, sonst müßte ich Dir zürnen Deines
Kleinmuths wegen," sagte er tiefbewegt. „Ich habe geschwo=
ren, mein Leben hindurch Dein treuer Kamerad zu sein,
mag Noth uns heimsuchen, mag das Glück freundlich uns
zulächeln, mag die Welt uns verdammen. Ja, angesichts
dieser Todten, deren letztes Wort ein Segensspruch für
uns war, schwöre ich Dir zu —"

„Nein, nein, schwöre nicht!" unterbrach ihn das junge
Mädchen. „Ich kann Dein Opfer nicht annehmen, martere
mich nicht, Rudolph. Mein Vater ist verhaftet unter
dem Verdacht, ein gräßliches Verbrechen begangen zu
haben. So lange ich nicht einen reinen und unbefleckten
Namen Dir in die Ehe bringen kann, so lange darf ich
Dir nichts mehr sein! Hast Du mich lieb, achtest Du
mich wirklich, dann beugst Du Dich meinem unerschütter=
lichen Entschlusse."

Sie stand hoch aufgerichtet vor ihm.

„Gut," sagte er tiefernst. „Ich achte Dich nur noch
um so höher und inniger Deiner heutigen Worte wegen,
und gern gebe ich Dir Dein Wort zurück. Aber angesichts
Deiner Mutter schwöre ich Dir, und diesen Schwur Dir

abzulegen darfst Du mir nicht verwehren, daß ich selbst
mich meines Wortes nicht entbinden lasse. Ich bin und
bleibe Dein Verlobter, Dein Freund, Dein Berather und
Beschützer! Gerade jetzt in der Zeit der Noth und Heimsuchung ist es Ehrenpflicht für mich, Dir hilfreich zur
Seite zu stehen mit Rath und That!"

Ein banger Seufzer glitt über Hedwig's Lippen. Dann
streckte sie in plötzlicher Aufwallung dem Geliebten beide
Hände entgegen.

„Noch weiß ich nicht, was ich Dir antworten soll und
darf," flüsterte sie. „Es ist zuviel des Schreckens, der
heute mein Herz betroffen hat. Jedenfalls werde ich Dir
dankbar sein, wenn Du Dich des Vaters annehmen willst."

„Ich werde schon morgen suchen, mir Zutritt zu ihm zu
verschaffen," unterbrach sie haftig Rudolph. „Aber Du mußt
gestatten, daß ich Dir ebenfalls hilfreich zur Seite stehe."

„Aengstige Dich meinetwegen nicht," entgegnete kopfschüttelnd das junge Mädchen, um dessen Lippen es ver-
rätherisch zuckte. „Es ist nur der erste Anprall des
unbarmherzigen Schicksals, der uns verzagt und klein-
müthig macht, dann erträgt man auch das Schlimmste.
Und nun bitte ich Dich, zu gehen."

„Aber ich darf wiederkommen, Hedwig, nicht wahr,
Du läßt mich für Dich sorgen?"

Das junge Mädchen schaute unschlüssig vor sich nieder.
„Du bist gut, Rudolph," sagte sie dann leise, „und ich will
Dich nicht kränken. Komme morgen wieder, gern will
ich Deinem Rathe mich fügen."

Von innerer Bewegung überwältigt wollte der junge
Mann Hedwig an seine Brust ziehen, aber mit sanfter
Entschiedenheit machte sie sich los.

„Gehe jetzt, Rudolph, ich bitte Dich," sagte sie mit
zuckenden Lippen. Sie sah ihn dabei so flehend an, daß
der junge Rechtsanwalt traurig den Kopf senkte.

„Du befiehlst es, Hedwig, und ich gehe," flüsterte er.
„Aber ich komme wieder, wenn die Sonne scheint, und glaube mir, theuere, liebe Hedwig, auch Deine Glückes= sonne wird wieder scheinen!"

Sie legte ihre schmale Hand in seine Rechte, sie ver= suchte, ihm zum Geleite ein Lächeln mitzugeben.

Als aber hinter dem geliebten Manne sich die Vor= saalthür geschlossen hatte, da faltete sie mit verzweiflungs= voller Geberde die Hände und ein dumpfer Wehelaut entrang sich ihren Lippen.

10.

Am nächsten Vormittage trat Hedwig ihrem Bräu= tigam schon wieder gefaßt entgegen; zwar lag auf ihren Zügen ein wehmüthiger Ernst, aber der Ausdruck hilf= losen Schmerzes war verschwunden und hatte einer herben, gefaßten Entschlossenheit Raum gegeben.

Nach anfänglichem Widerstreben ließ sie es auf Bitten ihres Bräutigams geschehen, daß dieser für die Vorberei= tungen zum Begräbnisse und auch für dieses selbst Sorge trug. Rudolph hatte auch bei dem Trödler vermittelnd eingreifen und der Geliebten die elterliche Wohnung noch einige Zeit erhalten wollen. Hatte aber schon Schimmel nichts davon wissen wollen, sondern mit aller Bestimmt= heit erklärt, auch nicht einen Tag länger zugeben zu wollen, so war Hedwig ihrerseits womöglich noch ent= schlossener, die Wohnung nach dem Begräbnisse der ge= liebten Mutter nicht mehr zu betreten. Es hatte sie vor den Räumen, in denen sie und die Ihrigen so vieles Un= glück hatten durchleiden müssen, ein wahres Grauen erfaßt.

So war endlich die Stunde des Begräbnisses heran= gekommen.

Zum letzten Male fiel der Blick der Weinenden auf

das friedvolle Angesicht der Heimgegangenen, dann schloß
sich der Sargdeckel und mit knirschendem Geräusch wurden
die Schrauben von den Trägern angezogen.

Hedwig hatte sich abgewendet, zitternd stützte sie sich
auf den Arm ihres Verlobten, der sie die Treppe zur
Straße hinabgeleitete, wo ein Trauerwagen ihrer harrte.

Sie achtete, über die Schwelle des Hausthores tretend, nicht auf das schlichte Gefährt, das eben in raschem
Trabe an dem Hause vorüber fuhr. Sie ahnte nicht, daß
in dem dahinrollenden Wagen ein armer verzweifelter
Mann gefangen und gefesselt zwischen seinen Wächtern
saß und mit brennenden Blicken nach ihr selbst und dem
blumengeschmückten Sarge starrte, der soeben auf den
Schultern der Träger zum Hause hinausschwankte. . . .

Während des Begräbnisses benahm sich Hedwig wunderbar gefaßt. Die Thränen, die im Augenblicke des Ab-
schiednehmens ihr hervorquollen, waren versiegt. Still
und ergebungsvoll stand sie neben ihrem Bräutigam.

Auf der Rückfahrt vom Friedhofe bat sie Rudolph,
mit ihr den Wagen zu verlassen.

Sie sprach in sanftem, ruhigem Tone mit dem geliebten Manne. Sie gedachte zuerst der Heimgegangenen,
dann aber wußte es Rudolph einzurichten, daß das Gespräch auf Hedwig's eigene Lebensansichten kam.

Sie erklärte dem Fragenden offen und ungezwungen,
daß sie schon die letzten Jahre über für ein großes Ta-
pisseriegeschäft gearbeitet und sich dadurch einer leiblichen
Einnahme zu erfreuen gehabt habe. Sie wollte sich nun
voll und ganz diesem Berufe widmen. Die Wohnung,
in der sie so viel Trübes erlebt, wollte sie nicht mehr
betreten; die wenigen Habseligkeiten, sowie die eigenen
Kleidungsstücke wollte sie dem Hauswirthe lassen, der
ohnehin noch rückständige Miethe zu fordern hatte. Sie
selbst, wie sie ging und stand, wollte sich ein Zimmerchen

miethen und sich womöglich bei einer einfachen, anstän=
digen Familie in vollständige Pension geben.

So gingen sie zusammen nach der Stadt zurück. Das
Glück war ihnen günstig, und schon eine Stunde später
hatte sich Hedwig bei einer kleinen Beamtenfamilie ein=
gemiethet.

Sie konnte gleich dort bleiben. Geld besaß sie noch
so viel, um sich das Nöthigste wieder anschaffen zu können.
Rudolph hatte gar nicht gewagt, ihr ein diesbezügliches
Anerbieten zu machen.

Mit ruhiger, stiller Freundlichkeit verabschiedete sich
dann Hedwig von dem jungen Manne, und dieser war
fast peinlich davon berührt, wie verhältnißmäßig leicht
sie ihn gehen ließ, ohne selbst die Frage des nächsten
Wiedersehens mit ihm berührt zu haben.

Er ahnte freilich nicht, welche Kämpfe diese Selbst=
beherrschung Hedwig verursacht hatte, und wie sie in dem
kleinen Stübchen ermattet zusammenbrach, als das Letzte,
Schwerste geschehen war und sie Abschied genommen hatte
von dem Manne, den sie über Alles liebte.

In niedergedrückter Stimmung trat der junge Rechts=
anwalt durch die lauschige, dichtbelaubte Ahornallee vor
dem Stadtthore den Weg nach der Fabrik seines Vaters
an. Er besaß in der Stadt selbst nur sein Bureau, seine
Wohnung befand sich in der väterlichen Villa.

Die letzten Tage über hatte Rudolph seine Verwandten
kaum zu sehen bekommen. All' sein Sinnen und Streben
war seiner Braut und deren unglücklichem Vater gewidmet
gewesen. Vergeblich aber war bisher sein Bemühen ge=
wesen, Zutritt zu dem Verhafteten, dem er sich sofort als
Vertheidiger angeboten hatte, zu erlangen. Es war ihm
eröffnet worden, daß selbst ihm, als voraussichtlichem Ver=
theidiger, kein Verkehr mit Beck gestattet werden könne,
bevor nicht die Voruntersuchung abgeschlossen sei. Diesen

wenig ermuthigenden Bescheid hatte Rudolph auch seiner Braut übermitteln müssen.

Jetzt nun, als er langsam dahinwanderte, trat an sein Herz die Erkenntniß der ganzen Hoffnungslosigkeit der gegenwärtigen Lage voll und nachdrücklich heran.

Rudolph war mehr oder minder noch von seinem Vater abhängig; wohl hatte er sich als Rechtsanwalt in der Stadt niedergelassen, aber bei der großen Anzahl älterer und geübterer Kollegen hatte es ihm noch nicht recht ge= lingen wollen, sich eine lohnende Praxis zu erwerben. Bis dahin hatte ihm das keine sonderliche Kümmerniß gemacht, besaß er doch einen sehr reichen Vater, der ihn auf seine Art zärtlich liebte und ihn mit freigebiger Güte bisher ausgestattet hatte. Jetzt aber fiel ihm die voraussicht= liche Stellungnahme seines Vaters schwer auf's Herz. Er kannte diesen und seine schroffen Ansichten von Ehre und äußerem Anstande nur zu gut. Was sollte er ihm über die letzten Vorgänge, die sich innerhalb der Familie seiner Verlobten abgespielt hatten, sagen?

Mit wehmüthigem Blicke streifte Rudolph die schon im Dunkel der Nacht versunken liegende, unmittelbar an das Grundstück seines Vaters anstoßende Nachbarfabrik, die früher dem unglücklichen Beck gehört hatte.

Langsam trat er in den Vorgarten seines väterlichen Grundstückes ein, das von den eigentlichen Fabriklokali= täten durch ein schmiedeeisernes Gitter abgeschlossen war.

Frohes Lachen schallte ihm entgegen.

In einer Gaisblattlaube links vom Hause brannte Licht. Näher tretend gewahrte Rudolph seine Schwester Hildegard und deren Verlobten, den Baron Hugo v. Engler.

Hildegard war ein liebliches, zartgebautes Mädchen mit klugen, ausdrucksvollen und selbstbewußten Gesichts= zügen.

Als sie den Nähertretenden wahrnahmen, verstummte

das herzliche Lachen der beiden jungen Leute; sie sprangen auf und begrüßten Rudolph.

„Du kommst vom Begräbnisse der armen Frau Beck?" frug Hildegard.

Rudolph nickte. „Der armen Dulderin ist's wohl," meinte er gepreßt.

„Und Hedwig — wie trägt Deine Verlobte diese neue Schicksalsprüfung?"

In den Augen des Rechtsanwaltes leuchtete es auf. „O, sie ist eine Heldin," sagte er in überzeugungsvollem Tone, „sie fühlt den Muth und die Thatkraft eines ganzen Menschen in sich."

„Um so besser. Es sind gar harte, schwere Prüfungen, die an euren Bund herantreten. — Auch an Dich, Rudolph," fügte sie mit leiser Stimme hinzu. „Der Vater fragte vorhin schon nach Dir und will noch heute mit Dir sprechen."

Eine Wolke huschte über die Stirne des jungen Mannes. „Ich kann mir schon denken, weshalb er solche Eile hat," versetzte er und wendete sich dann an Hugo v. Engler, der ihm von seiner Unterredung mit Alberti berichtete.

„Ich dachte ohne Weiteres in den für mich so wünschenswerthen Besitz der Erbschaft treten zu können," schloß er, „statt dessen wird es nun mit diesem Herrn v. Gerstenberg jedenfalls zu einem ärgerlichen Prozesse kommen — oder meinen Sie nicht?"

Bei seinen letzten Worten sah er Rudolph forschend und fast lauernd an.

Dieser zuckte die Achseln. „Ohne Weiteres läßt sich das nicht beantworten," gab er alsdann zurück. „Jedenfalls enthält das unbegreifliche Fehlen eines Testaments etwas Mißliches für Sie, besonders wenn es Herrn v. Gerstenberg gelingt, durch glaubwürdige Zeugen nachzuweisen, daß Ihr verstorbener Onkel sich über den Inhalt des Testaments wiederholt zu Gunsten der gleichfalls ermordeten Dora v. Gerstenberg ausgesprochen hat. In= dessen sind Sie zweifellos der nächste Erbe; es könnte sich also nur um Zahlung einer Entschädigung handeln, deren Höhe von Gerichtswegen festgesetzt werden muß."

„Aber bis dahin gelange ich nicht in den Besitz der Erbschaft?" fragte Hugo unmuthig.

„Die Erbschaft ist natürlich von Gerichtswegen be= schlagnahmt worden. Es würde dies ohnehin geschehen sein, wenn auch nicht der Tod Ihres Oheims mit solch' tragischen Umständen verknüpft gewesen wäre," antwortete Rudolph. „Jedenfalls dürfte es das Gerathenste sein, einen Vergleich mit Ihrem Gegner anzubahnen."

„Sie übernehmen doch die Sache?"

„Wenn Sie keinen besseren Vertreter wissen, warum nicht? Obwohl ich Ihnen offen gestehen muß, daß eine andere Angelegenheit gegenwärtig mein Sinnen und Denken in Anspruch nimmt."

Statt jeder Antwort ergriff Hugo beide Hände des ihm Gegenübersitzenden und schaute diesem in's Gesicht. „Lassen Sie uns offen zu einander sein," versetzte er dann. „Eine unglückliche Verkettung von Umständen hat einen Verdacht auf einen Mann geworfen, der Ihrem Herzen nahe stehen muß. Lassen Sie sich durch den Umstand nicht abhalten, daß ich, der Verlobte Ihrer Schwester, gewissermaßen der nächste Leidtragende meines verstorbenen Onkels bin und nach korsischem Recht gezwungen wäre, Blutrache auszuüben." Er lächelte leicht während der letzten Worte. „Ganz abgesehen davon, daß mir — ganz unter uns gesagt — der Tod meines sehr verehrten Herrn Oheims nicht eben ein unwillkommenes Ereigniß ist, ferner abgesehen von dem Umstande, daß ich den Verhafteten selbst für unschuldig halte, weiß ich Unterschied zu machen zwischen ihm und seiner Tochter. — Verzeihen Sie, Ru=

dolph," fuhr er fort, als er eine dunkle Blutwelle in die
Wangen des jungen Rechtsanwalts steigen sah. „Es ist
vielleicht wenig zartfühlend von mir, eine Saite Ihres
Herzens anzuschlagen, die bitter und schmerzlich klingen
muß, aber ich bitte Sie inständig, aus meinen Worten
nur das Verlangen zu hören, vor wie nach, mögen die
Dinge sich gestalten, wie sie wollen, mit Ihnen in einem
guten, herzlichen Einverständniß zu bleiben, Ihnen zu
sagen, wie sehr Antheil ich an Ihnen und Ihrer lieben
Braut, die hoffentlich in Bälde Ihre Gattin sein wird,
nehme."

Diese Worte machten einen tiefen Eindruck auf Ru=
dolph, und er erwiederte herzlich den Händedruck des
jungen Barons. Letzterer war ihm mit einem Male um
vieles näher gerückt; bis dahin hatte sich der Rechts=
anwalt immer gegen den Verlobten seiner Schwester mit
kühler, förmlicher Zurückhaltung bewegt. Er hatte in
Hugo v. Engler nur einen jener modernen Kavaliere ge=
sehen, welche den Glanz ihres morsch und brüchig gewor=
denen Wappens durch den Reichthum eines bürgerlichen
Mädchens aufzufrischen suchen. Die offenen, von warmem
Gefühlsleben sprechenden Worte des jungen Edelmannes
aber thaten seinem Herzen wohl.

„Ich danke Ihnen," versetzte er deßhalb, während er
einen herzlichen Blick auf den Anderen richtete.

Nach einer kurzen Weile des Stillschweigens nahm
Hugo das Gespräch wieder auf. „Der Untersuchungs=
richter hielt mich ungebührlich lange auf, und ich glaubte
kaum noch, kommen zu können. Es wäre mir das aber
um so peinlicher gewesen, weil mich morgen nach dem
Begräbniß eine unabweisbare Pflicht vielleicht auf Tage
von hier entfernt hält."

„Sie wollen verreisen?"

Der Baron nickte. „Ja, ich muß morgen am Spät=

nachmittage mit dem Schnellzuge nach E.," versetzte er. „Ich habe dort eine Zusammenkunft geschäftlicher Natur und weiß nicht, wie lange mich dieselbe in Anspruch nehmen wird."

„Vielleicht begleite ich Sie nach dem Bahnhofe," entgegnete Rudolph. „Zufällig habe ich mit dem Bahnhofsvorsteher etwas abzusprechen."

„Würde mich freuen, würde mich freuen," versetzte der Baron.

„Aber Du darfst nicht lange bleiben, das mußt Du mir versprechen," sagte Hildegard, welche seinen Arm nahm. „Mein Gott, Du machst Dich in der letzten Zeit überhaupt so selten! Nimm es mir nicht übel, Du bist ein unaufmerksamer Bräutigam."

Hugo beugte sich zu ihr nieder und küßte ihr ritterlich die Hand. „Ein desto galanterer Gatte werde ich zu sein mich bestreben," versicherte er mit liebenswürdigem Lächeln.

„Ach ja, wir erwarteten Sie ja auch vorgestern vergeblich," schaltete Rudolph ein. „Ich glaubte, Sie wären wegen des Gewitters nicht gekommen."

Der Baron lachte. „Dann wäre ich wirklich ein schöner Ritter ohne Furcht und Tabel gewesen," versetzte er. „Nein — tausend Gewitter sollten mich nicht abhalten, bei meiner liebenswürdigen Braut zu verweilen."

„Dafür aber haben es gute Freunde und auf Eis gekühlte Flaschen gethan," lachte Hildegard und drohte ihm schmollend mit dem Zeigefinger. „Warte, warte, mein wackerer Ritter Bayard, zum zweiten Male kostet das schwere Sühne."

Hugo lachte und damit wendete sich das Gespräch einem anderen Thema zu.

Schon nach einer kurzen Weile erhob sich Rudolph indeß. „Ich muß um Verzeihung bitten, wenn ich meine

Schritte weiter lenke," sagte er; „aber ich tauge heute recht wenig unter die Fröhlichen und Sorglosen. Zudem will der Vater mich noch sprechen, wie Du sagtest, liebe Hildegard. Also auf Wiedersehen!"

Er verabschiedete sich in herzlichster Weise von dem Brautpaare und begab sich nach der Villa.

Dort empfing ihn die alte Wirthschafterin, welche seit dem frühen Tode der Mutter dem väterlichen Hausstande vorstand. Fürsorglich nahm sie ihm Hut und Stock ab und theilte ihm mit, daß sein Vater ihn bereits seit einer Stunde im Rauchzimmer erwarte. Als Rudolph in das letztere eintrat, fand er seinen Vater in diesem vor, lang= sam und gemächlich über den weichen Teppich hin und her wandelnd und einer fein duftenden Cigarre bläuliche Rauchwolken entlockend.

Der Ausdruck seines Gesichts war ein strenger. Ein arbeitsames, in Schaffen und Wirken verbrachtes Leben hatte tiefe Furchen mit ehernem Grissel in seinem Ge= sichte eingezeichnet. Die Augen sprachen von Klugheit und Geistesschärfe, die mäßig hohe, breitgeformte Stirn kündete starre Willensfestigkeit an.

Als er seinen Sohn eintreten sah, unterbrach Andreas Wichern seine Wanderung durch das Gemach. Er trat auf Rudolph zu und reichte ihm die Hand zum Gruße hin.

„Ich warte schon geraume Zeit auf Dich, Rudolph," begann er. „Die höchst betrübenden Ereignisse der letzten Tage, von denen ja die ganze Stadt erfüllt ist, nöthigen mich, ein ernstes, aber gutgemeintes Wort mit Dir zu sprechen."

Er ließ sich auf einen bequemen Armsessel nieder und lud seinen Sohn durch eine Handbewegung ein, ebenfalls Platz zu nehmen. „Rauchst Du eine Cigarre?" frug er.

Aber Rudolph schüttelte den Kopf. „Es ist mir wirk= lich nicht um das Rauchen zu thun, lieber Vater," meinte er gepreßt. „Mir ist das Herz so voll und schwer."

„Mein lieber Junge, ich kann mir das denken," begann der alte Herr wieder, ihn mit besorgten Blicken eine
Weile betrachtend. „Ich wußte zuerst auch nicht, was
ich sagen sollte, als das ungeheuerliche Gerücht mir zu-
getragen wurde. Karl Beck, der Mann, den ich von Jugend
auf kenne und achte, wenn auch sein Lebensweg zuletzt
weitab von dem meinigen sich zweigte, soll ein schweres
Verbrechen begangen haben!"

„Er ist unschuldig, lieber Vater," warf Rudolph ein,
„es ist ganz unmöglich, daß der Vater Hedwig's ein
solches Verbrechen begangen haben könnte!"

Der alte Herr schaute gedankenvoll vor sich hin. „Ich
will Dir etwas sagen, mein lieber Junge," meinte er
dann endlich, seinen Blick voll auf seinen Sohn richtend.
„Ich glaube Dir gern, daß Du Dich in einer sehr fatalen
Lage befindest. Ich weiß es ja, wie lieb Du Deine Braut
hast, andernfalls hätte ich auch nie und nimmer meine
Einwilligung dazu gegeben, daß Du Dich mit der Tochter
des tiefverschuldeten Mannes verlobtest. Also, ich begreife durchaus das ebenso lähmende wie kämpfende Drängen, das sich in Deiner Brust erhoben hat. Ich begreife
auch vollkommen, wenn Dir der Gedanke ungeheuerlich
erscheint, daß Beck sich wirklich eines solch' gemeinen Verbrechens schuldig gemacht haben soll — bitte, laß mich
aussprechen," versetzte er auf eine abwehrende Handbewegung seines Sohnes hin, „ich denke, wir kommen
weiter, wenn wir die peinliche Angelegenheit in Ruhe und
Freundschaft zum Austrage bringen. Also ich meine, das
ist Alles bei Dir nicht nur natürlich, sondern sogar selbstverständlich. Anders liegt die Sache bei mir. Hinter
mir liegt ein Leben voll reicher Erfahrungen. Immer
mitten im Kampfe, mitten im Leben stehend, und zwar
zu Zeiten an recht ausgesetzten Orten, habe ich mir viel
Menschenkenntnisse gesammelt. Ich kenne ja die Prozeß-

angelegenheit, soweit sie den verhafteten Beck anbetrifft, erst aus den immerhin unvollkommenen Zeitungsberichten, aber ich denke, da ist kein Zweifel an seiner Schuld mehr möglich. Gesetzt den Fall aber auch," fuhr er fort, ohne die Einwendung seines Sohnes zu beachten, „er wäre unschuldig, was folgert daraus? Sein guter Ruf, seine bürgerliche Ehre sind unwiederbringlich verloren. Hedwig wird immer die Tochter eines wegen Raubmords Verdächtigten bleiben. Ich muß Dir daher ernstlich zu bedenken geben, lieber Junge, ob Du das Kind eines solchen Mannes mir in das Haus bringen magst und darfst."

Ein leiser Seufzer glitt über die Lippen des Rechtsanwalts. „Ich bin Dir für die zarte, rücksichtsvolle Art, mit welcher Du die peinliche Angelegenheit behandelst, vielen Dank schuldig," meinte er dann, „Unter den obwaltenden Umständen ist natürlich an eine Heirath, wenigstens vorläufig, nicht zu denken."

„Ich freue mich, daß Du so vernünftig bist."

„Bitte, laß mich endigen," unterbrach ihn Rudolph. „Nicht ich bin es, der die Unmöglichkeit einer ehelichen Verbindung zugibt. Aber Hedwig hat als ihren festen, unbeugsamen Willensausdruck mir erklärt, nicht die Meine sein zu können, bevor nicht jeglicher Makel von ihrer Ehre genommen ist."

„Das wird sie niemals erreichen können," warf der alte Herr ein, dann hörte er wieder aufmerksam auf den Bericht seines Sohnes.

Als Rudolph damit zu Ende gekommen war, nickte Andreas Wichern vielsagend mit dem Kopfe. „Hedwig Beck ist ein tüchtiges, Achtung gebietendes Mädchen," sagte er dann. „Sie ist noch mehr, sie ist vernünftig; ihr Verhalten gibt mir die Hoffnung, daß auch Du Deine Herzensneigung als einen flüchtig vorübergegangenen Liebesroman betrachten wirst. Ich hatte wirklich nicht geglaubt, daß die Geschichte sich so glatt ordnen würde," fuhr er fort, angelegentlich die Hände reibend. „Um so besser für Dich, für uns Alle. Hedwig hat vollkommen Recht, Du hast Rücksichten zu nehmen auf Dich und die Dei= nigen. Ich will ganz absehen von mir selbst, aber da ist Deine Schwester und ihr Verlobter, schon aus letzterem Grunde wäre eine ja Verbindung ganz undenkbar gewesen."

„Verzeihe, lieber Vater," entgegnete Rudolph haftig aufblickend. „Aber eben dieselben Rücksichten habe ich mindestens in demselben Grade auf meine Braut zu nehmen. Es ist selbstverständlich, daß ich niemals auf= hören werde, Hedwig als meine Verlobte zu betrachten, und wird es erst meinen redlichen Bemühungen gelungen sein, die Untersuchung wider Beck niederschlagen zu lassen oder Letzteren mindestens vor den Geschworenen frei zu bringen, dann —"

Die Gesichtszüge des Fabrikanten verfinsterten sich. „Du willst die Vertheidigung Beck's übernehmen?" fragte er.

„Es kann wohl nichts Selbstverständlicheres geben. Uebrigens denke ich, lieber Vater, wir reden heute nicht weiter über dieses Thema. Wir sind nicht einer Meinung, können nicht einer Meinung sein, aber wir sind Beide Männer, die nach bestem Wissen und Gewissen ihre Pflicht zu thun gedenken. Lasse mich deshalb meinen eigenen Weg gehen, und glaube sicher, daß ich niemals Dir Ver= anlassung geben werde, wegen Verunglimpfung Deines Namens, Deiner Ehre mich zur Rechenschaft ziehen zu müssen."

Aber der alte Herr schüttelte nur noch ungehaltener den Kopf. „Wir leben in keiner Großstadt," versetzte er. „Wir marschiren hier gewissermaßen an der Spitze, und diese Ehrenstellung nöthigt uns, Rücksichten zu nehmen, die für andere Leute nicht existiren. Ich habe keinen ruhigen Augenblick mehr gehabt, seitdem ich die vermale=

beite Geschichte aus der Zeitung erfahren habe. Ich setze
die nächsten vier Wochen keinen Schritt aus dem Hause,
aus Furcht, im Kasino oder auf der Straße befragt und
belästigt zu werden. Ich mache mir die bittersten Vor=
würfe, daß ich mich zu irgend einer Zeit habe dazu verstehen
können, meine Einwilligung zu solch' einer Verbindung
zu geben. Aber ganz abgesehen davon, jedes Ding hat
seine Grenzen, und meine Geduld auch. Ich wünsche und
verlange ausdrücklich, daß Du den sehr vernünftigen An=
sichten Fräulein Beck's beipflichtest, und daß Du Dich
fernerhin in dem zu erwartenden Skandalprozesse neutral
verhältst."

„Das kann ich schon aus dem Grunde nicht thun,
weil ich mich bereits bei Gericht zur Vertheidigung Beck's
gemeldet habe," entgegnete Rudolph. „Uebrigens ist Deine
Ansicht eine irrige, lieber Vater, kompromittiren kann
meine Parteinahme weder Dich, noch mich, wohl aber
würde ein Neutralverhalten mich in den Augen eines
jeden rechtlich denkenden Mannes brandmarken."

Der alte Herr zuckte zusammen und maß seinen Sohn
mit einem scharfen, durchbohrenden Blicke. Dann wendete
er sich nach der Eingangsthüre. „Gute Nacht!' sagte
er kurz.

11.

Die wackere Frau, bei der sich Hedwig eingemiethet
hatte, meinte es herzlich gut mit dem jungen Mädchen.
Aus den Zeitungen hatte sie bereits die furchtbare An=
klage, welche gegen ihren Vater erhoben war, vernommen.
Wenn sie auch selbstverständlich gleich den meisten anderen
Lesern keinen Zweifel an der Schuld Karl Beck's hegte,
war sie doch weit davon entfernt, dies ihre neue Mietherin
entgelten zu lassen.

Am dritten Tage nach ihrem Umzuge saß Hedwig eifrig

arbeitend in ihrem kleinen Stübchen, als es draußen schellte,
und gleich darauf Frau Köchlin, die Wirthin, von einem
Briefträger begleitet in das Zimmer eintrat.

„Hier ist Fräulein Beck," sagte sie, auf Hedwig
weisend.

Der Beamte, welcher in der Hand ein kleines, un=
scheinbares Packetchen hielt, näherte sich dem jungen
Mädchen und schaute es prüfend an.

„Sie sind Fräulein Hedwig Beck?" fragte er.

Die Angeredete hatte sich unwillkürlich von ihrem Sitze
erhoben und ihre Handarbeit bei Seite gelegt. „Die bin
ich," versetzte sie verwundert. „Was führt Sie zu mir?"

„Sie wohnten bis vor Kurzem Linkstraße —"

„Ganz recht, in dem Hause des Tröblers Schimmel."

„Ich habe hier ein Werthpacket für Sie; die Be=
stellung hat Mühe und Noth genug verursacht, denn die
Sendung ist an Ihre alte Adresse gerichtet und Ihre
Wirthin hat noch keine Anzeige von Ihrer Wohnungs=
veränderung gemacht."

„Ein Werthpacket?" frug Hedwig in gedehntem Tone,
verwundert den Briefträger anschauend. „Das ist kaum
möglich!"

„Ist Ihnen der Absender nicht bekannt? Auf der
Begleitadresse ist nichts vermerkt," brummte der Beamte.
„Das Packet kommt aus Kreuzlingen."

Hedwig schaute noch verwunderter darein, ihr war
kaum ein Ort dieses Namens, geschweige eine in diesem
wohnende Persönlichkeit bekannt.

Sie nahm aus den Händen des Briefträgers das Packet
und schaute unschlüssig darauf nieder.

„Es ist frankirt, kostet zehn Pfennig Bestellgeld," ver=
setzte der Beamte ungeduldig. „Entscheiden Sie sich, Fräu=
lein. Wollen Sie annehmen oder nicht?"

„Selbstredend," entschied jetzt Hedwig rasch; hastig

unterschrieb sie die Quittung und bezahlte den Briefträger, der darauf das Zimmer verließ.

Das Packetchen war sorgsam verschnürt, die Hand=
schrift auf der Abresse war ihr vollständig unbekannt, es
waren steil anstrebende, ungefüge, offenbar von einer des
Schreibens ungeübten Hand herrührende Schriftzüge. Ihr
eigener Name war nicht einmal fehlerfrei geschrieben,
ebenso enthielt auch die Ortsangabe orthographische Fehler.
Jetzt erst nahm sie auch wahr, daß das Päckchen mit
tausend Mark versichert war.

Es dauerte eine Weile, bis sie sich entschloß, den
Umschlag zu lösen. Ihr Erstaunen wuchs, als sie wahr=
nahm, daß der Inhalt aus zwei in Zeitungspapier ge=
wickelten Päckchen und einem kurzen, beschmutzten Begleit=
zettel bestand. Unwillkürlich ergriff sie letzteren und faltete
ihn auseinander, ihr Befremden wuchs noch mehr wäh=
rend des Lesens.

„Ihr Vater is unschuldich er kan Nichts vor die Mort=
daht, den das Jeschäft habe ich janz allene jemacht. Der
Statsahnwald ist ein jroßer Dusselkopp jeben Sie den
esel mann die fünf scheine und auch das Schmuckdings er
soll sich nur an die Nase kriegen, denn ehe der fliesel mir
erwischen duht binn ich schonst über alle Berge. Die an=
dern Scheine und die Halskette habe ich ihm durch das
fenster mitten in seine Sachen eingeschoben. Der hat
aberst geschnargt und jar nichts jemerkt. Gude Verich=
tung ich lasse den Schwabsanwalt scheen jrießen der Knopp
soll mir jewogen bleiwen. .

Der ware Mörter.“

Als Hedwig mit der Durchsicht dieses Zettels zu Ende
gekommen war, fühlte sie sich derart ergriffen und ver=
wirrt, daß sie eine Weile mit in dem Schoße gefalteten
Händen unthätig dasaß. Eine Art erschlaffender Willens=
lähmung schien sie überkommen zu haben.

Dann aber öffnete sie hastig beide Papierpäckchen.

Ein beklemmender Schauer überkam sie, als sie wirk-
lich fünf bunte Banknoten vor sich liegen sah; nicht um
Alles hätte sie diese Scheine, an denen das Blut zweier
Menschen klebte, berühren mögen.

Als sie dann aber auch das andere Päckchen aufwickelte,
stieß sie einen unwillkürlichen Schrei der Ueberraschung
aus. Die freundlich in das Zimmer scheinende Vormit-
tagssonne funkelte gerade auf einen kleinen, länglichen
Gegenstand, den sie in ihrer Hand hielt. Es war der
abgerissene Bruchtheil eines Halsbandes, und zwar das
mit einem reichen Kranz von glitzernden Brillanten um-
gebene Schloß desselben. Ein unvergleichliches Feuer
sprühte und funkelte aus den kostbaren Steinen, aber ihr
Anblick hatte für Hedwig etwas Schauerliches. Sie mußte
unwillkürlich an die dunkle, trostlose Kerkernacht denken,
in welcher ihr geliebter unglücklicher Vater schmachtete;
zu diesem drang weder Sonnenschein noch Hoffnung.

Ihr Angesicht drückte immer steigenderen Abscheu und
Entsetzen aus, je länger sie auf die ihr übersandten Werth-
gegenstände niederschaute. Sie wurde sich erst jetzt darüber
klar, daß aus keiner anderen Hand, als aus derjenigen
des wirklichen Mörders, ihr die Sendung zugekommen sein
konnte. Ein Gefühl der tiefsten Empörung überkam sie,
wie sie daran dachte, daß diese blutbefleckte fürchterliche
Hand noch immer unentdeckt sei und der Träger derselben
in Sicherheit weilte, während ihr armer edler Vater unschuldig im Gefängnisse leiden und das Schwerste erdul-
den mußte.

Minutenlang saß Hedwig unschlüssig da, nicht wissend,
was sie nun zunächst thun solle. Zuerst dachte sie einen
Augenblick daran, die Gegenstände zusammenzuraffen und
selbst nach dem Justizgebäude zu bringen, dann aber ver-
warf sie diesen Gedanken wieder. Rudolph hatte ihr schon

mitgetheilt, daß der Untersuchungsrichter vorurtheilsvoll
ihrem Vater gegenüberstand, und sie entschloß sich daher
nach kurzem Besinnen, durch einige Zeilen Rudolph selbst
zu sich zu bitten.

Schon am Nachmittage sprach der junge Rechtsanwalt
vor und drückte Hedwig seine aufrichtige Freude darüber
aus, von ihr gerufen worden zu sein.

„Aber ich sehe es Dir an, daß etwas Besonderes sich
ereignet haben muß, liebe Hedwig," meinte Rudolph schließlich, erwartungsvoll seine Braut anschauend.

Das junge Mädchen nickte mit dem Kopfe und lud
durch eine freundliche Handbewegung Rudolph zum Sitzen
ein. Dann holte Hedwig das Päckchen nebst Inhalt aus
der Kommode hervor, in welcher sie es bis dahin ver-
wahrt hatte, und legte vor dem Ueberraschten die Gegenstände auf den Tisch nieder.

Die Wirkung, welche dieselben und das Begleitschreiben
auf Rudolph ausübten, war womöglich eine noch größere,
als am Vormittage bei Hedwig.

„Diese Sendung kann in der That nur von dem wirklichen Mörder herrühren! Das nenne ich in Wahrheit
ein großes Glück, welches heute Morgen bei Dir, liebe
Hedwig, eingekehrt ist."

Immer von Neuem durchlas er den Begleitbrief. „Der
Mörder ist ein ganz ungebildeter Mensch, oder will
sich wenigstens den Anschein eines solchen geben. Es
müssen sofort Erhebungen angestellt werden, wer das Packet
zur Post gegeben hat."

Er sann eine kurze Weile nach. „Zum Glück ist Kreuzlingen keine große Stadt, es hat eigentlich nur durch
seinen Bahnhof eine Bedeutung," fuhr er dann wieder
fort. „Dort kreuzen die Züge der beiden Hauptlinien. —
Ich will Dir einen Vorschlag machen, Hedwig. Wir
wollen auf wenige Stunden noch die an Dich gelangte

Sendung als unser Geheimniß betrachten, selbst auf die Gefahr hin, daß Dein theurer Vater eine Nacht länger in Untersuchung schmachten muß. Es ist von der größten Wichtigkeit, den Absender des Packetes möglichst sofort ausfindig zu machen."

Rudolph sah nach der Uhr. Ein kurzes Nachsinnen brachte ihm die Gewißheit, daß er, wenn er sich unten auf der Straße in die nächste Droschke warf, gerade noch Zeit genug hatte, nach dem Hauptbahnhofe zu gelangen, um den nach Kreuzlingen fälligen Schnellzug, der die Strecke in einer Stunde zurücklegte, zu erreichen.

Er nahm haftig von Hedwig Abschied und gab ihr noch das Versprechen, ihr, wenn irgend möglich, noch an demselben Abende Bericht über den Erfolg seiner Reise zu erstalten. —

Er kam schneller, als er selbst gedacht hatte, zurück.

Seine Ermittelungen waren indessen wenig tröstlicher Natur. Das Packet war auf der Bahnpost aufgegeben worden und zwar am Abende kurz vor Schalterschluß. Da zu dieser Zeit am Schalter eine große Anzahl von Personen der Abfertigung harrte, war die Eile groß gewesen. Der Beamte hatte aus diesem Grunde kaum einen flüchtigen Blick auf den Absender des Werthstückes geworfen; soviel er sich aber erinnerte, war es ein schlanker, noch junger Mann mit dunklem Schnurrbart gewesen.

Einigermaßen aufgefallen war es dem Beamten noch, daß der Absender trotz des heißen Juliabends einen grauen Radmantel übergeworfen und mit dem einen Flügel desselben zum Ueberfluß noch das Gesicht zum Theil bedeckt hatte.

Die letzte Bemerkung hatte Rudolph zu denken gegeben, weil sie ihn an ein seltsames, ihm selbst noch räthselhaftes Vorkommniß erinnert hatte, das ihm kaum eine Stunde nach seines Schwagers Abreise nach E. zugestoßen war.

Die vielen Eindrücke des Augenblickes hatten indeſſen dieſe flüchtige Erinnerung bei Rudolph ſofort wieder erſtickt, der ſich keine Mühe hatte verdrießen laſſen, ſondern überall auf dem weiten Bahnhofsgebäude ſich nach der Perſon des unbekannten Abſenders des Werthpacketes zu erkundigen fortgefahren hatte.

Aber alle weiteren Nachfragen waren erfolglos geblieben. Niemand wußte etwas von dem in Kreuzlingen offenbar völlig unbekannten Aufgeber des Werthpackets.

Während der Fahrt hatte der junge Rechtsanwalt reiflich über den Zwiſchenfall nachgedacht. Die roſigen, hoffnungsvollen Erwartungen, die er zuerſt an denſelben geknüpft hatte, und welche er Hedwig gegenüber ungezwungen ausgeſprochen, waren vor ſeinem wägenden Verſtande zuſammengeſchrumpft. Er konnte es ſich nicht verhehlen, daß durch den Zwiſchenfall das Loos des unglücklichen Gefangenen ſich nur wenig verbeſſert hatte. Freilich ließ ſich auf alle Fälle darauf plaidiren, daß Beck nicht der Hauptſchuldige ſein könnte, aber er mußte ſich ſchließlich ſelbſt geſtehen, daß der ſicher erfolgende Einwand Seitens des Unterſuchungsrichters ſein werde: die ganze Angelegenheit ſei offenbar eine abgekartete Sache zwiſchen einem Mitſchuldigen Beck's, der, um den Verdacht von dem Verhafteten abzuwälzen, das Packet abgeſchickt habe.

Aber beängſtigender, als all' dieſe Einflüſterungen kaltwägenden Verſtandes, wirkte im Innern des jungen Rechtsanwaltes der Schrecken nach, welchen er bei der anſcheinend nebenſächlichen Bemerkung des Poſtbeamten empfand, daß der Abſender des Packetes ein hochgewachſener, ſchlanker junger Mann mit ſchwarzem Bart, bekleidet mit einem grauen Radmantel, geweſen ſei.

Er kannte einen ſolchen eleganten, mit einem verführeriſchen Aeußern begabten jungen Kavalier, er wußte nur zu gut, daß dieſer mit ſeinem ſtolzen, ſiegesgewiſſen

Lächeln das Herz seiner geliebten Schwester bezwungen
hatte!

Immer von Neuem tauchte vor Rudolph's geistigem
Blicke das Bild seines zukünftigen Schwagers auf. Er
hatte denselben vor wenigen Tagen, seinem Versprechen
getreu, nach dem Bahnhofe begleitet. Beide hatten sie,
während Hugo schon in dem nach E. abgehenden Zuge
Platz genommen, freundschaftlich miteinander geplaudert
und sich herzlich die Hände geschüttelt, als der Zug sich
schon langsam in Bewegung gesetzt hatte.

Dann hatte Rudolph, von seinen Bekannten aufgehalten,
noch etwa eine Stunde auf dem Bahnhofe verweilen und
eine Flasche Wein mittrinken müssen. Als er dann den
Heimweg hatte antreten und denselben der Abkürzung
halber über den Bahnsteig nehmen wollen, war er in
ein dichtes Menschengewoge gerathen.

Soeben war der Schnellzug aus E. eingelaufen. Der=
selbe brachte die auf einer etwa eine Viertelbahnstunde
entfernten Station aufgenommenen Reisenden der dort
einmündenden Zweigbahnen, welche zum großen Theile
nach dem Auslande reisen wollten und zu diesem Zwecke
den eben nach Kreuzlingen fälligen Schnellzug zu benutzen
gedachten.

Da war es ihm auf einmal gewesen, als ob er mitten
in dem Gewoge das bleiche Gesicht seines zukünftigen
Schwagers habe auftauchen sehen. Völlig überrascht war
er schon im Begriffe gewesen, den doch erst vor einer
Stunde nach E. Abgereisten anzurufen, obwohl ihn der
Umstand, daß die wahrgenommene Persönlichkeit einen
grauen Radmantel um die Schultern geschlungen trug,
einigermaßen unsicher gemacht hatte. Aber die wenigen
Sekunden Zögern hatten den mit Hugo zum Verwechseln
ähnlichen Herrn schon weit abgeführt, nur noch im Fluge
hatte Rudolph ihn in einem Wagen des Kreuzlinger

Schnellzuges verschwinden ſehen. Gleich darauf, noch ehe
er ſelbſt die wenigen Schritte bis eben dahin hatte zurück-
legen können, war das Abfahrtsſignal gegeben worden
und der Zug zur Bahnhofshalle hinausgedampft.

Ein junger, ſchlanker Mann mit ſchwarzem Bart in
einem grauen Radmantel hatte aber das Werthpacket auf
der Kreuzlinger Bahn aufgegeben!

Kein Zweifel war möglich, Rudolph hatte mit eigenen
Augen den unbekannten Abſender und damit wohl gar
den wirklichen Mörder geſehen, dieſer war ihm für einen
Augenblick ſo nahe geweſen, daß er ihn hätte greifen
können.

Warum erfüllte ihn dieſer Gedanke mit immer ſtei=
genden Mißbehagen? Es gab doch Dutzende von Männern
derſelben Figur in der Stadt, welche ſeinem zukünftigen
Schwager leidlich ähnlich ſahen. Rudolph wollte ärgerlich über ſich ſelbſt werden, daß immer wieder in ſein
Nachdenken ſich die Geſtalt Hugo's ſtahl. Er konnte ſich
nicht helfen, ein fröſtelndes Gefühl beſchlich ihn immer
ſieghafter, er fühlte, wie ein unbezwingliches Mißtrauen
ſich in ſeinem Herzen einniſtete.

Gewaltſam unterdrückte er endlich die unheimliche
Kombination, die immer wieder von Neuem ſich in ſeinem
Gehirn bildete. —

Es that Rudolph wehe, die hoffnungsvolle Freudigkeit
Hedwig's herabſtimmen zu müſſen. Sie hatte nicht anders
geglaubt, als nun ſei Alles gut und ihr Vater müſſe
ſchon am nächſten Tage frei und aller Schuld ledig aus
dem Gefängniſſe zurückkehren; indeſſen wollte der junge
Rechtsanwalt ſeiner Verlobten nicht alle Hoffnung rauben,
bevor er nicht die entſcheidende Rückſprache mit dem Unter=
ſuchungsrichter genommen hatte.

Schon am nächſten Morgen ließ er ſich bei dieſem
melden und händigte dem Erſtaunten das Werthpacket ein,

ihm zugleich den Erfolg seines Abstechers nach Kreuzlingen berichtend.

Seine Erwartungen sollten Rudolph nicht getäuscht haben. Zwar war auch Alberti äußerst überrascht, als er Einsicht von dem Werthpackete nahm. Kopfschüttelnd betrachtete er die fünf Tausendmarkscheine und ließ verwunderte Blicke über das funkelnde und sprühend-blitzende Brillantschloß gleiten.

Dann stand er auf und entnahm einem Schranke die übrigen Bruchstücke des Amethysthalsbandes, dasselbe war nun bis auf geringe Abschürfungen, welche es durch das jähe Zerreißen erlitten haben mochte, vollständig. Es war kein Zweifel möglich, daß das ihm von dem Rechtsanwalt soeben überbrachte Brillantschloß das Verbindungsglied zwischen den Bruchstücken der Kette darstellte. Ein Blick auf die Nummern der Kassenscheine belehrte den Untersuchungsrichter, daß er es wirklich mit den bisher fehlenden fünf Tausendmarkscheinen zu thun hatte.

Eine lange Weile durchlas er alsdann mit undurchdringlichem, unbewegtem Mienenausdrucke das Begleitschreiben. Das wunderliche Deutsch in demselben schien sein Mißtrauen hervorzurufen, denn allmälig wurde der Ausdruck um seine Mundwinkel ein immer ungläubigerer und skeptischerer.

Schließlich ließ er den Zettel sinken, nickte einige Male mit dem Kopfe und wendete sich dann an den Rechtsanwalt.

„Für was halten Sie den Schreiber dieses Wisches?" frug er.

„Er scheint ein Mann aus den niederen Volksklassen zu sein, wenigstens ist das Schreiben unorthographisch genug abgefaßt," antwortete Rudolph.

Alberti nickte. „Ja, es verblüfft bei der ersten Durchsicht," meinte er sarkastisch, „aber die darin gebrauchten

Ausdrücke entsprechen mehr dem Jargon unserer Witz=
blätter, als dem wirklichen Volksdialekt. Manche Wörter
sind geradezu raffinirt unorthographisch geschrieben, wie
zum Beispiel „Staatsanwalt'; ein wirklich ungebildeter
Mann würde kaum das ‚ß' in diesem Worte angewendet
haben. Ebenso ist merkwürdigerweise die Stylführung
eine bei Weitem bessere, als die Rechtschreibung. Ich
vermisse das erste Erforderniß eines wirklich ungebildeten
Schreibers: kurze, abgebrochene, abgehackte und nicht
vollendete Sätze.“

„Ich muß offen gestehen, es sind mir auch schon
Zweifel dieser Art gekommen!“ warf der Rechtsanwalt
ein. „Schließlich paßt auch das Signalement, welches
mir gestern in Kreuzlingen auf der Bahnpost gegeben
wurde, durchaus nicht auf einen Menschen aus den niederen
Klassen.“

Alberti nickte stumm, dann schaute er den jungen
Rechtsanwalt erwartungsvoll an.

„Vielleicht darf ich im Namen der Tochter des Ver=
hafteten nunmehr die Hoffnung aussprechen,“ begann dieser
mit etwas unsicher klingender Stimme, „daß die Leidens=
zeit des Letzteren ein baldiges Ende nehmen wird.“

Alberti sah den Rechtsanwalt groß an. „Nehmen
Sie es mir nicht übel, lieber Herr Wichern,“ versetzte er
alsdann gemessen. „Aber von einer Haftentlassung —“

„Die ich als Vertheidiger des Herrn Beck hiermit in
aller Form beantragen will,“ unterbrach ihn Rudolph,
von seinem Sitze auffahrend.

„Kann keine Rede sein,“ vollendete Alberti, und erhob
sich ebenfalls. „Die Sache ist klar, wie der Tag; daß
Beck Komplizen gehabt hat, habe ich von Anfang an ge=
glaubt, daraufhin deutet schon die räthselhafte Blutspur
mit aller Entschiedenheit. Außer allem Zweifel ist es
aber, daß er an dem Verbrechen betheiligt gewesen ist.“

„Nun, vielleicht ist der vorgesetzte Gerichtshof wegen
der Haftentlassung Beck's anderer Meinung," versetzte
Rudolph aufgebracht, nicht bedenkend, daß es gewiß nicht
in seinem Interesse liegen konnte, den mit der Untersuchung
beauftragten Beamten gegen sich einzunehmen. „Ich werde
noch heute meinen Antrag schriftlich einbringen und im ableh=
nenden Falle sofort Beschwerde beim Landgericht erheben!"

Alberti lächelte. „Es ist natürlich Ihre Pflicht, die
Interessen Ihres Klienten nach Möglichkeit wahrzuneh=
men. — Sonst haben Sie mir nichts mitzutheilen?"

„Ich kann Ihnen nur mein Bedauern aussprechen,
daß ich bis heute trotz meines wiederholten Ersuchens
keinen Zutritt zu dem Verhafteten erhalten habe," ant=
wortete Rudolph.

„Ich bin zu meinem Bedauern auch jetzt noch nicht
in der Lage, Ihnen denselben zu gewähren," entgegnete
Alberti mit kühler Höflichkeit. „Nicht, daß ich irgend
welches Mißtrauen in Sie setzte, aber ich erachte es für
den verstockten Sinn des Untersuchungsgefangenen als
heilsam, wenn er während der Voruntersuchung durch
Einsamkeit und Abgeschlossenheit zu reiflichem Nachdenken
gezwungen wird." —

Verstimmt und niedergedrückt kam Rudolph nach
Hause, wo er im Garten seine Schwester antraf.

Diese befand sich mit einer Handarbeit in der Laube
und nickte dem herankommenden Bruder freundlich zu.

Rudolph glaubte zu bemerken, daß auch ihre Gesichts=
züge einen ernsteren Ausdruck zeigten. Er setzte sich neben
ihr nieder und strich sich mit dem Taschentuche den Schweiß
von der Stirne.

„Nun, Rudolph, Du siehst recht abgespannt aus,"
meinte seine Schwester. „Hast Du Aerger in der Stadt
gehabt? Ich kann mir schon denken, der Prozeß geht Dir
nicht aus dem Kopfe."

Rudolph berichtete ihr in Kürze die neuesten Vor=
kommnisse. Dann meinte er, sie aufmerksam anschauend:
„Auch Dich, die sonst so Heitere, scheint eine Sorge zu
bedrücken?"

Hildegard rückte näher an ihn heran. „Ich habe
vorhin eine Unterredung mit dem Vater gehabt; er ist
furchtbar ungehalten über Dich, und als ich ihm sagte,
daß ich Dir nicht Unrecht geben könnte, sondern meinte,
ein jeder rechtlich denkende Mensch müsse bei seinem Glau=
ben beharren und dürfe seine Liebe nicht aufgeben und
verrathen, da wendete er mir den Rücken."

„Du bist meine gute, treue Schwester," rief Rudolph.
„Leid thut mir nur, daß der Vater meinetwegen harte
Worte für Dich hatte."

„Weißt Du, der Vater ist ein alter Mann und hat
seine Eigenheiten. Er hängt nun einmal so sehr an
seinem wohlverdienten guten Ruf, dessen er sich in Stadt
und Land erfreut, daß ihn schon der Gedanke, ihm könne
nur ein kleines Theilchen dieses Ansehens geraubt werden,
mehr als peinlich ist."

„Aber Du hättest Dich nicht verstimmen lassen sollen,
liebe Hildegard," entgegnete Rudolph mit sanftem Vor=
wurfe. „Indeß ich begreife," unterbrach er sich, „Deine
Sonne weilt ja heute fern, Dein Bräutigam."

„Ach geh," lachte Hildegard, dann aber gleich darauf
ernst werdend, setzte sie hinzu: „Du magst Recht haben
mit Deinem Vergleich. Ich habe Hugo mehr lieb als
mein Leben. Als ich ihn kennen lernte, hielt ich ihn fast
für einen oberflächlichen Charakter, je näher wir uns
aber traten, um so mehr erkannte ich, daß er wirklich
ein guter und edler Mensch ist. Er ist in Wahrheit der
Sonnenschein meines Lebens geworden, wenn er mich nicht
mehr liebte, dann möchte ich auch nicht mehr leben."

Das Gesicht des jungen Rechtsanwaltes war ernst

geworden. Er mußte unwillkürlich, nachdem sich das
Gespräch auf Hugo gelenkt hatte, des immer noch nicht
aufgeklärten Vorfalls, der sich eine Stunde nach der Ab=
reise des jungen Barons auf dem Bahnhofe abgespielt,
gedenken, und eine plötzliche Eingebung legte ihm den
Entschluß nahe, seiner Schwester die Angelegenheit mit=
zutheilen. .

„Da fällt mir übrigens ein seltsames Zusammentreffen
ein, das mir vorgestern passirt ist," begann er. „Ich
wollte es Dir gestern schon mittheilen, kam aber durch
die Kreuzlinger Reise erst spät Abends hier an und Du
hattest Dich bereits zur Ruhe begeben."

„Betrifft es Hugo?"

„Wie man es nehmen will," meinte der Rechtsanwalt
und berichtete dann sein auf dem Bahnhof erlebtes
Abenteuer.

Hildegard schüttelte den Kopf, als ihr Bruder zu Ende
gekommen war. „Das ist wunderbar," meinte sie, „schade,
daß Hugo nicht hier ist, er würde Dir Antwort haben
geben können. Jedenfalls ist es ein komisches Zusammen=
treffen, ich habe gestern Morgen eine Karte von ihm aus
E. bekommen, in welcher er mir seine glückliche Ankunft
daselbst gemeldet hat."

„Das ist in der That seltsam," lachte Rudolph leicht
auf. „Ich täusche mich sonst selten, ich habe gute Augen
und glaubte Hugo erkannt zu haben."

In demselben Augenblicke knirschte der Kiessand des
Gartenweges unter schnell herannahenden Schritten. Die
Geschwister wandten sich um, und Hildegard ließ im
nächsten Augenblicke einen freudigen Ausruf hören.

„Ach, das ist herrlich, das ist prächtig," rief sie und
eilte haftig dem lustig den Hut zum Gruße schwingenden
Baron Hugo v. Engler entgegen.

„Wenn man vom Wolf spricht, dann ist er nicht weit,"

nahm nun auch Rudolph das Wort, nur zögernd seine Hand in die dargebotene Rechte des Angekommenen legend und diesen dabei unwillkürlich scharf beobachtend. „Wir sprachen gerade soeben von Ihnen."

„Hoffentlich in gutem Sinne," meinte Hugo, nachdem er einen Kuß mit seiner Braut ausgetauscht hatte.

„Denke Dir nur," rief Hedwig, „Rudolph will Dich vorgestern Abend hier auf dem Bahnhofe gesehen haben."

Mit solch' unverkennbarem Erstaunen ruhte der Blick Hugo's auf dem jungen Rechtsanwalt, daß dieser unwillkürlich für den Moment seinen Verdacht schwinden fühlte, und schon bei sich zugeben wollte, sich am Ende doch getäuscht zu haben.

„Das muß ein Irrthum sein," meinte Hugo dann, „Sie begleiteten mich ja selbst bis an den Zug."

Nothgedrungen mußte Rudolph nochmals seine Wahrnehmung berichten, und als er zu Ende gekommen war, lachte Hugo laut auf.

„Das ist allerliebst," meinte er, „da muß ich entschieden einen Doppelgänger haben. Nun, glücklicherweise bin ich in der Lage, meiner schönen Braut gegenüber mein Alibi voll und ganz nachweisen zu können. Hier," setzte er mit komischer Wichtigkeit hinzu, seiner Brusttasche ein längliches beschriebenes Blatt Papier entnehmend, „ist die Rechnung des Hotels zum ‚schwarzen Adler' in E. Zwei Nächte, zwei Kaffee, das Uebrige habe ich sofort bar bezahlt."

Die Geschwister lachten über die drollige Wichtigkeit, mit welcher Hugo ihnen dies vortrug. Bei Rudolph wollte die Fröhlichkeit freilich nicht recht von Herzen kommen.

Als sich die Heiterkeit gelegt hatte, wendete sich Rudolph an seinen zukünftigen Schwager. „Ich habe Ihnen übrigens eine Neuigkeit mitzutheilen, die Ihnen nicht besonders angenehm zu hören sein wird."

Hugo's eben noch lächelndes Gesicht verfinsterte sich zusehends. „Ah, Sie meinen wohl meine Erbschafts= angelegenheit? Hat dieser Herr v. Gerstenberg wirklich den Muth gehabt —"

„Ja," fiel Rudolph ein, „er hat in aller Form die Erb= schaft für sich in Anspruch genommen; dieselbe bleibt nun bis zum Austrag des Prozesses unter Gerichtsverwaltung."

„Das ist ärgerlich!" stieß Hugo in sichtlich großem Unmuth hervor. „Ich rechnete so sicher auf Geld, und nun —"

Rudolph sah ihn unwillkürlich an. „Aber diese Ihre Berechnung kann doch erst ganz neueren Datums sein," entgegnete er schärfer, als er selbst beabsichtigte. „Vor einer Woche wußten Sie ja noch gar nichts von den be= klagenswerthen Ereignissen."

„Ganz recht," bestätigte Hugo eifrig. „Aber Sie werden mir zugeben müssen, lieber Freund, daß diese völlig aussichtslose Spiegelfechterei des Herrn v. Gersten= berg mich im höchsten Grade empören muß. Wissen Sie wirklich keinen schnell zum Ziele führenden Weg?"

„Ich werde mein Möglichstes thun," entgegnete der junge Rechtsanwalt in zerstreutem Tone. „Aber da wir uns unglücklicherweise mitten in den Gerichtsferien be= finden, so läßt sich schwerlich vor September ein Termin anberaumen."

Die Stirn Hugo's verfinsterte sich immer mehr, in seinen Augen blitzte es jäh auf. Es schien, als ob ihm einige Worte herber Entgegnung auf den Lippen schwebten. Aber er beherrschte sich. ———

12.

Mehrere Wochen waren vergangen.

Es war Rudolph noch immer nicht gestattet worden, den Verhafteten zu besuchen und persönliche Rücksprache mit ihm zu nehmen. Wohl aber hatte er einen Brief von Beck bekommen, in welchem dieser ihn kurz gebeten hatte, seine Vertheidigung zu übernehmen und vorläufige Ermittelungen anstellen zu lassen. Das war auch ge= schehen. Rudolph, von instinktivem Mißtrauen gegen den Trödler erfaßt, hatte einen Kriminalbeamten ersucht, diesen heimlich zu überwachen.

Das Verhältniß Rudolph's zu seinem Vater war in= zwischen ein immer gespannteres geworden. Zwar hatte der junge Rechtsanwalt vermieden, eine neuerliche Erörte= rung mit dem gereizten und starrsinnigen alten Manne zu provoziren, aber er sah mit offenen Augen die Kata= strophe unabwendbar kommen. Andreas Wichern war nicht der Mann, schweigsam zu dulden und zu gestatten, was er selbst verurtheilte.

Auch mit Hedwig war Rudolph seit jener geheimniß= vollen Packetgeschichte nur ein einziges Mal wieder zu= sammengetroffen. Das junge Mädchen hatte ihn in Ge= sellschaft ihrer freundlichen, dem jungen Rechtsanwalt aber herzlich unbequemen Wirthin empfangen.

Hedwig hatte sehr viel zu thun gehabt, und Rudolph voll staunender Bewunderung der Arbeit ihrer fleißigen Hände zugeschaut. Dann hatte er sich wieder empfohlen, von Hedwig mit jener ruhigen, stillen Freundlichkeit ver= abschiedet, die ihm schon früher so empfindlich nahe ge= gangen war.

Endlich erhielt er eines Morgens, als er eben im Begriffe war, sich nach dem Gerichtsgebäude zu begeben, von dem Untersuchungsrichter die amtliche Meldung, daß die Voruntersuchung gegen den des Doppelraubmordes verdächtigen Karl Beck nunmehr abgeschlossen sei und den Besuchen desselben Seitens seines Vertheidigers nichts mehr im Wege stände.

Ohne Säumen begab sich Rudolph nach dem Dienst=

zimmer Alberti's. Er traf denselben dort und erhielt
ohne Schwierigkeit eine Passirkarte ausgestellt, welche ihn
zum Betreten der Gefängnißzelle, in welcher Beck unter-
gebracht war, ermächtigte. Dann begab sich der junge
Rechtsanwalt nach dem im rückwärtigen Trakte des weit-
läufigen Gebäudes liegenden Untersuchungsgefängnisse.

Eine eigenthümlich düstere Stimmung überkam ihn,
als er vor dem eisernen Thore stand, welches das Gefängniß von den übrigen Räumen des Justizgebäudes schied.
Der schrille Ton der von ihm in Bewegung gesetzten,
weithin hallenden Glocke erschreckte ihn förmlich. Es war
ihm, als ob er ihm zurufen wolle, daß es vergeblich sei,
Hoffnungen auf diese Stätte des Unglücks und des Elends
zu übertragen, Hoffnungen, an die sein eigenes Herz kaum
zu glauben wagte.

Rasselnd und klirrend wurde das Thor geöffnet.

Ein uniformirter Aufseher nahm den Rechtsanwalt in
Empfang und geleitete ihn durch mehrere düstere Gänge
zur Zelle einunddreißig, die er aufschloß. Im Inneren
war es so dunkel, daß der junge Rechtsanwalt erst eine
Weile stehen bleiben mußte, bis er die Gegenstände in dem
Raume wahrzunehmen vermochte. Jetzt gewahrte er die
hagere, eingefallene Gestalt, die bis dahin apathisch auf
dem Strohsacke gekauert hatte und nun mühsam sich erhob.

Der Gefangene hatte jetzt auch seinen Besucher erkannt.
Ein freudiger Schimmer glitt über sein welkes, abgezehrtes
Gesicht, auf dem eine ganze Gefühlsskala bittersten Leids
und nagenden Grams ausgeprägt zu sein schien.

Das Wiedersehen zwischen beiden Männern war ein
schmerzlich bewegtes.

Rudolph eilte auf den Verhafteten zu und schüttelte
ihm tief bewegt beide Hände. „Endlich, Herr Beck, ist
mir gestattet worden, zu Ihnen zu kommen, mit Ihnen
sprechen und berathen zu dürfen!"

„Endlich — endlich kommen Sie," murmelte der Ge=
fangene, während ein krampfhaftes Zucken durch seine
Glieder ging. „O, Sie können nicht glauben, wie gar
sehr ich mich nach Ihrem Kommen gesehnt habe, und doch
wartete ich Tag für Tag, Woche um Woche vergeblich."

Der hohle Ton seiner Stimme erschütterte Rudolph
mächtig. Er mußte mit sich kämpfen, um seine Aufregung
bezwingen zu können.

„Zuerst gestatten Sie mir eine Frage," fuhr Beck
fort, „Sie sehen, ich bin hier völlig abgeschnitten von der
Außenwelt. Der Wärter sprach kein Wort zu mir, er
war stumm auf alle meine Fragen. Man riß mich da=
mals von Weib und Kind —"

Er hielt inne, denn ein düsterer Schatten hatte sich
auf Rudolph's offenem Angesicht gelagert. Im nächsten
Augenblicke schon kam ein schmerzlicher Laut über Beck's
Lippen. „So habe ich damals recht gesehen," stammelte
er, „als man mich im Wagen vorüberfuhr! Ich sah einen
Sarg aus dem Hause tragen und —"

„Ertragen Sie das Schicksal wie ein Mann," fiel
ihm Rudolph bewegt in's Wort. „Ich bringe Ihnen die
letzten Grüße der armen, friedlich heimgegangenen Dul=
derin. Ihr ist wohl!"

„Also wahr, wahr!" lallte Beck mit gebrochener
Stimme.

Dann taumelte er haltlos auf den Strohsack zurück,
barg sein Gesicht in beiden Händen und weinte bitterlich.

Dieser Anblick erschütterte Rudolph ungemein. Er
mußte an sich halten, um nicht selbst weich zu werden
und Thränen zu vergießen. Geduldig, nicht wagend, den
heiligen Schmerz des Unglücklichen zu stören, wartete er.

Endlich ließ Beck die Hände von seinem Gesichte sinken
und erhob sich wieder. „Verzeihen Sie mir, daß ich
schwach geworden bin," murmelte er. „Aber der furcht=

bare Schmerz riß mich hin. Ich wußte ja, was Sie mir
sagten, schon im Voraus; Ihre Botschaft traf mich nicht
unvorbereitet, und dennoch —" Er schlug sich mit der
flachen Hand vor die Stirn. „Lassen wir das. Jetzt eine
Frage an Sie," stieß er haftig hervor. „Aber wohl=
gemerkt, ich richte diese Frage nicht an den Verlobten
meiner Tochter, sondern an den unparteiisch denkenden
und wägenden Rechtsanwalt. Halten Sie mich für schul=
dig? — Ja oder Nein!"

Sein Blick bohrte sich tief in die Augen Rudolph's
ein; es war, als ob er dessen innerste Gedankenregungen
erspähen wollte.

Aber unbefangen hielt Rudolph seinen Blick aus. „Ich
glaube Ihnen bereits Antwort gegeben zu haben, Herr
Beck, oder meinen Sie in der That, ich würde Ihnen,
und wenn Sie zehnmal Hedwig's Vater sind, die Hand
gereicht haben, wenn ich Sie für einen blutbefleckten
Mörder hielte? Einen Händedruck tauscht man nur mit
einem Ehrenmanne aus!"

Ein freudiges Zucken ging über das Angesicht des
Verhafteten. „So glauben Sie mir, Herr Wichern!
Endlich ein Mensch, der mir glaubt. O, Sie wissen nicht,
Sie können nicht ahnen, wie wohl das thut. Jedes Wort,
das ich diesem Untersuchungsrichter sage, wird als Lüge,
als elende Ausflucht betrachtet. Das beredte Mienenspiel
dieses Mannes drückt unverkennbare Verachtung aus. O, ich
kann es nicht kund geben, wie glücklich mich der Gedanke
macht, von einem ehrlichen, wackeren Menschen als Seines=
gleichen behandelt zu werden, obgleich ich hier, in des
Kerkers Nacht, wie ein wildes, reißendes Thier — ohne
jede Aussicht —"

„Nein, Sie sollen die Hoffnung nicht aufgeben," unter=
brach ihn Rudolph. „Ich wünsche in Ihnen zwar durch=
aus keine Illusionen zu erwecken — so weit ich bisher

den Fall kenne, muß ich vielmehr sagen, daß es uns schwer sein wird, die in der Untersuchung wider Sie angesammelten Indicien erfolgreich zu widerlegen — aber schließlich ist Ihr gutes Recht und Gott mit Ihnen, er wird uns Kraft und Macht in die Hand geben, auch das Schwerste zu überwinden! Vor Allem aber möchte ich Sie darum bitten, mir mit schrankenloser Offenheit Alles zu sagen und nichts zu verschweigen. Es wäre überhaupt besser gewesen, wenn Sie zu mir, als zu Ihrem zukünftigen Eidam, schon früher Vertrauen gehabt hätten."

„Wieso?"

„Hätte ich ahnen können, welche verhängnißvolle Wendung Ihre Verhältnisse schon vor Ihrer Verhaftung genommen hatten, so hätte ich hilfreich eintreten können," fuhr Rudolph fort, „Sie wären alsdann nicht in die traurige Lage versetzt worden, Ihre Werkzeuge dem gewissenlosen Tröbler verkaufen zu müssen!"

Beck stöhnte auf. „Dieser meineidige Schurke!" murmelte er. „Er schwor es mir in's Gesicht ab, jemals Werkzeuge von mir gekauft zu haben!"

„Auch ich bin fest überzeugt, daß Schimmel einen Meineid geschworen hat; indessen wird es sehr schwer halten, es ihm nachzuweisen."

„O, über diese Gerechtigkeitspflege," stöhnte der Gefangene auf. „Fußfällig habe ich den Untersuchungsrichter gebeten, eine Haussuchung bei Schimmel anzuordnen, einzeln habe ich die Werkzeuge beschrieben, welche ich an den Abscheulichen verkauft habe, nicht die geringste Scharte in den Klingen habe ich anzugeben vergessen, ein Blinder muß nach meiner Beschreibung die Werkzeuge kennen. Aber man hatte für alle meine Worte nur ein verächtliches Achselzucken. Jetzt bin ich hoffentlich nicht mehr ganz hilflos, ich bitte, ich beschwöre Sie, setzen Sie es durch, daß eine Haussuchung bei Schimmel gehalten wird."

„Ich vermag Ihnen in dieser Beziehung nicht viel
Hoffnung zu machen," entgegnete der Rechtsanwalt be-
kümmert, „denn abgesehen davon, daß nach den bestehenden
Gesetzesvorschriften eine Haussuchung nur in begründeten
Verdachtsfällen angeordnet werden kann, ist kaum anzunehmen, daß Schimmel auch nur ein einziges Ihrer Werkzeuge noch im Hause hat, dazu ist er ein viel zu vorsichtiger und geriebener Gauner."

„O, es ist, als ob das Gericht mit ihm unter einer
Decke spielte," stieß der Verhaftete ingrimmig hervor.
„Man ließ ihm ja wochenlang Zeit, und mich, den Un-
schuldigen, sperrt man unbarmherzig ein."

„Ich lasse den Trödler im Geheimen beobachten," fiel
Rudolph ein.

In den Augen Beck's leuchtete es freudig auf. „Aber
Sie fanden bisher keine Handhabe?"

„Bis jetzt ist mir nichts Verdächtiges gemeldet worden,"
versetzte der Rechtsanwalt. „Schimmel geht in gewohnter
Weise seinem Geschäft nach, er verkauft und kauft ein.
Von den Werkzeugen aber hat der Kriminalpolizist, den
ich mit den Nachforschungen beauftragte, bisher noch keine
Spur entdecken können."

Wieder stöhnte Beck auf. „Und doch ist es die lautere
Wahrheit, daß ich ihm die Werkzeuge, darunter den ver-
hängnißvollen Grabstichel, verkauft habe."

„Es geschah dies am Nachmittage vor dem Morde?"
Beck bejahte.

„Wie kamen Sie dazu, die Werkzeuge gerade an
Schimmel, der doch Ihr Hauswirth war, zu verkaufen?"

„Sie wissen ja, meine arme Frau lag schon damals
im Sterben. Ich war zu dem Baron v. Engler abberufen
worden, um dessen Kassenschrank zu öffnen. In meiner
Abwesenheit war der Arzt dagewesen und hatte erklärt,
nicht eher wieder kommen zu wollen, bis das rückständige

Honorar bezahlt sei. Auch der Apotheker hatte mir jeden weiteren Kredit verweigert. Ich hatte nichts mehr im Hause, meine Frau aber jammerte und wollte mich nicht mehr von ihrer Seite lassen. Da ich nun bei Schimmel, der meine bedrängte Lage kannte, am ehesten ein Einsehen voraussetzen konnte, und auch am schnellsten bei ihm zu Gelde kam, so eilte ich die Treppe zu ihm hinunter. Ich ahnte nicht, welch' furchtbares Verhängniß ich auf mich und die Meinigen dadurch heraufbeschwor."

„Unglückseligerweise befand sich Niemand im Tröbler= laden, als Sie das Geschäft mit Schimmel abwickelten?"

„Niemand."

„So hat Sie also kein Mensch an diesem Nachmittage in dem Tröblerladen gesehen?" frug Rudolph wieder.

„Es wäre uns schon viel damit gedient, wenn wir wenigstens nachweisen könnten, daß Sie an diesem Nach= mittage dort waren."

Der Gefangene sann einen Augenblick nach. „Doch, es begegnete mir, als ich froh über die erhaltenen fünfzig Mark den Tröblerladen verließ, ein hochgewachsener junger Mann unter der Thür, der sich offenbar in den Laden begeben wollte."

„Wie sah derselbe aus?" forschte Rudolph.

Beck sann wieder einige Sekunden nach, dann zog er betrübt die Achseln in die Höhe. „Ja, wenn ich das noch wüßte," murmelte er, „ich habe, offen gestanden, nicht sonderlich auf den mir Begegnenden geachtet. Ich glaube, er hat einen schwarzen Schnurrbart, vielleicht auch einen Knebelbart gehabt. Ich wunderte mich einigermaßen, daß er trotz des schwülen Julinachmittages einen grauen Rad= mantel und die Enden desselben noch obendrein über die Schultern geworfen hatte, wie um sein Gesicht zu ver= decken. Aber ich achtete nicht viel auf diesen Umstand. Ich eilte nur, um schnell nach der Apotheke zu kommen

und dort Arznei und Wein für meine kranke Frau zu
kaufen."

Schon während der letzten Worte des Gefangenen
hatte sich lebhafteste Ueberraschung in den Gesichtszügen
Rudolph's ausgeprägt. „Mein Gott," rief er jetzt aus,
„welch' seltsames Zusammentreffen! Ein hochgewachsener
junger Mann mit schwarzem Bart, in einen weiten, grauen
Radmantel eingehüllt, in der That, das ist ein seltsames
Zusammentreffen! Aber sind Sie Ihrer Sache auch sicher?"

Erstaunt nickte Beck mit dem Kopfe. „Je länger ich
nachdenke, desto deutlicher erinnere ich mich jener flüchtigen
Begegnung," sagte er sinnend. „Gewiß, ich täusche mich
nicht. Es war ein junger Mann mit bleichem, verlebtem
Gesicht, und schwarzem Schnurrbart, den Knebelbart
konnte man mehr ahnen, als sehen, des vorgehaltenen
Mantelflügels wegen. Mit überraschender Klarheit tritt
die Erscheinung plötzlich vor mein geistiges Auge, aber,"
unterbrach er sich, „warum legen Sie auf diesen neben=
sächlichen Umstand ein solch' merkwürdiges Gewicht?"

„Weil ich glaube, daß Sie in jenem Augenblicke
ahnungslos an dem Manne vorübergeschritten sind, der
schon im Begriffe stand, das furchtbare Verhängniß auf
Sie herabzubeschwören!" rief Rudolph erschüttert aus.
„Ich zweifle nicht daran, daß jener Mann im grauen
Mantel und der verruchte Mörder ein und dieselbe Person
sind. Glauben Sie übrigens, daß Schimmel selbst direkt
oder indirekt an der Mordthat betheiligt gewesen ist?"

„Das ist so klar wie heller Sonnenschein!" fiel ihm
erregt der Gefangene in's Wort. „Natürlich steckt jener
Schurke dahinter."

„Sie halten ihn also für den Urheber der That?"

„Sicherlich," bestätigte Beck. „Wie wäre es auch sonst
möglich, daß der Grabstichel in der Brust des Ermordeten
gefunden wurde?"

„Es müßte sich dann um einen sorgsam vorbereiteten Mord handeln. Unklar ist mir freilich, wie der Trödler dazu gelangt sein kann, Abends in die gut verschlossene Wohnung des Barons zu kommen," versetzte Rudolph nachdenklich. „Er hat doch keinerlei Verbindung mit den Bewohnern des Letzteren gehabt."

„Nun, bekannt war er schon mit Fräulein v. Gerstenberg," unterbrach ihn Beck hastig. „Wiederholt habe ich das Fräulein in dem Laden des Trödlers verschwinden sehen. Ich glaube, sie kaufte immer alle Spitzen und dergleichen Zeug."

„Das kann unter Umständen werthvoll für uns sein. Glauben Sie, daß Ihre Aussage auch von anderer Seite bekräftigt werden kann?"

„Sicherlich durch die Dienerschaft des Barons, vielleicht auch durch meine Tochter."

„Soviel ich urtheilen kann, ist Schimmel ein zu schwächlicher Mann, um eine Mordthat, wie die geschehene, selbst zu vollbringen. Zu einer solchen bedarf es Nerven von Stahl und einer eisernen Faust, zudem kommt das Tikunagift äußerst selten vor."

„Nun, das wäre doch bei einem Raritätenhandel noch am ehesten zu finden," warf Beck ein. „Ich wunderte mich oft, was Schimmel Alles einkauft. Die unmöglichsten Sachen kommen zum Vorschein. Aber für den Mörder selbst halte ich ihn auch nicht, dazu ist der Bursche viel zu feige. Den Hehler und Auskundschafter hat er gemacht. Zur Ausführung der That selbst hatte er seine Helfershelfer."

„Ich will jetzt vorerst an ein eifriges Aktenstudium gehen; erst wenn wir klar sehen, können wir über weitere Maßregeln berathschlagen."

Ueber Beck's Gesicht ging ein wehmüthiger Schimmer. „Sie wollen schon wieder gehen? Ich wage nicht, Sie zu längerem Bleiben aufzufordern, es ist zu grausig hier. Aber bitte, grüßen Sie meine Tochter."

Die letzten Worte sagte Beck mit zuckenden Lippen.

„Ich werde tagtäglich kommen und Ihnen alle möglichen Erleichterungen zu verschaffen suchen," versicherte Rudolph.

Dann verabschiedete er sich von dem Unglücklichen und rief durch Pochen den draußen harrenden Wärter herbei, der die Thür wieder öffnete, welche er vorhin hinter ihm abgeschlossen hatte.

Ungesäumt begab sich Rudolph nach dem Bureau des Untersuchungsrichters zurück und erbat sich Einsicht in die Akten.

Bereitwillig gewährte Alberti sofort diese Bitte.

Wohl stundenlang saß alsdann der Rechtsanwalt da und grübelte über den vielen Bogen engbeschriebenen Papiers. Fast wollte ihn wieder die Hoffnungslosigkeit überkommen, jemals die Anklage, die über Beck's Haupt schwebte, entkräften zu können.

Es dunkelte schon, als Rudolph endlich das Justizgebäude verließ.

Zufällig traf er am Ausgange mit dem Polizeikommissär Grösser zusammen, der ebenfalls seinen Tagesdienst beendigt hatte und sich anschickte, nach Hause zu gehen.

Rudolph wechselte einen Händedruck mit dem pflichteifrigen Beamten.

„Sie waren vermutlich bei Ihrem Klienten?" fragte Grösser, sich dem Rechtsanwalt anschließend. „Ich habe bereits gehört, daß Sie die Vertheidigung übernommen haben. Es ist ein aussichtsloses Stück Arbeit, obwohl die Schuld des Verhafteten noch nichts weniger als erwiesen ist."

Ueberrascht schaute Rudolph den Beamten an. „Wie,

Sie zweifeln auch an der Schuld Beck's?" versetzte er dann hastig. „Soviel ich aus den Akten weiß, sind doch Sie es gewesen, der die meisten Schuldbeweise wider den Verhafteten zusammengetragen hat."

„Ich wollte, ich hätte gleich am ersten Tage eine Haus= suchung bei Schimmel vornehmen dürfen, dann würde vielleicht die ganze Anklage ein anderes Aussehen bekommen haben," warf der Kommissär ein.

Ueberrascht blieb Rudolph stehen. „Das ist derselbe Wunsch, welchen Beck wiederholt vergeblich äußerte," ver= ethe er. „So halten Sie Beck in der That für schuldlos?"

„Es ist eigentlich ein unerquickliches Thema," meinte Grösser, „man kann sich nur in Vermuthungen bewegen. Jedenfalls bin ich von meiner ersten Meinung, die Beck für den einzig Schuldigen hielt, zurückgekommen. Ich glaube sogar nicht einmal mehr, daß er am Mord be= theiligt war. Aber das sind, wie gesagt, lauter Ver= muthungen, eine sichere Handhabe ist nicht vorhanden. Sie werden jedenfalls einen schweren Stand bei der Ver= theidigung haben, Herr Doktor."

„Ich kann es Ihnen ja im Vertrauen sagen," versetzte der junge Rechtsanwalt, „ich habe einen Ihrer Unter= gebenen zu gewinnen gewußt, den Tröbler heimlich zu überwachen."

„Ist mir bereits bekannt. Schutzmann Pohl meldete es mir pflichtgemäß," meinte Grösser dagegen. „Ich halte Ihr Vorgehen für klug und vorsichtig, indessen wird nicht viel dabei herauskommen. — Nun, wenn Sie gestatten, lieber Herr Doktor, so werde ich mich ab und zu nach dem Fortgange der Untersuchung umsehen, ich habe mir auch vorgenommen, diesen vortrefflichsten aller Tröbler scharf im Auge zu behalten, und ich würde mich freuen, wenn es mir gelingen sollte, Ihnen einiges Entlastungs= material an die Hand zu geben."

„Sie würden dem Unschuldigen einen unschätzbaren Dienst erweisen," versicherte Rudolph.

Sie schritten eine Weile schweigend nebeneinander her. Rudolph glaubte zu bemerken, daß der Kommissär ihn von der Seite mit vieldeutigem Mienenausdruck fixirte.

„Eine komische Geschichte ist's jedenfalls," unterbrach Grösser endlich wieder das Schweigen. „Es sind so viele Widersprüche im Spiele; was sagt denn zum Beispiel Ihr Klient zu dem Verschwinden des Testamentes?"

Wieder ruhten die Blicke des Kommissärs mit fast stechendem Ausdruck auf Rudolph. Dieser zuckte leicht betroffen zusammen. „Ich habe mit ihm darüber noch nicht Rücksprache genommen," versetzte er, unwillkürlich seinen Schritt verlangsamend. „Ich muß allerdings zugeben, daß auch mich dieses seltsame Verschwinden des Testamentes, dessen Vorhandensein von einwandsfreien Personen bestätigt wird, eigen genug berührt hat; ich hoffe indessen gerade aus diesem Umstande Kapital schlagen zu können."

„Sie müssen aber vorsichtig verfahren, denn Sie könnten sonst leicht Jemand eine schöne Suppe einbrocken."

Rudolph blieb stehen und schaute den Anderen fragend an. „Wie meinen Sie das?" entgegnete er. „Reden wir offen miteinander. Sie sagen mir nicht die ganze Wahrheit, Sie denken anders, wie Sie sprechen. Wem könnte ich wohl eine Suppe einbrocken?"

„Ich meinte nur, daß man sehr leicht einen Unschuldigen verdächtigen könnte," verletzte der Kommissär leichthin. „Besonders Sie haben noch gewisse Rücksichten zu nehmen. Allein schon der Gedanke, daß schließlich ja auch Ihr zukünftiger Schwager, der doch sicherlich ein einwandsfreier Mann ist, großes Interesse an dem Verschwinden des Testaments gehabt haben könnte —"

Er vollendete den Satz nicht, denn mit hartem Drucke umspannte Rudolph seinen Arm.

„Ah, so ist also dieser furchtbare Gedanke, den ich bisher als trostloses Geheimniß in meinem Innern verschlossen wähnte, auch schon Ihnen gekommen? Sie haben Verdacht auf den Baron, sagen Sie mir, aus welchem Grunde?"

Grösser schaute ihn scheinbar verwundert an. „Aber ich bitte Sie, Herr Doktor, mißverstehen Sie mich nicht," meinte er mit harmloser Miene. „Im Gegentheil, ich meinte es gut mit Ihnen, ich wollte dem Baron Hugo v. Engler, Ihrem zukünftigen Schwager, nicht im Geringsten zu nahe treten. Unsereinem müssen Sie es schon verzeihen, wenn man schließlich jeden Menschen als Spitzbuben ansieht; man hat mit solchen eben gar zu viel zu thun."

Rudolph sann eine Weile nach. „Sie täuschen mich nicht," meinte er dann entschlossen zu dem Polizeikommissär. „Sie sind ein verschwiegener, in Ihrem Berufe äußerst tüchtiger Mann, und können sich wohl denken, wie sehr ich wünsche, den wahren Schurken entlarvt zu sehen. Schon aus diesem Grunde darf ich nicht kleinliche Rücksichten auf mir noch so nahe stehende Personen nehmen. Es bleibt aber unter uns, was ich Ihnen jetzt sagen werde."

Der Kommissär nickte nur schweigend mit dem Kopfe und hörte dann mit gespannter Aufmerksamkeit auf die ihm flüsternd von Rudolph gemachten Eröffnungen. Indessen schien deren Mittheilung keinen besonderen Eindruck auf ihn zu machen.

„Schlagen Sie sich das aus dem Kopfe, das ist eine Sinnestäuschung gewesen —"

„Nein, nein, ich habe gute Augen im Kopfe, die mich nicht trügen. Ich möchte darauf schwören, daß es mein zukünftiger Schwager gewesen ist," entgegnete Rudolph in hochgradiger Erregung. „Sie können nicht nachfühlen, in welcher Gemüthsverfassung ich mich seit jenem Augenblicke befinde."

„Und doch haben Sie sich geirrt," widersprach der Kommissär gleichmüthig. „Lieber Himmel, bei dem Men=schengewühl konnten Sie auch nur flüchtig beobachten und Ihr künftiger Verwandter hat ein einnehmendes, aber nicht gerade eigenartiges Gesicht. Solche Bärte findet man dutzendweise. Zudem sagen Sie ja selbst, daß die Kleidung eine andere war. Für Ihren Fingerzeig selbst bin ich Ihnen sehr dankbar," setzte er gleich darauf hinzu, „ich werde mir gestatten, die Verfolgung dieses Mannes mit dem Radmantel selbst in die Hand zu nehmen. Natür= lich vorläufig als Privatmann, denn ohne völlig aus= reichendes Material vermögen wir nichts anzufangen. Im Uebrigen aber schlagen Sie sich die Grillen aus dem Sinn, Herr Doktor. Sie hatten ohnehin in der letzten Zeit so viel Widerwärtigkeiten."

Der Kommissär begleitete Rudolph noch ein Stück des Weges, dann verabschiedeten sie sich und Rudolph schritt gedankenvoll dem väterlichen Anwesen zu.

Der Mienenausdruck des Kommissärs aber änderte sich ungemein, sobald er sich unbeachtet sah. Das heitere, sorglose Lächeln verschwand und er nickte vielsagend mit dem Kopfe.

13.

In der nächsten Schwurgerichtsperiode, deren Sitzungen Anfang Oktober im Justizgebäude abgehalten wurden, sollte der Prozeß Beck abgeurtheilt werden.

Trotz seines eifrigsten Bemühens war es Rudolph nicht gelungen, irgendwie neue Gesichtspunkte, die seinen Klienten zu entlasten vermocht hätten, ausfindig zu machen. Vor wie nach stand die Ueberzeugung bei ihm unerschütterlich fest, daß der Trödler Schimmel wenigstens Mitwisser des

geschehenen Verbrechens sein und einen Meineid geschworen
haben mußte; aber die sowohl von dem Polizeikommissär
Größer, wie auch von dessen Untergebenen fortgesetzt an=
gestellten Beobachtungen hatten noch nicht das geringste
Resultat ergeben.

Hedwig Beck benahm sich andauernd gefaßter und
ruhiger, als Rudolph es anzunehmen gewagt hatte. Die
Schicksalsschläge, welche das junge Mädchen in der letzten
Zeit betroffen, hatten die ohnehin selbstständig veranlagte
Natur Hedwig's völlig herangereift. Selten nur ver=
gönnte sie ihrem Bräutigam einen kurzen Besuch, bei dem
alsdann immer ihre Wirthin zugegen war. Sie schien
die bittenden Blicke des jungen Rechtsanwaltes nicht wahr=
zunehmen, mit gemessener Freundlichkeit bewillkommnete
und verabschiedete sie ihn, mit fast unbewegten Gesichts=
zügen hörte sie seinen Bericht an, und ihre Stimme klang
fast theilnahmslos, wenn sie über die Aussichten ihres
Vaters in der bevorstehenden Schwurgerichtsverhandlung
sprach. Erst wenn Rudolph gegangen war, überließ sich
das junge Mädchen ihrem herben Schmerze, dann barg
sie ihr brennendes Angesicht in den Händen und sandte
stammelnde Gebete zum Himmel, sie zu erlösen von der
übermächtigen Last, unter der ihr Herz zusammenzubrechen
drohte. —

Im Hause des Fabrikanten Wichern herrschte eben=
falls eine unerquickliche Stimmung, die ihre Wirkung
selbst auf das sonst so glückliche Brautpaar erstreckte.

Hugo v. Engler schien in der letzten Zeit nicht mehr
so ruhig und heiter zu sein, wie seine Braut es bisher
an ihm gewohnt gewesen war. Es hatte ihn eine selt=
same nervöse Unruhe überkommen, er erschien häufig offen=
bar verstimmt und mit niedergeschlagenen Mienen bei
seiner Braut, und seine üble Laune verstärkte sich noch,
wenn Rudolph ihm wahrheitsgemäß berichten mußte, daß

der Erbschaftsprozeß von seiner endlichen Erledigung weit
entfernt und es gar nicht abzusehen sei, wer in diesem
verwickelten Rechtsstreite schließlich siegen würde.

Vor allen Dingen aber war es das äußerst gespannte
Verhältniß zwischen Vater und Sohn, welches die Stimmung in dem Hause des Fabrikanten niederbrückte.

Die Befürchtungen des alten Herrn waren in vollem
Umfange eingetroffen. Das Verbrechen in der Kochstraße,
noch mehr aber die darauffolgende Verhaftung des früher
so hochangesehenen Fabrikanten hatten geradezu Sensation
in der Stadt erregt. Man sprach in allen Kreisen von
nichts Anderem, und an jedem Wirthshaustische konnte
man über die bevorstehende Schwurgerichtsverhandlung
und deren muthmaßlichen Ausgang eifrig verhandeln hören.

Auch Andreas Wichern hatte seinen Freunden und
Bekannten auf die Dauer nicht ausweichen können. Unter
dem Deckmantel freundnachbarlicher Gesinnung und herz-
licher Antheilnahme hatte man den ehrenstrengen und auf
sein Ansehen peinlich-stolzen Mann empfindlich zu ver-
wunden gewußt. Es war deshalb wiederholt zu erregten
Scenen zwischen Vater und Sohn gekommen.

Kein Wunder war es, daß unter solchen Umständen
die Stirn des jungen Rechtsanwaltes sich immer mehr
verdüsterte, denn wohin er auch schauen mochte, nirgends
wollte sich ihm ein hoffnungsreicher Lichtblick offenbaren.
Ein tückisches Geschick schien sich wider ihn verschworen
zu haben. Er selbst mußte nothgedrungen die Sache Beck's
vor seinem eigenen Gewissen als verloren betrachten; mit
der Verurtheilung des unglücklichen Mannes fiel aber
auch die letzte Hoffnung für Rudolph selbst, denn dieser
kannte den Sinn seiner Braut zu genau, um sich nicht
eingestehen zu müssen, daß Hedwig bei ihren Ansichten
verharren und durch kein Flehen und Bitten von denselben sich abbringen lassen würde.

Gesetzt aber den höchst unwahrscheinlichen Fall, daß es ihm gelingen würde, Beck's Freisprechung zu erzielen und damit dessen Tochter mit dem Gedanken an eine baldige Verbindung wieder zu befreunden, so stand doch immer ihrem zukünftigen Glücke die Willensmeinung seines eigenen Vaters hindernd gegenüber. Rudolph war ein guter Sohn und beurtheilte die strengen Charaktereigen=schaften seines Vaters milde; er wußte ja nur zu gut, daß unter dessen rauher Außenseite ein treu liebendes, wohlmeinendes Herz für ihn schlug.

Der Gedanke, daß sein Sohn, der Träger seines makel=reinen, hochangesehenen Namens, das Werk seines ganzen Lebens durch eine Heirath mit der Tochter eines Raub=mörders beflecken und vernichten könnte, hatte etwas Ent=setzliches für den alten Mann. Tag und Nacht ließen ihn die quälendsten Vorstellungen nicht zur Ruhe kommen. Mit nervöser Hast griff er jeden Morgen nach der Zei=tung, zitternd vor Erregung durchflog er dieselbe, um zu sehen, ob nicht wieder etwas Neues über die Aufsehen er=regende Angelegenheit darin stände.

Als dann eines Morgens in dem Blatte die Veröffent=lichungen für die nächste Schwurgerichtssession erschienen, und er den Namen seines früheren Freundes zwischen be=rufsmäßigen Verbrechern, die ebenfalls ihrer Aburtheilung entgegenharrten, gedruckt sah, da überkam ihn ein ver=heerender Zorn, der ihm fast die ruhige Ueberlegung raubte.

 An diesem Tage hatte Rudolph einen harten Stand. Entmuthigt und niedergeschlagen war er am Nachmittage aus der Stadt nach Hause gekommen, nachdem er vorher vergeblich versucht hatte, mit Hedwig zu sprechen. Die Wirthin hatte ihn mit der Versicherung abgewiesen, daß das junge Mädchen nicht zu Hause, sondern einige nöthige Einkäufe zu besorgen gegangen sei.

Der alte Herr empfing seinen Sohn zitternd vor Er=
regung. An ein freundliches Wort zum Gruße dachten
Beide schon längst nicht mehr.

Rudolph begnügte sich mit einem kurzen Gruße, dann
wollte er an seinem Vater vorüber nach seinem Zimmer
gehen.

Aber der alte Herr vertrat ihm den Weg. „Also in
zehn Tagen ist die Schwurgerichtsverhandlung," begann
er, und seine bebende Stimme verrieth die Gereiztheit, die
sein ganzes Wesen beherrschte. „Du, mein Sohn und
Erbe, willst es wirklich zum Aeußersten kommen lassen,
willst das in Ehren grau gewordene Haar Deines Vaters
schänden, indem Du die aussichtslose Vertheidigung eines
solchen Schurken übernimmst?"

Ein schmerzliches Zucken erschien um die Mundwinkel
Rudolph's. „Vater," bat er in eindringlichem Tone, „ich
bin wirklich nicht in der Stimmung, Dir jetzt Rede zu
stehen. Uebrigens muß ich Dir auf's Neue versichern,
daß Deine Meinung eine irrthümliche ist. Ganz ab=
gesehen von meinem Privatverhältnisse zu Beck und dessen
Tochter, ist es meine Pflicht als Rechtsanwalt, dem nach
meiner Ueberzeugung unschuldigen Manne beizuspringen.
Ich würde mich einer großen Pflichtverletzung schuldig
machen, wenn ich mich jetzt, dicht vor der Entscheidung,
zurückziehen wollte, ganz abgesehen davon, daß schon mein
Herz mir dies verbietet."

Der alte Herr zuckte die Achseln, dann wendete er sich
und ging heftig erregt im Zimmer auf und nieder. Plötz=
lich blieb er dicht vor seinem Sohne stehen.

„Rudolph!" rief er mit immer wachsender Erbitterung.
„Ich habe lange Nachsicht gehabt, weil ich weiß, daß
Dein Herz mit betheiligt ist, aber ich kann mir nicht
denken, daß Dir die Wahl schwer werden kann. Hier
sind Dein in Ehren graugewordener Vater, Deine Schwester,

Dein eigenes Lebensglück, die Aussicht auf eine ehrenvolle Zukunft — und dies Alles willst Du opfern um eines Mädchens willen, das einen Raubmörder zum Vater hat, wegen eines Mädchens, das von Dir selbst nichts mehr wissen will, weil sie klüger ist als Du, weil sie einsieht, daß auf einer solchen Verbindung kein Segen ruhen kann? Geh, geh, ich muß an Deinen gesunden Verstandeskräften zu zweifeln beginnen. Das nenne ich nicht mehr Liebe, das nenne ich verbohrte Hartnäckigkeit!"

„Vater, ich bedaure Deine Worte, und Du selbst wirst sie noch bedauern," entgegnete Rudolph mit fester Stimme. „Ganz abgesehen von meiner Liebe zu Hedwig, steht mein Vertrauen auf die Unschuld ihres Vaters unerschütterlich fest in meinem Herzen, und so sicher wie ich aller Welt in's Gesicht behaupten würde, sie lüge, falls man Dich eines Verbrechens zeihen würde, so stolz stehe ich für Deinen ehemaligen Freund ein und sage selbst dem eigenen Vater, der an die Schuld des Unglücklichen glaubt: Du irrst Dich, jener Mann ist unschuldig, und der Tag wird kommen, an dem Du Deine jetzige Ungerechtigkeit bereust!"

Hoch aufgerichtet, mit stolzer Entschlossenheit in den geistvollen Zügen stand der junge Rechtsanwalt da. Aber dieser Anblick vermehrte nur noch die Gereiztheit des alten Herrn.

Ein finsterer Entschluß zuckte plötzlich in seinen Augen auf. „Gut denn, gut," stieß er hervor. „Geh Du Deinen Weg, mir aber mußt Du gestatten, daß ich den meinigen wandle und damit Gott befohlen."

Mit diesen Worten wendete er sich um und verließ, ohne seinem Sohne noch einen Blick zu gönnen, das Gemach.

Schon eine Viertelstunde später trat er aus dem Hause und eilte durch die herabdunkelnde Nacht raschen Schrittes der inneren Stadt zu.

Hedwig Beck erstaunte nicht wenig, als etwa um die
achte Abendstunde ihr die Wirthin meldete, daß ein Herr
sie in bringlicher Angelegenheit zu sprechen wünsche. Ihr
Befremden wuchs noch und verwandelte sich in offenbares
Erschrecken, als sie in dem bei ihr Eintretenden Rudolph's
Vater erkannte. Eine jähe Blutwelle stieg ihr bis unter
die Schläfe und sie schaute verwirrt vor sich nieder.

Der alte Herr maß sie mit einem langen, forschenden
Blicke, dann musterte er die einfache Einrichtung des
Zimmers, sowie das schlichte Kleid des verwirrt vor ihm
stehenden jungen Mädchens. Fast war es, als ob auf
seinen strengen Zügen eine mildere Herzensregung sich
kundgeben wollte, als aber sein Blick auf den Goldreifen
fiel, der den Ringfinger der linken Hand Hedwig's schmückte,
und von dem er wußte, daß er das Symbol des ab-
gelegten Treuschwures seines eigenen Sohnes war, ver-
härteten sich seine Züge sofort wieder.

„Sie sehen mich in einer peinlichen Angelegenheit bei
Ihnen erscheinen, Fräulein Beck," begann er, die Einladung des jungen Mädchens, Platz zu nehmen, über-
hörend. „Ich will gleich vorausschicken, daß ich nicht im
Auftrage meines Sohnes komme, ja, daß dieser nicht einmal weiß, daß ich zu Ihnen gegangen bin. Ich schicke
ferner voraus, daß ich Sie nicht kränken und verletzen
will, Sie scheinen mir im Gegentheil ein tüchtiges, braves
Mädchen zu sein, das ich wegen des Unglückes, das Ihr
Vater über Sie gebracht hat, aufrichtig bedauere."

„Aber ich bitte Sie, Herr Wichern, ich verstehe wirklich nicht —" unterbrach ihn Hedwig.

„Lassen Sie mich nur ausreden," fuhr Wichern fort.
„Mein Sohn betrachtet sich vor wie nach als Ihren Verlobten, obwohl er weiß, daß ich aus zwingenden, Ihnen
jedenfalls bekannten Gründen meine erst ertheilte väterliche Erlaubniß zurückziehen mußte."

Das junge Mädchen wurde plötzlich todtenbleich im Gesicht. Ihre bis dahin erschreckt dareinschauenden Augen nahmen einen stolzen, selbstbewußten Blick an und sie richtete sich höher auf.

„Noch verstehe ich Sie immer nicht recht, Herr Wichern," sagte sie in leise erzitterndem Tone. „Sie wissen ver= muthlich, daß ich Rudolph — Ihrem Sohne," verbesserte sie sich gleich darauf, „bereits in der Sterbestunde meiner seligen Mutter sein Wort zurückgegeben habe."

„Jawohl, das weiß ich. Mein Sohn hat es mir selbst gesagt, aber er sagte mir auch, daß Sie auf sein Drängen und Bitten sich doch entschlossen haben, ihm eine — wie soll ich sagen — ihm eine gewisse Wartefrist zu stellen. Soviel ich weiß, knüpfte sich Ihre endliche Einwilligung an die Wiederherstellung der Ehre Ihres Vaters."

Hedwig nickte mit dem Kopfe. „Rudolph bat mich," versetzte sie, „ich leugne nicht, daß ich ihn lieber habe wie mein eigenes Leben ... auch von ihm weiß ich, daß er Alles für mich freudig hingeben würde, darum folgte ich seinen Bitten und willigte ein, obgleich ich kein ge= deihliches Ende voraussehe."

In den bis dahin gefurchten Gesichtszügen des alten Herrn leuchtete es jäh auf. „Das nenne ich ein Wort zur rechten Zeit. Freilich kann ein solches Verhältniß zu keinem gedeihlichen Ende führen. Lassen Sie mich offen reden, ich sehe, ich habe mich nicht getäuscht, Sie sind einem vernünftigen Worte zugänglich. Gesetzt den un= wahrscheinlichen Fall, den ich in Ihrem Interesse herbei= sehnen möchte, Ihr Vater wird freigesprochen, was folgt daraus? Man hat ihn mangelnder Beweise halber frei= gesprochen, der Verdacht bleibt aber als ein schmachvoller Fleck auf seiner Ehre Zeit seines Lebens haften — den wäscht keine Freisprechung mehr ab. Sie aber sind seine Tochter!"

„Herr Wichern —" stammelte das junge Mädchen, tödtlich erblassend.

„Lassen Sie mich ausreden. Ich will Sie nicht kränken, ich spreche nur offen zu Ihnen. Sie sehen einen alten, verzweifelten Vater vor sich, der alle Gründe der Vernunft vergebens an seinen Sohne verschwendet hat und nun keinen anderen Ausweg mehr sieht, als mit dem Mädchen, um dessen willen sein Sohn Vater, Ehre und Zukunft daran setzen will, sich auseinanderzusetzen."

„Sie hätten sich diesen Gang ersparen können," versetzte Hedwig mit tonloser Stimme, während sie den alten Herrn mit einem langen, stolzen Blicke maß. „Ich sagte Ihnen vorhin schon, daß ich mich nicht mehr als die Braut Ihres Herrn Sohnes betrachte. Es wäre nicht nöthig gewesen, mir die heutige Demüthigung zu bereiten — ich trage ohnehin schon schwer genug an meinem unverschuldeten Geschick."

Andreas Wichern's Stirn röthete sich; die Worte des jungen Mädchens gingen ihm mehr zu Herzen, als er sich selbst einzugestehen wagte. „Verstehen Sie mich nicht falsch, liebes Fräulein; ich bedauere herzlich Ihr Mißgeschick, aber versetzen Sie sich in meine Lage. Ich bin in Ehren grau geworden, ich habe es zu etwas gebracht, man nennt meinen Namen mit Achtung, jeder Bürgersmann zieht respektvoll den Hut vor mir, und nun soll mit einem Male mein Sohn sich in blinder, unseliger Leidenschaft —"

„Kein Wort weiter, Herr Wichern, ich bitte Sie," rief Hedwig, sich stolz in die Höhe richtend. „Alles das, was Sie mir sagen könnten, habe ich Ihrem Herrn Sohne bereits selbst gesagt; es ist nicht meine Schuld, daß er bei mir auszuharren beschlossen hat. Ich sage Ihnen nochmals, ich bin seine Braut nicht mehr!"

„Aber Sie tragen noch seinen Ring, das Unterpfand

seines Treuschwures," unterbrach sie Wichern zornig, dem die Erkenntniß über die unvortheilhafte Rolle, welche er in den Augen des jungen Mädchens spielen mußte, plötzlich gekommen war.

Mit einem müden, glanzlosen Blicke sah Hedwig zu dem blinkenden Goldreifen an ihrem Finger herab, dann schien ein plötzlicher Schauer sie zu überkommen. Mit schnellem Entschlusse streifte sie den Ring von der Hand und legte ihn vor sich auf den Tisch nieder.

„Ich sage Ihnen nochmals, Herr Wichern, Sie hätten mir diese Demüthigung ersparen können," versetzte sie. „Um Ihres Sohnes willen, nicht meinetwegen, duldete ich scheinbar die Fortsetzung unserer Beziehungen. Gott allein weiß es, wie schwer ich gerungen habe die letzten Wochen über. Bitte, bringen Sie diesen Ring Ihrem Sohne, sagen Sie ihm, daß meine letzte Bitte an ihn ist, auch mich vergessen zu wollen. Sagen Sie ihm, daß ich nach Ihren heutigen Worten unter keinen Umständen, es sei denn, daß Sie selbst mich bäten, sein Weib werden könne, sagen Sie ihm auch noch, daß dieser Entschluß ein unabänderlicher ist, so wahr ich selbst dereinst selig zu werden hoffe."

Die schlichte Seelengröße, die aus den Worten des jungen Mädchens sprach, verwirrte und beschämte Wichern wider seinen eigenen Willen. „Sie müssen doch selbst einsehen, daß ich nicht gut anders handeln konnte," versetzte er verlegen, „aber wenn Sie wüßten, zu welcher Stätte des Unfriedens mein Haus geworden ist."

„Ich bedauere Ihr Auftreten, aber es ist keine Entschuldigung nöthig," entgegnete Hedwig, ihn kurz unterbrechend. „Unsere Wege scheiden sich für immer. Sagen Sie Ihrem Sohne, daß ich ihm herzlich für Alles danke, was er an meinem Vater und mir gethan hat und was er Gutes für meinen Vater noch thun wird. Sagen Sie

ihm aber auch, daß ich es als bittere, unverdiente Kränkung
betrachten würde, wenn er nochmals versuchen sollte, sich
mir zu nähern."

Von Neuem deutete sie auf den Ring und ihre Haltung war dabei so unnahbar stolz und zugleich entschieden,
daß der alte Herr gänzlich verwirrt den Reifen wirklich
an sich nahm und, nur noch einen flüchtigen Gruß vor
sich hinmurmelnd, aus dem Zimmer ging. Es überkam
ihn immer stärker das Bewußtsein, daß er, der an Ehren
reiche und auf sein Ansehen so stolze Mann, sowohl in
den Augen des jungen Mädchens, als auch in den Augen
seines eigenen Sohnes eine unwürdige Rolle gespielt hatte.
Was sollte er Rudolph sagen?

14.

„Ja, ja, es ist so, wie ich Ihnen sage," bekräftigte die
Wirthin Hedwig's, den jungen Rechtsanwalt durch eine
Handbewegung einladend, einzutreten, „gestern Abend
war Ihr Herr Vater bei dem Fräulein, und heute früh
hat sie, ohne mir eine neue Adresse zu geben, Knall und
Fall die Wohnung verlassen."

Rudolph stand fassungslos, seine Augen vergrößerten
sich unnatürlich und die Zornesader auf seiner Stirn
schwoll dick an. „Mein Vater?" sagte er nach geraumem
Stillschweigen. „Wie sollte mein Vater dazu gekommen
sein, den Fuß über diese Schwelle zu setzen?"

„Doch, doch!" rief die Wirthin eifrig. „Er war da
und hat eine recht erregte Auseinandersetzung mit dem
Fräulein gehabt. Als er gegangen war, hat das Fräulein die ganze Nacht geweint, vergeblich habe ich ihr Trost
zuzusprechen versucht. Sie hat mir nun heute Morgen
erklärt, sofort ausziehen zu wollen ... Uebrigens hat sie
mir auch einen Brief für Sie übergeben."

Damit eilte die bewegliche Frau auch schon nach ihrem Wohnzimmer und kam gleich darauf mit einem verschlossenen Schreiben zurück, das sie Rudolph einhändigte.

Mit bebender Hand nahm dieser den Brief entgegen, dessen an ihn gerichtete Aufschrift die ihm so wohlbekannten theuren Schriftzüge des geliebten Mädchens trug. Wie geistesabwesend starrte er bald auf die Wirthin, bald auf den Brief in seiner Hand nieder.

„Und sie hat nicht gesagt, wohin sie sich zu wenden gedachte?" murmelte er.

„Das ist es ja eben," eiferte die Wirthin. „Es war doch sonst ein so liebes und kluges Mädchen, aber diesmal war sie ganz aus dem Häuschen, ich konnte reden, was ich wollte, sie hörte auf nichts. Da sie mir obendrein die Miethe für den nächsten Monat auf den Tisch legte, so hatte ich schließlich gar kein Recht, sie zurückzuhalten. Sie ließ sich eine Droschke holen und nahm gleich ihr Gepäck mit sich. Sie wird wohl nach einem Hotel gefahren sein, wenn sie nicht gar nach auswärts verzogen ist."

„Und Sie haben meinen Vater wirklich erkannt?"

„Du lieber Gott, wer sollte Ihren Vater nicht kennen, einen solch' hochangesehenen Herrn?"

Rudolph schwieg, eine lange Weile starrte er finster brütend vor sich nieder, dann hob sich seine Brust unter einem tiefen Seufzer. „Es ist gut, ich danke Ihnen," versetzte er mit tonloser Stimme, „leben Sie wohl."

Er wendete sich um und verließ die Wohnung, welche bis dahin seiner geliebten Braut ein Unterkommen gewährt hatte. Nur zu klar war es ihm geworden, welche Motive seinen Vater zu Hedwig geführt hatten.

Ein maßloser Zorn, der lange schon in seinem Herzen gewühlt und gebohrt hatte, loderte jetzt in ihm auf. Gewiß waren harte, böse Worte zwischen Hedwig und seinem

Vater gefallen; verwundeten, gekränkten Herzens hatte sie
sich gewendet und war entflohen — entflohen für immer!
Mechanisch schritt Rudolph Stufe für Stufe die Treppe
hinunter. Als er den Hausflur erreicht hatte, blieb er
stehen; verstört blickte er auf das Schreiben, das er noch
immer uneröffnet in der Hand trug. Ein tiefer Seufzer
hob seine Brust, dann öffnete er schnell und entschlossen
den Brief und las ihn bei dem gedämpften Widerscheine
des durch die bemalten Fensterscheiben dringenden Lichtes.

„Mein lieber, theurer Rudolph!

Verzeihe mir, wenn ich Dir von Neuem Schmerz bereiten muß, aber die letzte schlaflose Nacht hat in mir
die schon lange gehegte Ueberzeugung neu gekräftigt und
zur unwiderruflichen Thatsache umgeschaffen, daß Dein
Glück nur gedeihen und sich befestigen kann, wenn wir
Beide uns trennen.

Dein Vater kam gestern Abend zu mir und bat mich,
Dich frei zu geben. Ich antwortete ihm, daß ich Dich
schon längst Deiner Verpflichtung mir gegenüber entbunden habe, und daß es nur ein freiwilliges Ausharren
Deinerseits gewesen sei. Er glaubte mir nicht, sondern
forderte von mir den Ring, den Du mir in einer un-
vergeßlich süßen und glücklichen Stunde einstmals an den
Finger gesteckt hast. Ich gab das Kleinod Deinem Vater
mit, verzeihe, wenn ich Dich dadurch gekränkt habe, aber
ich konnte nicht anders.

Zürne aber auch, ich bitte Dich darum, Deinem alten
Vater nicht, denn siehe, er meint es herzlich gut und treu
mit Dir. Seine Besorgniß um Deine Zukunft war es
ja einzig und allein, welche ihn dazu bewogen hat, persönlich zwischen uns zu treten, um das durch Schicksalsschläge aller Art ja ohnehin schon stark gelockerte Band,
welches uns bis dahin verbunden, vollends zu trennen.
Dein Vater hat Recht. Er sprach mir gegenüber nur

nochmals aus, was ich schon in der Sterbestunde meiner unvergeßlichen seligen Mutter als unumstößliche Wahrheit in der Tiefe meines Herzens empfunden habe, daß ich nämlich niemals Dein Weib sein kann und werde. Glaube mir, mein theurer Rudolph, es wird mir nicht leicht, den Schritt zu unternehmen, der bereits geschehen ist, wenn diese Zeilen in Deine Hände kommen.

Inständig bitte ich Dich, forsche nicht nach mir, laß mich allein in Zukunft für mich leben, denn Dein Anblick würde die mühsam errungene Entschlossenheit meines Herzens wieder zunichte machen und über dieses von Neuem die bitteren, furchtbaren Kämpfe heraufbeschwören, die ich die letzten Wochen durchzuleiden hatte.

Laß mich jetzt in der Scheidestunde, die unser Geschick unwiderruflich trennen soll, Dir nochmals sagen, daß ich mir kein größeres Glück hätte denken können, als die Deine zu werden. Laß mich Dir aber auch zugleich versichern, daß nach dem Vorgefallenen all' Dein Bitten und Bestürmen mich nie mehr bewegen könnte, Dein Weib zu werden, selbst wenn mein Vater mangelnder Beweise halber, wie Dein Vater sich ausdrückte, freigesprochen werden würde. Erst gestern Abend ist mir voll und ganz die Kluft klar geworden, welche mich und meinen unglücklichen Vater von jenen beneidenswerthen Menschen trennt, die sich in der Gunst ihrer Mitmenschen sonnen dürfen.

Nimm diese Worte hin, als wenn sie von einer Sterbenden an Dich gerichtet wären, denn ich bin und werde todt für Dich sein in Zukunft!

Gottes Segen auf Dich, mein Liebling, er lasse es Dir gut gehen und lasse Dich recht bald den Frieden des Herzens wieder finden.

Hedwig."

Der junge Rechtsanwalt stand noch eine halbe Stunde unbeweglich an dem Treppenfenster und las den inhalts-

schweren Brief des heißgeliebten Mädchens immer von
Neuem wieder durch. Er achtete nicht darauf, daß vor=
übergehende, die Treppen auf und ab gehende Personen
stehen blieben und ihn neugierig musterten. Er wußte
nicht einmal, wo er sich befand.

Zuletzt verschwammen die Buchstaben vor seinen Augen
und vor seinem thränenden Blicke stieg die schlanke, jugend=
lich-anmuthige Gestalt der ihm nunmehr auf ewig Ver=
lorenen verlockend auf. Er wußte es, daß Hedwig nun eher
sterben als die Seinige werden würde. Sein Vater mußte
ihren Stolz schwer gekränkt haben.

Sein Vater! Wie ihn dies eine Wort schon verbitterte,
wie es maßlosen Zorn in seinem Herzen auflodern ließ! —
Rudolph wußte kaum, wie er aus dem Hause kam.
Wie traumverloren schritt er durch die Straßen der Stadt.
Instinktiv strebte er den Parkanlagen zu; dort ließ er
sich auf einer verborgen stehenden Bank nieder und saß
stundenlang in dumpfes Brüten versunken da.

Erst das zu ihm herüberdringende Geläute der Abend=
glocke brachte ihn wieder zu sich. Verstört starrte er um
sich. Golden strahlte die scheidende Abendsonne durch das
schon herbstlich gefärbte Laub auf ihn hernieder. Von
da und dort kamen mit fröhlichem Gezwitscher die Vögel
heimwärts gezogen, um ihre Nester aufzusuchen.

Ein bitteres Lächeln umspielte den Mund des jungen
Mannes, wenn er daran dachte, daß auch er den Schritt
heimwärts lenken solle. Ihm graute vor der Möglichkeit,
mit seinem Vater zusammenzutreffen.

Im nächsten Augenblicke hatte sich seine Stimmung
wieder umgewandelt. Nein, im Gegentheil, er wollte, er
mußte es zur Aussprache mit seinem Vater kommen lassen.
Dieser war ihm Rechenschaft schuldig, denn er war kein
unmündiger Knabe mehr, über dessen Lebensglück Andere,
ohne ihn selbst zu fragen, verfügen konnten.

Ein finsterer Entschluß blitzte in seinen Augen auf; er erhob sich und eilte schnellen Schrittes der Villa zu.

Er fand den alten Herrn wie gewöhnlich in dessen Wohnzimmer.

Andreas Wichern saß hinter dem geöffneten Fenster. Beide Fensterflügel standen weit auf. Als er Rudolph eintreten sah, verdüsterte sich seine Stirn, und sein Blick haftete forschend auf dem finsteren Blick seines Sohnes.

Dann erhob er sich plötzlich hastig von seinem Stuhl, schloß das Fenster und trat auf Rudolph zu. „Ich habe Dir eine Eröffnung zu machen, Rudolph," begann er mit einigermaßen unsicherer Stimme. „Du weißt, krumme Wege haben nie zu meinen Liebhabereien gehört. Ich habe es für meine Vaterpflicht gehalten, Rücksprache mit Hedwig Beck zu nehmen."

„Ich weiß es bereits," entgegnete Rudolph, „siehe hier die Früchte Deines Handelns!"

Damit zog er den Brief Hedwig's aus der Tasche und überreichte denselben seinem Vater.

Zögernd nahm Andreas Wichern das Schreiben entgegen. Aber schon, nachdem er die ersten Zeilen gelesen, veränderte sich seine Miene, immer gespannter wurden seine Züge, und als er das inhaltsschwere Schreiben gelesen hatte, da nickte er gedankenvoll vor sich hin.

„In der That, ein selten braves, hochherziges Mädchen," murmelte er wie in einem Selbstgespräche vor sich hin. „Schade, daß sie solch' einen Vater haben muß!"

Rudolph war ganz nahe an ihn herangetreten. „Du sagst die Wahrheit, Vater," begann er, „Hedwig ist ein Engel an Güte und Hochherzigkeit! Und dieses herrliche Geschöpf hast Du mir entfremdet. Kurzsichtig, verblendet hast Du um des schnöden Urtheils der Menge willen das Liebste geopfert, was es für mich gibt. — Laß mich aus-

reden," fuhr er heftiger fort, als sein Vater ihn unterbrechen wollte, „vielleicht zu lange habe ich geschwiegen
und Dir durch dieses Schweigen in Deinen Augen ein
Recht eingeräumt, das Du nun mißbraucht hast. Ich
danke Dir für alles Gute, Vater, was Du mir je erwiesen hast. Ich würde ein Unrecht begehen, wenn ich
nicht zugeben wollte, Du seiest mir immer ein treubesorg-
ter, liebevoller Vater gewesen. Selbst in diesem Augenblicke, wo ich Dir wegen Deiner Handlungsweise zürnen
muß, will ich anerkennen, daß diese selbst nur aus Deiner
besorgten, wohlmeinenden Liebe für mich entsprungen ist.
Aber dennoch, dennoch, Vater, Du kannst nicht begreifen,
daß es im Menschenherzen Saiten gibt, an die man nicht
rühren darf, daß die wahrhaftige, echte Liebe nicht nach
den Menschen fragt und nach deren Urtheil, daß es sie
gleichgiltig läßt, ob mit ihr Glück, Rang und Ansehen
einzieht, oder ob sie bettelarm allein kommt, ärmlich
und bloß. Doch solchen Erwägungen und Gefühlen bist
Du — ich weiß es — leider unzugänglich. Wie hättest
Du auch sonst das Mädchen von mir reißen können, das
mich verstand, das ich liebte aus ganzem Herzensgrunde,
weil ich es würdig fand, geliebt zu werden. — O Vater,
es war Unrecht, Du glaubtest mir zu dienen und Du hast
mich so unglücklich gemacht, daß das Leben nun wüst,
öde und schal vor mir liegt —"

Andreas Wichern sah seinen Sohn mit solch' kummer-
vollem, besorgtem Blicke an, daß Rudolph unwillkürlich
die unmuthigen Worte, die ihm noch auf den Lippen
schwebten, unterdrückte.

„Laß mich Dir etwas sagen, mein Sohn," begann der
Fabrikant mit eigenthümlich gepreßtem Tone. „Du sagst
selbst, daß Du glaubst, ich sei nur um Deinetwillen und
weil ich es für Dein Bestes halte, schroff gegen jenes
Mädchen aufgetreten. Das allein ist auch in der That

mein Beweggrund gewesen, aber jetzt thut mir's wehe, daß ich zu ihr gegangen bin. Sie ist ein Mädchen, vor dem man den Hut tief abziehen muß, und ich glaube, ich habe ihr weher gethan, als sie es verdient hat."

„O Vater," unterbrach ihn Rudolph, während ein bitteres Lächeln seine Lippen umzuckte. „Was sollen jetzt noch alle Worte, wo mein Glück unwiderruflich dahin ist. — Du haft Hedwig's Brief gelesen. So spricht kein Mädchen, das nicht ganz und gar mit der Vergangenheit abgeschlossen hat."

Andreas Wichern nickte gedankenvoll mit dem Kopfe, dann in plötzlicher Aufwallung legte er beide Hände auf die Schultern seines Sohnes und zwang diesen förmlich, ihm lange und tief in die Augen zu schauen.

„Mag ich ihr Unrecht gethan haben," begann er end= lich, „doch lasse Dich überzeugen, daß ich auch ihr Bestes gewollt habe. — Hedwig Beck paßt nicht mehr für Dich. Laß Dir das von einem alten, viel erfahrenen Manne sagen, der tiefe Einblicke gethan hat in Menschenschicksal und Menschenleben. Glaube mir, Rudolph, die Stunde wird kommen, wo Du das gestrige Auftreten Deines Vaters segnen wirst, in welcher Du einsiehst, daß es Dein und Deiner Braut Verhängniß geworden wäre, wenn ich angesichts der unerbittlich eure Trennung erzwingenden Umstände geschwiegen und euch mit sehenden Augen in ein unabsehbares Unglück hätte rennen laffen!"

Rudolph sah vor sich nieder. Er hatte den treuen, wohlmeinenden Blick seines Vaters nicht länger zu er= tragen vermocht; er wußte es ja, daß es nur die selbst= süchtige Liebe des alten Mannes gewesen, die diesen zum Handeln bewogen hatte, aber dennoch vermochte er der Erbitterung, die in seinem Herzen wogte, nicht Herr zu werden. Er seufzte tief auf und trat einen Schritt zurück.

„Du sprichst immer, als ob Karl Beck schon verurtheilt

wäre, Vater," meinte er mit nervös zuckenden Lippen.
„Du stellst Dich auf den Standpunkt, als ob Du es mit
der Tochter eines gebrandmarkten Raubmörders zu thun
hättest. Wie nun, wenn der arme Märtyrer nächste Woche
schuldlos und makelrein aus der Schwurgerichtsverhand=
lung hervorgeht? Wird auch dann noch das Bewußtsein
in Dir mächtig bleiben, daß Du nur Deine Pflicht ge=
than hast, indem Du zwei sich treu liebende Herzen aus=
einander rissest?"

Die Falten um die Mundwinkel des alten Herrn ver=
schärften sich; er richtete sich straffer empor. „Der Mann,
den alle Welt verurtheilt, weil die Beweise gegen ihn
geradezu niederschmetternde sind, ist nicht unschuldig. An
seinen Fingern klebt Blut, und die Tochter eines solchen
Mannes nehme ich nicht auf in meinem Hause. Ich sage
Dir noch einmal, ich habe nicht das Werk meines ganzen
Lebens aufgebaut, damit ein thörichter Streich meines
Sohnes das stolze Gebäude wieder leichtfertig zusammen=
reißt. Da gibt es keine andere Wahl: entweder für mich
oder gegen mich! — Nun aber danke Gott, daß Alles so
gekommen ist, später wirst Du vielleicht noch Deinem
alten Vater danken, daß er mit klarem Sinn und fester
Hand ohne alle Sentimentalität die Sache in die Hand
genommen und zu einem guten Ende geführt hat."

„Nein, dieser Tag wird niemals kommen," sagte Ru=
dolph, den Blick seines Vaters fest erwiedernd. „Wohl
aber wird der Tag kommen, an welchem Du reumüthig
vor mir stehen und es, freilich viel zu spät, beklagen
wirst, selbst durch Deine eigene Kurzsichtigkeit Deinen
eigenen Sohn und ein holdes Wesen für immer unglück=
lich gemacht zu haben!"

Zuerst schien es, als ob der alte Herr zornig auf=
flammen wollte, dann aber bezwang er sich und ein fast
ironisches Lächeln erschien um seine Lippen. „Nun, so

laß jenen Tag kommen, dann will ich mit eigener Hand
Deinen Brautwerber machen und nicht ruhen noch rasten,
bis ich mein Unrecht gesühnt habe! Aber ich kann es
abwarten, bis diese Stunde kommt, und ich glaube, der
jüngste Tag kommt eher heran, bevor Karl Beck in den
Augen der Welt wieder als Ehrenmann dasteht!"

Rudolph wollte eine heftige Antwort geben, aber ein
Klopfen an der Thüre unterbrach plötzlich die Unterredung.

Die Haushälterin trat ein und meldete dem jungen
Rechtsanwalt, daß ein Herr vorgefahren sei, der ihn in
einer dringlichen Angelegenheit sofort zu sprechen wünsche.
Zugleich überreichte sie eine Visitenkarte.

„Wilhelm Gröſſer, Polizeikommiſſär," las Rudolph.
Zugleich fiel sein Blick auf ein flüchtig mit Bleistift ge-
ſchriebenes Wort. „Schimmel" las er und fühlte, wie
es plötzlich heiß und kalt seinen Körper durchlief.

„Ich werde abgerufen, Vater," begann er, sich gegen
den alten Herrn wendend.

„Wir sind ohnehin fertig," sagte dieser kühl und ge-
laſſen. „Ich bitte Dich, diese unerquickliche Angelegenheit jetzt endgiltig abgethan sein zu laſſen."

Rudolph verließ haftig das Zimmer. In seinem eigenen
erwartete ihn schon der Polizeikommiſſär Gröſſer, der in-
zwiſchen unruhig in diesem auf und nieder geschritten war.

„Ich komme nur auf einen Sprung zu Ihnen, Herr
Doktor," begrüßte dieser den Eintretenden, ihm herzlich die
Hand schüttelnd. „Meine Droschke wartet vor der Thür,
um mich sofort nach der Stadt zurückzuführen. Ich halte
es aber für meine Pflicht, Ihnen eine wichtige Entdeckung,
die mir zufällig soeben berichtet worden ist, kundzugeben,
da es ohne Verletzung eines Dienstgeheimniſſes geschehen
kann, und ich auf der anderen Seite weiß, wie sehr Sie
jede Einzelheit in Sachen Beck intereſſirt."

„Wenn ich nicht irre, las ich auf Ihrer Karte den

Namen Schimmel," frug Rudolph erwartungsvoll, nach=
dem er den Kommissär eingeladen hatte, Platz zu nehmen.

„Jawohl," sagte dieser, sich in dem Lehnsessel behag=
lich zurücklehnend und aus der ihm dargebotenen Kiste
eine Cigarre nehmend und dieselbe entzündend. „Gerade
in Angelegenheiten dieses dunklen Ehrenmannes komme
ich zu Ihnen. Es wird Sie interessiren zu erfahren,
daß dieser Bursche in geheimer Chiffrekorrespondenz mit
einem Unbekannten steht."

„Was Sie nicht sagen!" rief Rudolph wie elektrisirt.
„Das ist doch jedenfalls ungewöhnlich. Schimmel ist kein
Mann in jenen Jahren, in welchen man heimlich mit
einer Geliebten korrespondirt."

„Nun, durch die Zeitung pflegen auch in der Regel
Verliebte nicht zu korrespondiren, denn die Sache wird
auf die Dauer zu kostspielig," brummte der Kommissär
trocken, zugleich seiner Cigarre einige kräftige Züge ent=
lockend.

„Durch die Zeitung?"

„Jawohl. Ich hatte den Kriminalschutzmann Pohl
beauftragt, den Trödler zu beobachten. Derselbe that
dies auch in äußerst vorsichtiger Weise, ohne indeß Wochen
hindurch irgend welches Resultat melden zu können. Schim=
mel ging nun heute Nachmittag nach der Kaiserstraße auf
das Postamt III und frug nach einem Chiffrebriefe. Pohl
war so vorsichtig, sofort nach Entfernung des Trödlers
unter Vorzeigung seiner Marke unauffällig nach der Chiffre
zu fragen. Sie lautet S. P. 14. Es war kein derart
lautender Brief vorhanden gewesen. Zum Glück gelang
es dem rasch Schimmel nacheilenden Beamten, den Trödler
einzuholen. Dieser stand gerade im Begriffe, sich in die
Annoncenexpedition zu begeben. Sie kennen ja das mit
eleganten Spiegelscheiben versehene Comptoir, dessen Innen=
raum von der Straße aus übersehen werden kann. Hier

wiederholte sich das vorige Spiel, nur mit dem Unter=
schiede, daß der Tröbler ein Inserat aufgab, welches von
Pohl alsdann sofort in Augenschein genommen und notirt
wurde. Hier ist es, es lautet unverfänglich genug: „Lieber=
vers entfallen. Bezwinge Sehnsucht nicht länger, ist in
acht Tagen Entscheidung nicht gefallen, spreche mit St.
Entweder — oder. P. A. 3. S. P. 14.'"

Dabei hatte der Kommissär einen Zettel aus der Brief=
tasche entnommen und ihn Rudolph überreicht, der den=
selben mit steigendem Befremden genau las und ihn dann
dem Beamten zurückgab.

„Um mich kurz zu fassen," fuhr der Kommissär fort,
„der Schutzmann verfolgte den Tröbler noch weiter, Schim=
mel aber kehrte auf dem kürzesten Wege, ohne wahrgenom=
men zu haben, daß er beobachtet worden, nach seiner Be=
hausung zurück."

„Lassen Sie sehen," unterbrach ihn Rudolph fragend,
„wie lautete gleich die Ueberschrift? Liebervers entfallen,
nicht wahr?"

„Ist Ihnen an der Ueberschrift etwas aufgefallen?"

„Natürlich, schon zu wiederholten Malen ist mir ein
derartiges Inserat in den Zeitungsspalten begegnet."

„Ganz recht, ich kann Ihnen sogar, wenn es Sie
interessirt, Einsicht in sämmtliche Inserate mit der gleichen
Ueberschrift gewähren, denn ich habe die betreffenden Aus=
schnitte bei mir."

Damit zog der Kommissär auch schon einige Nummern
des „Tageblatts" hervor und deutete auf einige mit Blau=
stift umrandete Stellen, welche ausnahmslos die Ueber=
schrift: „Liebervers entfallen" trugen.

„Schauen Sie hierher, Herr Doktor," fuhr der Kommissär
fort, „die Dinger lesen sich wie ein Liebesroman. Hier
ist eine Aufforderung zum Stelldichein enthalten. Das
nächste Inserat, welches zwei Tage später erschienen ist,

bedauert die Unmöglichkeit, kommen zu können, deutet
aber an, daß ein Brief an der bewußten Stelle lagert.
Sehen Sie hier die römische VI, dann S. P. 14. Das bedeutet: auf dem Postamt VI in der Langenstraße liegt
ein Brief unter der Chiffre S. P. 14. Der Empfänger
muß aber, wie aus der nächsten Annonce, die wieder von
ihm ausgeht, zu ersehen ist, nicht mit dem Inhalt des
Briefes zufrieden gewesen sein, denn er bringt im Tone
anscheinender Ungebuld auf baldige Entschließung. Die
Gegenannonce, die anscheinend an einen feurigen Lieb=
haber gerichtet ist, in Wahrheit aber für unseren wackeren
Freund Schimmel bestimmt war, sucht diesen zu vertrösten
und meldet die Absendung eines neuen Briefes unter
gleicher Chiffre, der diesmal aber auf dem Hauptpostamt
abzuheben ist. Unser Schimmel wird in seinen Antworten
immer ungeduldiger, seine Liebessehnsucht läßt ihm an=
scheinend keine Ruhe mehr bei Tag und Nacht, dagegen
steigert sich die Zurückhaltung des anscheinend weiblichen
Wesens, das in Wahrheit niemand anderes als der Spieß=
geselle des Trödlers und der wirkliche Mörder des Ba=
rons Ludwig v. Engler und seiner Nichte ist."

Rudolph athmete beklommen auf.

Was ihm der Kommissär da mittheilte, klang so einfach und überzeugungsvoll, dabei aber enthielt es für ihn
eine so außerordentliche Botschaft, daß er fast seinen Ohren
mißtraute und glaubte, nicht recht gehört zu haben.

„Mein Gott, sollte es möglich sein, sollte wirklich noch
in letzter Stunde uns die Hoffnung nahen, eine Spur auf=
finden zu können?" murmelte er ergriffen. „Dann —
dann habe ich vielleicht auch einem Anderen in Gedanken
bitteres Unrecht zugefügt!"

Der Kommissär lachte ihn siegesgewiß an, während
es in seinen Augen eigenthümlich aufblitzte. „Ich habe
nicht nur Hoffnung, sondern schon Gewißheit, daß wir

den unbekannten Briefschreiber in Bälde ermittelt und
alsdann auch als den wirklichen Mörder gefaßt haben
werden," versetzte er mit eigener Betonung. „Es soll mich
recht freuen, dem superklugen Herrn Untersuchungsrichter
ein Näschen drehen zu können. Ich freue mich aber auch
aufrichtig um Ihretwillen, lieber Herr Doktor."

Rudolph theilte dem Polizeikommissär das ihn so sehr
bekümmernde Verschwinden Hedwig's mit. Grösser ver=
stand ihn sofort. „Ich danke Ihnen für Ihr Vertrauen
und werde es zu rechtfertigen suchen," versetzte er in
warmem Tone. „Wir von der Polizei haben ja Einblick
in so manche dem Auge Anderer verborgen bleibende
Einzelheiten. Jedenfalls muß Ihr Fräulein Braut sich
irgendwo aufhalten, und ich werde bald ihre Spur aus=
findig zu machen wissen. Indessen werden Sie schon ver=
zeihen müssen, wenn ich vorläufig meine Entdeckung für
mich behalte, denn gegen den Willen der jungen Dame
werden Sie selbst nicht handeln wollen. Ueberdies," unter=
brach er sich, „habe ich in den nächsten Tagen alle Hände
voll zu thun, denn die Frist für unsere Thätigkeit in
Sachen Schimmel ist uns nur karg bemessen. In der
kommenden Woche ist schon die Schwurgerichtsverhand=
lung, und wir müssen alle Hebel in Bewegung setzen, um
den unbekannten Briefschreiber bis dahin ausfindig zu
machen."

„Wäre es nicht am einfachsten, einen unter der von
Ihnen entdeckten Chiffre ankommenden Brief mit Beschlag
zu belegen?" frug Rudolph hastig.

Grösser nickte nachdenklich mit dem Kopfe. „Daran
habe ich auch schon gedacht," brummte er, „aber das ist
eine heikle Geschichte. Schließlich handle ich in dieser
Angelegenheit doch nur als Privatperson, wenn ich auch
selbstverständlich den mir zur Verfügung stehenden amt=
lichen Apparat dabei in Bewegung setze. Es ist ja aller=

dings kein Zweifel möglich, daß der Briefwechsel wirklich
mit dem Verbrechen in Verbindung steht, denn wozu sollte
sonst der Tröbler eine so kostspielige Zeitungs-Chiffre-
korrespondenz unterhalten? Schließlich würde ich wohl
die Beschlagnahme des Briefes verantworten können, indessen fraglich ist es, ob nicht gerade durch eine solche
Beschlagnahme die beiden Spitzbuben gewarnt und dann
natürlich doppelt auf ihrer Hut sein würden. Nun, wir
werden schon sehen, wie es am besten zu machen ist,"
schloß er seine Einwendungen.

Damit empfahl er sich. Der junge Rechtsanwalt gab
ihm das Geleite bis an die Droschke, die vor dem Garten-
thore wartend stand.

Gedankenvoll kehrte er durch den Garten nach der
Villa zurück. Er nahm in der Laube seine Schwester
und deren Bräutigam wahr, da er aber immer noch eine
unerklärliche Abneigung davor empfand, mit Hugo v. Engler
Rücksprache zu nehmen, wollte er haftig an der Laube
vorübergehen.

Da hörte er sich von seiner Schwester angerufen und
mußte nun nothgedrungen nähertreten.

„Höre, Rudolph, Du bist zwar auch in der letzten
Zeit ein Spielverderber geworden," empfing ihn seine
Schwester zwischen Lachen und Weinen kämpfend und dabei auf ihren Bräutigam zeigend, der im Hintergrunde
der Laube saß und dem Eintretenden lässig zunickte. „Aber
solch' ein wüster Barbar, wie Hugo ist — ich kenne ihn
gar nicht wieder. Er lacht nicht mehr, er scherzt nicht
mehr, er spricht nicht mehr. Die wenigen Stunden über,
die er da ist, ist er immer auf dem Sprunge, wieder zu
gehen. Bald schaut er rechts, bald schaut er links. Gerade wie ein Mensch, der kein gutes Gewissen hat."

„Aber ich bitte Dich, liebste Hildegard," unterbrach sie Hugo. „Man kann doch nicht immer heiter

gestimmt sein. Ich habe schwere Sorgen, dieser ärgerliche Prozeß —"

„So seid ihr Herren alle," entgegnete Hildegard schmollend. „‚Am Golde hängt, nach Golde drängt doch Alles,' so heißt es auch bei euch. Ach, wir armen Mädchen, die wir uns den Brautstand so ideal und romantisch denken, und dann langweilen wir uns mit einem solchen Herrn der Schöpfung, weil er in einem Vermögensprozeß mit einem Verwandten begriffen ist und weil er eine fette Erbschaft nicht sofort bar ausbezahlt erhalten hat. — Denke Dir nur, Hugo macht sogar Auswanderungspläne."

„Wirklich?" fragte Rudolph, einen forschenden Blick auf das bleiche Angesicht seines zukünftigen Schwagers werfend, das ihm seltsam unstät und sehr zu seinen Ungunsten verändert vorkam.

Hugo v. Engler paffte den Rauch seiner Cigarette lässig vor sich hin. „Offen gestanden, das Leben hier ist mir verleidet," meinte er gedehnt. „Eure Gerichte vollends können mir gestohlen werden. Da liegt mein gutes Recht sonnenklar zu Tage, und dennoch werden Termine über Termine abgehalten. Der Himmel allein weiß, wann ich mein Vermögen ausgezahlt erhalte. Da werden tausend nichtige Einwände gemacht, da werde ich einem Verhör um das andere unterzogen, da soll ich jetzt mein Gutachten abgeben über den vermeintlichen Inhalt des verschwundenen Testamentes. Ich, der ich über ein halbes Jahr nicht mehr im Hause meines Onkels und obendrein nie sein Vertrauter gewesen bin!"

Hildegard deutete mit dem Finger auf ihn. „Siehst Du," wendete sie sich an ihren Bruder, „so ist er jetzt immer; ganz unausstehlich, und einen solchen Menschen soll man auch noch lieb haben!"

Dabei setzte sie sich auf die Bank zu ihrem Verlobten und umschlang diesen mit einem Arme.

„Liebster, ich bitte Dich, sei wieder heiter und froh,"
meinte sie mit der ihr eigenen innigen Herzlichkeit, „schau,
das Leben lacht uns ja viel schöner, als vielen anderen
Menschen! Was wollen wir uns da durch nichtige Kleinig=
keiten erzürnen lassen! Komm, sei wieder heiter und gut!"
Rudolph wandte sich ab und ging. „Arme Schwester,
arme Schwester!" murmelte er vor sich hin, während er
haftig den kiesbestreuten Weg nach der Villa zurückschritt.

15.

Schon frühzeitig war die Dämmerung auf die Straßen
der Stadt herabgesunken, den Himmel bedeckte jäh dahin=
jagendes, graues Gewölk, ein rauher Wind durchfegte die
Plätze und Gassen, schwere Regentropfen prasselten ab und
zu gegen die Fensterscheiben.

Morgen sollte die Schwurgerichtsverhandlung gegen
den Fabrikanten Beck stattfinden.

Rudolph hatte den ganzen Tag über angestrengt seinen
Berufsgeschäften nachgehen und bereits am Vormittage
einen Verhandlungstermin in Sachen seines zukünftigen
Schwagers wahrnehmen müssen. Der Prozeß, welchen
Dora's Bruder gegen diesen angestrengt hatte, schien sich
endlos in die Länge ziehen zu wollen, der gegnerische
Rechtsanwalt brachte tausend Einwendungen hervor und
machte einen umfangreichen Zeugenapparat nothwendig.
Die Stunden in Anspruch nehmende Verhandlung hatte
ihren ermüdenden Einfluß auf den jungen Rechtsanwalt
nicht verfehlt.

Erleichtert hatte er aufgeathmet, als endlich der Vor=
sitzende der Civilkammer die Vertagung ausgesprochen und
einen neuen Termin anberaumt hatte.

Der Besuch, welchen er nunmehr seinem Klienten im
Untersuchungsgefängnisse abgestattet, war auch wenig ge=

eignet gewesen, seine herabgestimmte Gemüthsverfassung
zu heben. Beck hatte nur in schwermüthigem Tone von
den geringen Aussichten, die ihm der nächstfolgende Tag
bot, gesprochen.

Nach seinem im Innern der Stadt gelegenen Bureau
zurückgekehrt, hatte Rudolph ungewöhnlich viel Klienten
vorgefunden, die seine Zeit übermäßig lange in Anspruch
nahmen. Erst bei hereinbrechender Dämmerung hatte er
vermocht, die Prozeßakten für die morgige Verhandlung
vor dem Schwurgerichtshof nochmals vorzunehmen und
nochmals in ernstem Studium derselben das Für und
Wider abzuwägen.

Die Vorbereitungen für seine Vertheidigungsrede hatten
ihn vollends angegriffen und abgespannt. Durchaus nicht
in rosigster Stimmung begab er sich endlich durch den
windburchwehten Herbstabend nach der Villa.

In Gedanken versunken, finster vor sich hinbrütend,
schritt der junge Rechtsanwalt seine Straße weiter. Er
athmete tief auf, als er endlich die väterliche Villa erreicht hatte und den schon in nächtliches Schweigen ge-
hüllten Garten durchschritt.

Im Familienwohnzimmer traf Rudolph das Brautpaar an, welches auf ihn mit dem Abendbrode gewartet
hatte. Es kostete Rudolph erheblichen Zwang, den Händedruck seines zukünftigen Schwagers zu erwiedern; Hugo
v. Engler schien indessen gar nicht darauf zu achten, vielleicht hatte der junge Baron mit sich selbst soviel zu thun,
daß er auf Andere nicht gut achten konnte. Er sah zum
Erschrecken verändert aus, die Augen lagen tief in den
Höhlen, ein nervöses Zucken spielte beständig um seine
schlaff herabhängenden Mundwinkel. Seine Augen strahlten
ein unstätes, flackerndes Feuer aus, als ob ein Fieber-
brand in seinem Innern loderte.

Auch Hildegard hatte viel von ihrer natürlichen Fröh-

lichkeit eingebüßt. Sie war ernster und stiller geworden,
oft streifte ihr Blick mit inniger Besorgniß das bleiche
Angesicht des geliebten Mannes.

„Es war heute Termin in Ihrer Angelegenheit," wendete Rudolph, nachdem er Platz genommen hatte, sich an
seinen zukünftigen Schwager.

„Nun, sind die Schwierigkeiten endlich gehoben?" stieß
Hugo in erregtem Tone hervor. „Hat dieser Herr v. Gerstenberg endlich klein beigegeben?"

„Ich kann Ihnen leider keine tröstlichen Aussichten eröffnen," entgegnete Rudolph. „Von allen Seiten regnet
es Einwendungen über Einwendungen. Es sind eine Menge
einwandfreier Zeugen vorhanden, welche die Absichten des
Verstorbenen genau anzugeben vermögen. Zudem ist es
den Bemühungen der Gegenpartei gelungen, den früher
bei dem Justizrath Braun bediensteten Schreiber, welcher
das Testament damals in Reinschrift gebracht hat, ausfindig zu machen. Derselbe will es auf seinen Eid nehmen,
daß weder Sie, noch die Nichte des Erblassers sonderlich
bedacht worden seien, daß Ihr Oheim vielmehr sein Vermögen fast ausschließlich wohlthätigen Stiftungen zu-
gewendet habe. Soviel ich weiß, hat ja das Moritz-
spital bereits ebenfalls Klage beim Landgericht erhoben."

„Schändlich," stieß Hugo, in dessen Angesicht Aerger
und Ingrimm sich um die Oberhand stritten, gereizt hervor. „Was aber soll das Alles? Der Wortlaut des
Gesetzes liegt klar zu Tage — es ist kein Testament vorhanden, und ich bin der erste Erbberechtigte, folglich muß
mir das Vermögen ausgeantwortet werden."

Rudolph zuckte die Achseln. „Das Gericht scheint
anderer Ansicht zu sein," meinte er.

Hugo schaute ihn unfreundlich an. „Ich meine, Sie
sollten auch ein wenig energischer vorgehen!"

Der junge Rechtsanwalt erwiederte gelassen: „Es kann

Ihnen nicht unbekannt sein, daß ich Ihren Auftrag seiner=
zeit nur mit Widerstreben übernommen habe. Es steht
Ihnen natürlich jederzeit frei, ohne mich dadurch irgend=
wie zu kränken, sich einen anderen Vertreter auszusuchen."

„Aber ich bitte euch," wendete Hildegard ein, die bis=
her in ersichtlicher Unruhe dem Wortwechsel zugehört hatte.
„Nun wollt ihr wohl gar zu zanken anfangen? Man
kennt euch ja gar nicht wieder — Einer ist gereizter, wie
der Andere!" Ihre Augen füllten sich dabei unwillkür=
lich mit Thränen. „Es ist gerade, als ob plötzlich ein
Fluch auf unserem Hause ruhe," flüsterte sie mit zucken=
den Lippen. „Der Vater ist nicht mehr zu genießen und von
euch Beiden hört man auch kein freundliches Wort mehr."

Hugo wendete sich rasch nach ihr um und schaute ihr
zärtlich in die Augen. „Du darfst nicht weinen," bat er.
„Du weißt, ich mag und kann keine Thränen in Deinen
Augen sehen."

„Ich möchte es ja auch viel lieber nicht," flüsterte das
junge Mädchen, schon wieder unter Thränen lächelnd.
„Schau, ich war vielleicht zu glücklich, ich wähnte, es
könne nur Sonnenschein und Glück auf unserem Bunde
ruhen! Aber wie der Dieb in der Nacht brach plötzlich
das Verhängniß herein. Du bist der Alte nicht mehr —"

Rudolph war bei Seite getreten, in trübes Sinnen
verloren schaute er auf das junge Paar. Mit unver=
hohlenem Mißtrauen streiften seine Blicke die Gestalt seines
zukünftigen Schwagers, und als dieser nun zärtlich den
Arm um Hildegard schlang, zu dieser sich niederbeugte
und sie auf die Stirn küßte, da war es Rudolph zu
Muthe, als ob er hinzueilen und seine Schwester schützen
müsse vor dem Manne, den sie doch über Alles in der
Welt liebte.

„Haben Sie für die morgige Schwurgerichtsverhandlung
bereits eine Vorladung erhalten?" fragte Rudolph plötzlich.

Der Baron wendete sich haftig um, und Rudolph glaubte zu bemerken, wie ein jäher Schreck sein bleiches Gesicht durchzitterte. „Eine Vorladung?" wiederholte nach sekundenlangem Stillschweigen der Baron. „Sie meinen zu der morgen gegen Beck stattfindenden Verhandlung?"

„Gewiß. Ich bin genöthigt gewesen, Sie vorladen zu zu lassen und habe rechtzeitig meinen Antrag gestellt."

„Aber ich bitte Sie, aus welchem Grunde?" rief Hugo in ersichtlich gereiztem Tone. „Es muß Ihnen doch bekannt sein, daß ich gar nichts von der ganzen Sache weiß."

„Das behaupte ich ja auch nicht," entgegnete Rudolph „es geschieht auch nur auf Wunsch meines Klienten."

Der Baron maß ihn mit einem langen Blicke, dann schüttelte er verständnißlos den Kopf. „Ich kenne den Angeklagten gar nicht," sagte er dann; „übrigens habe ich auch gar keine Vorladung erhalten."

„Dann möchte ich Sie bitten, sich jedenfalls im Gerichtsgebäude einzufinden, da ich Ihre Vorladung dann wiederholen muß."

Wieder glaubte Rudolph bei diesen Worten zu bemerken, wie ein nervöses, fahles Zucken über die Gesichtszüge des Andern ging.

Die eben eintretende Haushälterin gab dem Gespräch eine andere Wendung. Sie berichtete, daß der alte Herr Wichern sich bereits zur Ruhe begeben habe und die jungen Herrschaften ersuchen ließe, allein zu speisen.

Die Abendmahlzeit wurde aufgetragen.

Das Brautpaar unterhielt während derselben ein Gespräch, in welches Hildegard vergeblich ihren Bruder hineinzuziehen trachtete. Dieser war auf einmal zerstreut und wortkarg geworden.

Als Hugo v. Engler nach beendigter Mahlzeit mit seiner Braut sich vom Platze wieder erhob, blieb Rudolph nachdenklich sitzen, zündete sich eine Cigarre an und versank, die blauen Rauchringel vor sich hinblasend, in düsteres Nachsinnen.

Das Brautpaar nahm auf einem kleinen Ledersopha Platz und fuhr in flüsterndem Tone in seiner Unterhaltung fort. Der junge Baron sprach wieder von seinem Prozeß und gab seinem Unmuth über dessen Verschleppung in scharfer Weise Ausdruck.

„Ich möchte am liebsten gar nicht den Ausgang des Prozesses abwarten," äußerte er auf einmal. „Wenn ich meiner Herzensneigung folgen dürfte, dann möchte ich Dich bitten, unsere erst zu Weihnachten projektirte Hochzeit schon jetzt recht bald stattfinden zu lassen. O, wie gewaltsam drängt es mich fort aus diesen mir so verhaßten Verhältnissen hier in der Stadt."

„So sprichst Du immer," klagte Hildegard. „Begreifst Du denn gar nicht, Du wilder, ungestümer Mann, daß mich tausend Bande des Herzens und der Gewöhnung an diese Stätte fesseln? Du wirst Dir so etwas aus dem Sinne schlagen müssen, ich darf meinen Vater nicht verlassen, er ist ohnehin recht vereinsamt und würde es mir nie verzeihen können."

„Nein, nein, ich meine es im Ernst," entgegnete Hugo, unmuthig die Stirn verziehend. „Ich werde Dich schon noch zu meiner Meinung bekehren. Schau, ich weiß ein stilles, sonniges Plätzchen am Adriatischen Meere. Dort blühen die Blumen immer, dort ist ewiger Frühling und dort läßt sich das Leben süß und angenehm verträumen. Du wirst es sicherlich nicht bereuen, wenn Du mir dorthin folgst. Dort, Hildegard, will ich nur Deinem Glücke allein leben, aber hier —"

Er brach kurz ab und schaute verstimmt vor sich hin, als das junge Mädchen zu seinen Worten schwermüthig den Kopf schüttelte. „Du darfst nicht undankbar sein,

Hugo," flüsterte sie dann leise. „Hat Dir der Himmel nicht auch hier Manches geschenkt? Wir lernten uns hier kennen, die Stätte unserer jungen Liebe sollte Dir ein ge= heiligter Boden sein. Du weißt, wie gut es Papa mit Dir vorhat, Du sollst als Theilhaber in die Fabrik ein= treten, Du sollst sie späterhin, wenn Du Dich eingearbeitet hast, allein verwalten. Ist das nicht ein stolzer, ehren= werther Beruf? Und überlaß es mir," setzte sie flüsternd hinzu, ihm liebevoll in die Augen schauend, „Dir ein trautes, liebegeschmücktes Heim zu bereiten! Gewiß, Du wirst Dich auch hier glücklich fühlen."

Wie von einer plötzlichen Eingebung hingerissen, beugte sich der Baron plötzlich noch tiefer zu seiner Braut her= nieder. „Sage, Hildegard," flüsterte er, „wenn nun mein Glück daran hinge, von hier fort zu kommen, wenn ich plötzlich vor Dich hinträte und bäte: komm mit mir und sei im fremden Lande mein Weib, ich will Dich auf Händen tragen, mein Leben soll Deinem Dienste gewidmet sein! Würdest Du, sprich, diese heiße, innige Bitte uner= füllt lassen können?"

Es lag soviel angstvolles Flehen in seinen Zügen, daß die zu ihm Aufschauende ahnungsvoll erschauerte. „Hugo, was ist mit Dir, Du sprichst so ganz anders, so gar selt= sam zu mir. Was ist es, das Dich von hier forttreibt?"

Ein trüber Schatten glitt über das Angesicht des Barons, eine herbe Entgegnung schien ihm auf den Lippen zu schweben. Er richtete sich plötzlich straff auf und schaute nach seiner Uhr. „Du hast Recht, ich bin ein unklarer Schwärmer," versetzte er mit zuckenden Lippen. — „Wie doch beim Plaudern die Zeit vergeht! Es ist schon gleich halb zehn Uhr, da ist es höchste Zeit für mich, aufzubrechen. Verzeihe, liebe Hildegard, wenn ich heute nicht länger bleiben kann."

Erschreckt schaute ihn das junge Mädchen an. „Du

willst schon gehen? Jetzt schon?" flüsterte sie. „Nein, nein, das darfst Du nicht! Komm', ich sehe Deine Stirn umwölkt. Ich weiß es, ein heimlicher Gram nagt an Deinem Herzen, offenbare Dich mir, Deiner liebenden Braut. — Du darfst mir Alles sagen," setzte sie leiser hinzu, während sie ihm klar und voll in die Augen schaute.

„Ein anderes Mal," versetzte der junge Baron. „Ich kann jetzt wirklich nicht länger bleiben, bringe nicht in mich, ich muß fort."

Es lag so viel Ungeduld in seinem Wesen, daß Hilde= gard betroffen zu ihm aufschaute, sie konnte sich nicht helfen, Thränen verdunkelten plötzlich wieder ihre Augen. „Du bist nicht mehr offen zu mir, Hugo," stammelte sie. „Sage mir, was Dir fehlt, warum bist Du nicht mehr so, wie früher? Ach, Hugo, Du weißt nicht, wie gar glück= lich ich war!"

In offenbar tiefer Ergriffenheit beugte sich der Baron zu ihr nieder. „Es wird Alles wieder besser werden, wenn —"

Er wollte anscheinend noch etwas hinzusetzen, schwieg aber plötzlich, während seine Augen unstät durch den Raum schweiften und endlich auf dem Gesicht Rudolph's haften blieben, der sich umgewendet hatte und den Baron mit einem forschenden Blicke betrachtete.

„Ich muß fort," sagte Hugo nochmals.

Vergeblich blieb das fernere Bitten Hildegard's. Er brach gleich darauf auf.

Als er gegangen war, drang ein leises Schluchzen über die Lippen des jungen Mädchens.

Erschreckt sprang Rudolph auf und eilte auf sie zu. „Was ist Dir, Hildegard, Du weinst?" rief er in weichem Tone, beide Hände der Schwester ergreifend.

Diese fiel ihm plötzlich um den Hals. „Ach, Rudolph, ich bin so unglücklich," schluchzte sie auf. „Eine furcht=

bare Ahnung kommenden Unheils foltert mein Herz. Ich kann Dir nicht sagen, Rudolph, wie gar elend ich mich fühle."

Da ging ein schmerzliches Zucken auch über die Lippen des jungen Rechtsanwaltes. Es war, als ob er in jäher Aufwallung etwas sagen wolle, aber kein Laut kam über seine Lippen. Sich bezwingend beugte er sich zur Schwester nieder und berührte leicht ihre Stirn.

„Beruhige Dich, Hildegard, es kann ja nur ein Trug, eine Täuschung sein," murmelte er dann ergriffen.

Plötzlich, wie von einer übermächtigen Bewegung erfaßt, wendete er sich und verließ das Zimmer.

(Fortsetzung folgt.)

Verwandte Seelen.

Novelle

von

Wilhelm Berger.

———

1.

Die große Frage war entschieden: Ida sollte den Weih=
nachtsball besuchen. Die Mutter hatte geltend ge=
macht, Ida sei neunzehn Jahre alt, und habe das Recht,
ihre Jugend ein wenig zu genießen. Und der Lehrer Alt=
haus willigte schließlich ein, das Opfer zu bringen. Denn
von ihm wurde verlangt, daß er Frack und weiße Binde
anlege und zum Schutze seiner beiden Damen in einem
heißen, staubigen Saale, bei ohrenzerreißender Musik, bis
in den Morgen hinein ausharre. Nach dem Geschmack
des stillen, fleißigen Herrn war dies durchaus nicht. Aber
Ida war ein gutes Kind, und er mußte ihr wohl einmal
ein Vergnügen machen.

Die Familie Althaus ging also auf den Weihnachts=
ball; Vater und Mutter würdevoll im Bewußtsein ihrer
außerordentlichen Leistung, Ida unbefangen in der ersten
Blüthe ihrer zarten Schönheit.

Als sie Platz genommen hatten, sah Ida mit neu=
gierigen Augen in den halbgefüllten Saal. Ob auch wohl
auf sie ein Tänzer kam? — Es schien ihr fraglich. Und
sitzen bleiben zu müssen, hielt sie nach Allem, was sie
darüber gehört hatte, beinahe für ehrenrührig. Aber

wenn es ihr doch widerführe, wollte sie tapfer sein und keinen Menschen etwas davon merken lassen, wie unglück=lich sie war.

„Sieh da, der junge Schilling!" sagte ihre Mutter. „Läßt der sich auch einmal wieder sehen? Er hat sich recht herausgemacht, das muß man sagen; das Leben in der Hauptstadt gibt den jungen Leuten doch einen ganz anderen Schick! Er blickt hierher — und da kommt er schon! Gib ihm nicht mehr als zwei Tänze, hörst Du, Ida?"

Ein schlanker junger Mann mit hübschem Krauskopf und wohlgepflegtem dunklen Schnurrbart näherte sich.

„Diese junge Dame kann kaum Jemand anders sein, als Ihr Fräulein Tochter, Frau Althaus, da sie sich in Ihrer Gesellschaft befindet," sagte er, sich verbeugend. „Ich hätte es sonst wirklich nicht geglaubt. Gestatten Sie mir, daß ich die frühere Bekanntschaft erneure."

Seit fünf Jahren hatte Günther Schilling seine Heimath=stadt nicht besucht. „Ich bin fremd geworden hier, merk' ich," plauderte er. „Meine Eltern ließen diese Weih=nachten nicht nach, ich mußte mich einmal wieder nach ihnen umsehen. Es wäre freilich kaum nöthig gewesen; in unserem Hause verändert sich nichts, auch die Alten nicht. Solch' eine konservative Wirthschaft gibt's nicht wieder; es war, als ob ich gestern erst fortgegangen wäre."

Er hatte sich Ida's Tanzkarte ausgebeten und begann zu schreiben. „Wie oft darf ich mich verewigen?" fragte er. „Bitte, sagen Sie mir's; ich habe keine Ahnung von den hiesigen Sitten."

Ida dachte an die Warnung ihrer Mutter. „Mehr wie zwei Tänze werden Sie doch nicht beanspruchen," er=wiederte sie.

„Dann bin ich schon fertig. Tischwalzer konnte es nicht sein; den hat sich gestern schon meine Base Emma

Krauth bei mir ausgebeten. Und ob ich zum Kotillon bleiben werde, weiß ich noch nicht."

Er schlenderte davon.

„Was hat er genommen?" forschte Frau Althaus neugierig.

„Walzer und Française."

„Er ist sehr ungenirt, der junge Herr."

„Meinst Du, Mutter?" — Ida hatte ihn recht nett gefunden. Und nach dem Walzer berichtete sie, daß er himmlisch tanze und daß sie sich über alle Beschreibung gut amüsire.

Herr Althaus war von einigen Bekannten — Opfer ihrer Vaterpflichten, wie er — in ein Spielzimmer entführt worden und hatte sich zu einem Spielchen pressen lassen. Da er gewann, hielt er bis zu Tisch aus, und vergaß inzwischen Frau und Tochter gänzlich. Nun: keine von Beiden entbehrte ihn. Frau Althaus hatte genug zu thun, allezeit wachsam das Treiben Ida's zu beobachten, und diese tummelte sich mit voller Jugendlust auf dem glatten Parquet. Günther Schilling hatte sich allerdings mit zwei Tänzen begnügt, das aber hinderte ihn nicht, nebenbei Ida so oft wie möglich zu Extratouren aufzufordern. Sie hatte schließlich selbst die Empfindung, daß er sie mehr als schicklich auszeichne, und war froh, als er sich vor dem Kotillon mit einem raschen Wort von ihr verabschiedete. Trotzdem aber: gefallen hatte er ihr recht gut. Weiter dachte sie nicht.

Es war ihre Mutter, die am nächsten Morgen ihr die helle Erinnerung an das harmlose Vergnügen durch Neckereien über die gemachte Eroberung trübte. Was aber noch schlimmer war, Frau Althaus erörterte eingehend und umständlich die Frage, was Herr Günther Schilling jetzt und künftig einer etwaigen Lebensgefährtin zu bieten haben würde. O, die Ballmütter hatten auch nicht gefeiert,

während die Jugend sich herumschwenkte! Da war über
manchen von den jungen Herren, die ahnungslos ihrem
Vergnügen nachgingen, hin und her geredet worden, bis
seine Vermögensverhältnisse klar und reinlich herausgeschält
waren. Und Günther Schilling war nicht der Letzte ge=
wesen, dem man in das Portemonnaie spähte. Jedermann
kannte natürlich seinen Vater in dem uralten Hause an
der Schrannengasse, Gottlob Schilling, den Knauser, der
noch niemals etwas hatte draufgehen lassen. Der alte
Herr müsse aber doch etwas vor sich gebracht haben im
Laufe der Zeit, hieß es; sein Getreidegeschäft sei doch be=
ständig im Gange, und man wisse ja, wieviel der Korn=
handel abzuwerfen pflege. Und dann seien nur zwei Söhne
da. Der älteste, der Günther, habe nie so recht nach des
Vaters Pfeife tanzen wollen. Um die Zeit, da Günther's
Berufswahl in Frage stand, sollte es in der Schrannen=
gasse zwischen Vater und Sohn zu sehr heftigen Auftritten
gekommen sein. Und dann sei Günther nach Magdeburg
in die kaufmännische Lehre gegangen und habe sich jahre=
lang in seinem Elternhause nicht blicken lassen. Später
müsse eine Versöhnung stattgefunden haben, da Günther
wieder regelmäßig zum Besuch erschienen sei. Seinen
eigenen Weg aber sei er doch weiter gegangen. Jetzt habe
er seit reichlich fünf Jahren Stellung in einem Bank=
geschäfte in der Hauptstadt, und solle sich, wie man all=
gemein höre, sehr gut stehen.

Dies Alles brachte Frau Althaus eifrig vor, als das
Töchterchen verspätet zum Morgenkaffee herunterkam. Ach,
ihr klangen noch die Melodien vom gestrigen Abende in
den Ohren, und sie lebte noch halb in der festlich=schönen
Welt, worin sie harmlos freudig die jungen Schwingen
geregt hatte. Und nun mußte sie in ganz prosaischer
Weise eine Frage erörtern hören, an die ihr Herz noch
gar nicht gedacht hatte — die leidige Frage, ob Günther

Schilling eine gute Parthie sei und sich ernsthaft für sie interessire!

„Thu' mir den einzigen Gefallen und laß mich mit Herrn Schilling in Ruhe!" bat sie, sich die Ohren zu= haltend.

Mittags aber kam die Mutter wieder auf das Thema zurück, auf Unterstützung von ihrem Manne hoffend. Alt= haus indessen war verständig genug, die Allzuhitzige zu warnen: „Setze dem Mädchen nichts in den Kopf! Und mache Du selbst nicht Jagd auf einen Schwiegersohn, weder jetzt noch später. Damit wird in der Regel mehr verdorben als genützt."

Eine Mutter jedoch, die sich mit einem Heirathsprojekte für ihre Tochter trägt, läßt sich nicht so leicht Schweigen gebieten. Am Abend legte sie für Ida die Karten und der Bescheid dieses Hausoralels war so günstig, daß sie die aufrichtige Ueberzeugung gewann, die Verbindung, die ihr im Kopfe spukte, sei im Rathe der Vorsehung be= schlossen. Sie fuhr fort, Ida unter vier Augen von Günther Schilling zu unterhalten, und lebte sich immer mehr in den Gedanken hinein, dieser hoffnungsvolle junge Bankbeamte, über dessen Charakter sie nicht das Geringste wußte, sei zu ihrem künftigen Schwiegersohne bestimmt.

Die unausbleibliche Folge davon war, daß auch Ida's Gedanken sich mehr und mehr mit Günther beschäftigten. Unbestimmte, nebelhafte Vorstellungen eines langsam sich ihr nähernden Glückes stiegen in ihrer Seele auf. Ein Sehnen und Begehren war in ihr geweckt worden, das sie nicht verstand, das aber etwas unbeschreiblich Süßes hatte. Dann, in einer Sylvestergesellschaft, traf sie ihn wieder. Er begrüßte sie vertraulich, wie eine alte Be= kannte, und hielt sich meist an ihrer Seite. Als der Punsch gewirkt hatte, und Jung und Alt in ausgelassene

Stimmung gerathen war, flüsterte er ihr zu: „Ich komme Ostern wieder; werden Sie zuweilen an mich denken?"

Ida erschrak über den heißen Blick, der sie bei dieser Frage traf. Sie senkte die Augen und brachte mühsam die Antwort heraus: „Ich will's versuchen."

Darauf hatte sie die Empfindung, sie sei ihm zu weit entgegengekommen; sie floh von ihm und blieb bis zum Aufbruch ängstlich bemüht, ihm auszuweichen. Beim Nachhausegehen indessen erschien er plötzlich an ihrer Seite und schwärmte von ihrem aschblonden Seidenhaar und ihren himmelblauen Augen. Ida wehrte ihn ab: „Sie spotten nur über mich, Herr Schilling!" — Dennoch klang die Sprache der Schmeichelei, die sie zum ersten Male hörte, köstlich in ihren Ohren, und zu Hause, ehe sie zu Bett ging, betrachtete sie sich im Spiegel mit einem Wohlgefallen, wie sie es über ihre Person noch nicht empfunden hatte. Und vom nächsten Tage an widmete sie dem gepriesenen Haare eine ganz besondere Sorgfalt.

Vergebens versuchte die Mutter, zu erfahren, was zwischen Günther und ihr vorgefallen sei. „Nichts von Bedeutung," war Ida's stete Antwort. Es kam ihr wie ein häßlicher Verrath vor, Worte weiter zu berichten, die im Vertrauen zu ihr gesprochen worden waren. Da sie aber Alles, auch das gänzlich Belanglose, verschwieg, gerieth Frau Althaus, die den Grund von Ida's Zurückhaltung nicht errathen konnte, auf die Vermuthung, die Sache sei viel weiter gediehen, als sie wirklich war, und erboste sich darüber, daß sie im Dunkeln gehalten wurde. Sie schmollte mit der Tochter, und ließ es nicht an Stichelreden über die Undankbarkeit der Kinder fehlen, die, sobald sie erwachsen seien, ihre wichtigsten Lebensangelegenheiten im Geheimen betrieben, ohne den Rath und die Theilnahme der Eltern zu suchen. Das Verhältniß zwischen den Beiden wurde ein unerquickliches, und Ida, die darunter litt, sehnte das Osterfest herbei, das ihr, wie sie fest erwartete, die Entscheidung bringen würde. Um was Alles es sich bei dieser Entscheidung handelte, machte sie sich nicht klar; sie trieb in ihr Schicksal hinein, als ob sie keine andere Wahl habe, als Ja zu sagen, wenn Günther Schilling in der That die Gewogenheit haben würde, sie um ihre Hand zu bitten.

Endlich kam das Osterfest. Gleich am Morgen des ersten Festtages erschien Günther in der Wohnung des Lehrers Althaus. Die Mutter war ganz Lächeln und Süßigkeit, und verließ nach einer schicklichen Frist das Zimmer, um eigenhändig ein Gläschen Liqueur und ein Stückchen Kuchen herbeizuholen. Als Ida ihre Mutter aus der Thüre verschwinden sah, bebte ihr das Herz. Jetzt, im allerletzten Augenblick, blitzte die Einsicht in ihr auf, daß es doch wohl keine Liebe sei, was sie für den Mann empfinde, den sie sich gleichsam willenlos als Bewerber hatte aufdrängen lassen.

Aber es wurde ihr keine Zeit vergönnt, diesen Gedanken zu verfolgen; schon hörte sie Günther's Frage, ob es ihr gelungen sei, sich mitunter an ihn zu erinnern. Den Muth zu leugnen hatte sie nicht; kleinlaut gestand sie zu, daß dies wohl möglich sein könnte. Damit öffnete sie Günther die Lippen. Er sprudelte das Bekenntniß heraus, daß sie gleich bei der ersten Wiederbegegnung auf dem Weihnachtsballe einen tiefen Eindruck auf sein Herz gemacht habe, und daß er seitdem zu der Ueberzeugung gekommen sei, er könne ohne sie nicht leben. Ob sie ihn zum Glücklichsten aller Sterblichen machen wolle, indem sie ihre Hand für das Leben in die seinige lege?

Es war ein Heirathsantrag, wie Ida ihn aus Romanen zur Genüge kannte. Doch erfuhr sie, daß zwischen Gelesenem und Selbsterlebtem ein bedeutender Unterschied besteht. Was beim Lesen sofort als Phrase erkannt wird,

erscheint in der Wirklichkeit, im Tone verhaltener Leiden=
schaft vorgetragen, leicht als der Ausdruck ursprünglicher
Empfindung.

Iba hörte nur, daß sie geliebt, überschwänglich geliebt
wurde. Aus diesem Bewußtsein durchströmte sie ein un=
gekanntes Gefühl des Stolzes, der geschmeichelten Eigen=
liebe. Wahrlich, es war doch nichts Geringes, von einem
Manne so bringend zum Weibe begehrt zu werden! Wohl
durfte Derjenige, der lebenslange Liebe bot, als Gegen=
gabe bankbare Hingebung, aufopfernde Treue erwarten!

Als Günther ihre Hand ergriff und sie sachte an sich
zog, neigte sie gerührt den Kopf auf seine Schulter und
flüsterte: „Ich will."

Frau Althaus zögerte braußen, so lange sie irgend
konnte; endlich aber mußte sie doch zurückkehren. Beim
ersten Blicke erkannte sie, daß die jungen Leute sich ver=
ständigt hatten. Einen Augenblick zitterte das Theebrett
in ihren Händen vor Freude; dann nahm sie sich zu=
sammen und schritt tapfer weiter. Während sie Liqueur
in die Gläschen goß, fragte Günther plötzlich: „Darf ich
Sie Mutter nennen, liebe Frau Althaus?"

Da wäre ihr doch beinahe noch die Flasche aus der
Hand gefallen. „Nein, ist es denn möglich!" rief sie aus.
„Gott, welche Ueberraschung! — Herr Schilling — Iba —
davon hatte ich ja nicht die geringste Ahnung, daß so
etwas im Werke sei ... Natürlich heiße ich Sie gern in
unserer Familie willkommen, Herr Schilling; auch mein
Mann wird sich freuen, ich will gleich einmal nachsehen,
wo er steckt."

Dann, nach Umarmungen und Küssen, folgte die Frage
der vorsichtigen Mutter: „Und Ihre Familie, lieber Herr
Sohn — ist sie mit dieser Verbindung einverstanden?"

„Ich habe keinen Grund, daran zu zweifeln," war
Günther's Antwort. Er wandte sich an Iba: „Heut' Nach=

mittag hol' ich Dich einmal hinüber. Amüsant aber
wirst Du's bei uns zu Hause nicht finden', das will ich
Dir nur gleich sagen. Meine Eltern sind furchtbar alt=
fränkisch und langstielig. Namentlich der Alte ist wie
aus dem vorigen Jahrhundert. Auch im Handel. Um
eine halbe Tonne Roggen zu verkaufen, braucht er soviel
Zeit, wie wir, um für einige hunderttausend Mark Papiere
umzusetzen. Er ist noch ganz Zopf. Den modernen Ver=
kehr, wie die Banken ihn vermitteln, hält er mehr oder
weniger für Schwindel, und ist im Grunde seines Herzens
davon überzeugt, daß ich, sein ältester Sohn, eigentlich im
Dienste einer verkappten Räuberbande stehe." Günther
lachte geringschätzig. „Und meine Mutter ist ganz sein
Echo; sie hat weder einen eigenen Willen noch eine eigene
Ansicht. Nie hat sie uns Knaben früher gegen den Alten
in Schutz zu nehmen versucht, wenn Prügel in der Luft
waren. Auch hinterher gab's nichts zur Tröstung, und
wenn der Kuchenkasten noch so voll war. Nein, gegen
Vater thut sie nichts, weder unter seinen Augen, noch
hinter seinem Rücken. Wenn er Dich leiden kann, dann
bist Du auch bei ihr gut daran, sonst nicht."

Am Nachmittage ging Ida mit Furcht und Bangen
nach der Schrannengasse. Doch wurde sie mit Herzlich=
keit, wenn auch etwas förmlich, empfangen. Gottlob
Schilling billigte die Wahl seines Sohnes. Er sagte:
„Wir haben es eigentlich nicht anders erwartet, als daß
Günther uns ein verwöhntes, genußsüchtiges Mädchen aus
der Hauptstadt zuführen würde, die uns nicht achtete und
die wir nicht lieben könnten. Anstatt dessen hat er sich
an die gute Art seiner Heimath gehalten, worüber wir
sehr froh sind. Du mußt wissen, daß Günther von jeher
hoch hinaus gewollt hat. Unsere alte solide Art hat sich
niemals der Billigung des jungen Herrn zu erfreuen ge=
habt. Ich hoffe, mein liebes Kind, daß Du das Deinige

thun wirst, ihn zu zügeln, wenn er Miene macht, sich auf
bedenklichen Grund zu wagen, denn Du mußt ihm helfen,
ein dauerhaftes Glück für euch Beide aufzubauen."

Und Frau Schilling fügte hinzu: „Verwöhnt bist Du
nicht, und wirthschaftlicher Sinn ist Dir anerzogen worden. Ich bin überzeugt, daß Du Günther ein behagliches
Heim bereiten wirst — eine Häuslichkeit, die ihm Ersatz
bietet für das Elternhaus, das er so frühe verlassen hat."

Als Günther seine Braut wieder nach Hause geleitete,
sagte er: „Du hast nun gehört, wie die Alten über mich
denken, und was sie von Dir erwarten. Schöne Aussichten, wie? So ein armseliges, knauseriges Hinvegetiren
in den vier Pfählen — das ist das Leben, das sie für
uns im Sinne haben. Nein, Schatz, sei nicht bange, nach
vorsintfluthlichem Zuschnitt wollen wir uns nicht einrichten; ich werde Dir nicht, nach der Väter Sitte, Mägde-
arbeit zumuthen. Wir wollen uns nicht allein täglich
Kuchen gönnen, sondern auch reichlich Zucker darauf."

Dies klang allerdings vergnüglicher, als die Mahnungen
der Schwiegereltern, und Ida hielt sich deshalb an die
Versprechungen ihres Bräutigams, der ja doch zu entscheiden hatte. Und wenn später, nach Günther's Abreise,
Frau Schilling ihr zuweilen gute Lehren für die Ehe gab,
dachte sie: die gute Mutter macht sich unnöthige Mühe;
wie Günther und ich unser Leben einzurichten haben, müssen
wir selbst am besten wissen.

Günther's spärliche Briefe an die Braut enthielten
meist nur kurze Notizen über kleine Ereignisse des Tages.
Gleich zu Anfang hatte er geschrieben: „Du mußt mit
Thatsachen vorlieb nehmen; ich kann aus meinen Gefühlen
kein Feuerwerk von schönen Redensarten veranstalten. Wir
wissen ja, wie es zwischen uns steht, weshalb denn brauchen
wir noch weitläufig darüber zu schwatzen?"

Ida entschuldigte ihn; doch ließ sie selbst ihrer Feder

freien Lauf. Seit ihrer Verlobung war ein Gefühl über
sie gekommen, das sie für Liebe hielt. Und Günther be=
kam an seinem Pulte in der Bank die ausführlichsten
Schilderungen von den wogenden Empfindungen des
schwärmenden Mädchens zu lesen — eine Lektüre, die dem
außerordentlich praktisch veranlagten jungen Manne schwer=
lich viel Genuß bereitete.

Pfingsten kam Günther wieder nach Hause. Jetzt
drängte er darauf, daß mit Eintritt des Herbstes die
Hochzeit stattfinden solle. Gottlob Schilling hätte bei=
nahe die Hände über dem Kopfe zusammengeschlagen, als
er davon hörte. Wovon der junge Herr Leichtfuß denn
die Kosten der ersten Einrichtung zu bestreiten gedenke?
fuhr er auf.

Der Sohn lachte. „Du hast wohl Angst, daß ich ein
Attentat auf Deinen Geldschrank beabsichtige," sagte er.
„Beruhige Dich; ich brauche Dich nicht."

Der alte Herr erfuhr auch nichts über die pekuniären
Verhältnisse des Sohnes; dagegen ließ Günther sich gegen
Ida deutlich genug aus.

„Mein Vater hat keinen Begriff davon, welche Chancen
einem hellen Kopf im Bankgeschäft geboten werden," er=
läuterte er. „Wie die Bank im Großen operirt, thun
wir's im Kleinen. Das aber hängen wir natürlich nicht
an die große Glocke. Ich habe mir schon ein ganz nettes
Kapital zusammenspekulirt; es soll pissein bei uns wer=
den. Das geht aber einstweilen keinen Menschen weiter
an als Dich und mich."

Die Aussichten auf Luxus und Wohlleben, die Günther
seiner Braut eröffnete, stiegen ihr zu Kopf. Ihr Selbst=
bewußtsein hob sich, und anspruchsvoller trat sie ihren
Eltern entgegen. Die Mutter jammerte: „Eine Aussteuer
verlangst Du, weit über Deine künftigen Verhältnisse?"
Ida machte dagegen geltend: „Soll ich mich etwa vor

meinem Dienstmädchen schämen, wenn ich ihr das Weiß-
zeug vorzähle?" Besorgt fuhr Frau Althaus auf: „Ein
Dienstmädchen wollt ihr halten? Gleich so hoch hinaus?
Wo soll denn das Alles her? Mein Gott, wenn ihr euch
nur nicht verrechnet!"

Jba zuckte die Achseln. „Das ist Günther's Sache;
er hat mir versprochen, ich solle es gut haben."

Aehnliche Scharmützel gab es häufig im Lehrerhause.
Auch dort, wie in der Schrannengasse, gerieth die junge
Generation, indem sie sich selbstständig machte, mit der
alten in Fehde. Jba klagte: „Es ist zu Hause für mich
recht ungemüthlich geworden; ich werde meinem Schöpfer
danken, wenn ich endlich mit Günther im Wagen sitze
und zum Bahnhofe fahre."

Als es aber im September so weit war, ging es doch
nicht ohne Thränen ab. Doch dauerte diese traurige
Stimmung nur bis zur nächsten Straßenecke, wo Günther
seine junge Frau stürmisch an sich drückte, mit dem jubeln-
den Ausruf: „Endlich sind wir jeder Aufsicht ledig!"
Und lachend fuhr er fort: „Da meint nun die ganze
ehrenwerthe Hochzeitsgesellschaft, wir führen wie ein paar
fromme Schafe direkt in den eigenen Stall, und riegelten
uns darin für die Flitterwochen ein!"

„Thun wir das denn nicht?" fragte Jba verwundert.

„Kein Gedanke!" war Günther's fröhliche Antwort.
„Jetzt kommt erst die Hochzeitsreise. Davon durfte ich
den Alten nicht sprechen; sie würden mich mit ihren
Sparsamkeitsrücksichten halb todt gequält haben. Also
höre! Wir fahren nach dem Rhein und treiben uns dort
acht Tage lang umher. Das nöthige kleine Geld fehlt
nicht. Morgen um diese Zeit, wenn Alles klappt, sitzen
wir miteinander auf dem Drachenfels, selig wie die
Götter und scheren uns um keinen Menschen was."

Natürlich hatte die junge Frau nichts einzuwenden.

Die Hochzeitsreise, auf die sie nur mit stillen Schmerzen
Verzicht geleistet hatte — nun kam sie also doch noch!
Günther war wirklich ein einziger Mann! In glücklichster
Stimmung bestieg Ida den Bahnzug, der sie der Heimath
entführte.

2.

Allmälig verflog der süße Rausch der Flitterwochen.
Noch gab Günther sich zwar Mühe, auf Ida's idealere
Lebensauffassung einige Rücksicht zu nehmen, doch trat
immer deutlicher hervor, daß sein Sinn durchaus auf
materielle Dinge gerichtet war. Ida indessen, obwohl sie
sich der Erkenntniß dieser Thatsache nicht verschließen
konnte, scheute sich, an dem Manne Kritik zu üben, der
sie noch täglich mit zärtlichen Aufmerksamkeiten über=
häufte. Dazu kam, daß auch sie Geschmack an den Zer=
streuungen der Hauptstadt, die ihr so viele neue Eindrücke
verschafften, gewonnen hatte. Ein Kreis von Bekannten
Günther's nahm sie auf, worin sie sich beschränkt und
kleinstädtisch vorkam. Nur sehr allmälig fand sie sich
selbst wieder und begann wieder ihrem eigenen Urtheil zu
vertrauen.

Günther's fortgesetzte Unternehmungen hatten so guten
Erfolg, daß er, nach Art glücklicher Spekulanten, von
seinem Scharfblick eine hohe Meinung gewann. Er hielt
die untergeordnete Stellung eines Bankbeamten als seiner
Fähigkeiten unwürdig. Etwa ein Jahr nach seiner Ver=
heirathung hielt er sich für stark genug, um das Joch
der Dienstbarkeit abzuschütteln und fortan das Börsenspiel
als ausschließliches Geschäft zu treiben. Für das Ge=
werbe des Jobbers, das parasitisch auf dem Nährboden
der großen Geldmacht wuchert, war Günther Schilling
seiner Natur nach recht wohl geeignet, da er ohne klein=

liche sittliche Bedenken die Fische nahm, wie sie ihm in's
Netz schwammen.

Als er Iba mit Selbstbewußtsein von seiner Standes=
erhöhung unterrichtete, fiel ihr die Mahnung ihres Schwie=
gervaters ein.

„Ich fürchte, Du begibst Dich auf schwankenden
Grund," sagte sie zaghaft.

Günther lachte sie aus. Sie kannte dieses Lachen
schon, womit er jedes ihm unbequeme Bedenken aus dem
Wege zu räumen versuchte.

„Davon verstehst Du nichts, Kind," erwiederte er
leichthin. „Im Handel ist das eben so, daß der Kluge
sein Schäfchen scheert, und die Dummen die Wolle lassen.
Ich kenne den Rummel, laß mich nur machen. Das
Kind, das wir erwarten, soll einmal eine glatte Lebens=
bahn vorbereitet finden. Ein guter Anfang dazu ist ge=
macht, und das will wahrhaftig etwas sagen, wenn man,
wie ich, jeden Schritt in der Welt ohne Hilfe hat thun
müssen. Was wäre wohl aus mir geworden, wenn ich
furchtsam auf meinem Comptoirbock sitzen geblieben wäre?"

Iba beruhigte sich bei der Erwägung, daß ja das
Erwerbsleben des Mannes außerhalb der Sphäre der
Frau liege. Von Allem, was „Geschäft" hieß, hatte sie
nur einen sehr undeutlichen Begriff, wie sie sich selbst sagen
mußte. Sie enthielt sich also weiterer Warnungen und
ließ Günther treiben, was er wollte. Nach einiger Zeit
fiel ihr indessen auf, daß seine Ausdrucksweise, der ganze
Ton seiner Rede einen Stich in's Rohe bekommen hatte,
der sie peinlich berührte. Und einmal, als er sich wieder
hatte gehen lassen, als ob er sich in Gesellschaft seiner
Börsengenossen befinde, konnte sie nicht unterlassen, ihm zu
sagen: „Du verwilderst auf Deiner Mammonsjagd, Günther.
Zuweilen, wenn man Dich sprechen hört, sollte man denken,
Du hättest vor nichts auf der Welt Respekt mehr."

Er brach wieder in sein bekanntes Lachen aus. „Das klingt nur so," versetzte er. „An einem burschikosen Wort, das mir einmal herausfährt, mußt Du Dich nicht stoßen. Was übrigens den Respekt anbetrifft: der ist dem, der vorwärts kommen will, nur hinderlich."

Sie mißbilligte seine Ansichten auf das Entschiedenste, aber böse werden konnte sie ihm doch nicht. — Bald darauf kam ein Kind zur Welt, ein Mädchen. Günther hatte auf einen Knaben gehofft. „Bist Du arg enttäuscht?" fragte Jda, als Günther das kleine Wesen besichtigte.

Er antwortete, mit einer Rührung kämpfend, die ihn unvermuthet überfiel: „Wenn ich's wäre, verdiente ich gar nicht, Vater geworden zu sein."

Als er sich entfernt hatte, sagte Jda leise zu ihrer Mutter, die gekommen war, sie zu pflegen: „Zuweilen hab' ich gedacht, Günther hätte kein Gefühl. Nun seh' ich, daß ich ihm Unrecht gethan habe; er kann's nur nicht zeigen, oder mag's vielleicht auch nicht, wie die Männer nun einmal sind. Diesmal hat er's nicht ver= stecken können." —

Weiche Stimmungen aber hinterlassen keine Spuren in harten Herzen; sie huschen darüber hin, wie das Morgen= roth über Granitfelsen. Nicht lange dauerte es, und Günther empfand die Tyrannei, die das Kind in seinem Heim ausübte, als eine arge Beeinträchtigung seiner Be= haglichkeit. Jda gähnte schon von sieben Uhr an, und war um acht Uhr ungenießbar. Und daß er seine Schwie= germutter an jedem Abend ein paar Stunden unterhalte, das konnte doch Niemand von ihm verlangen. Frau Althaus war gewiß eine wackere Frau, und ihr Beistand äußerst schätzbar; auch über die guten Verhältnisse, in denen ihre Tochter lebte, zeigte sie sich gebührend entzückt; aber sie fragte zu viel und wollte nicht merken, daß er ent=

schieben ablehnte, sie in seine pekuniären Verhältnisse hin=
einblicken zu lassen. Da blieb ihm dann, um ihren An=
griffen zu entgehen, nichts anderes übrig, als Abends aus
seiner Wohnung wieder zu entweichen, sobald Jba lang=
weilig wurde. Es war in der That draußen in kleinen
Theatern, in Konzertlokalen und in Restaurants viel kurz=
weiliger, als in seinen eigenen vier Wänden unter den
augenblicklichen Verhältnissen. Vater sein — nun ja,
das mochte ganz hübsch und verdienstlich sein, hatte aber
doch auch seine großen Unbequemlichkeiten. Und eigentlich
war auch diese ganze Kleinkindergeschichte mit Allem, was
sich daraus ergab, Sache der Frauenzimmer; er, als
Mann, brauchte sich dadurch nicht stören zu lassen!

Und Günther amüsirte sich mit seinen Bekannten, so
gut er konnte.

„Es ist nicht recht von Günther, daß er so viel aus=
geht," sagte Frau Althaus zu Jba. „Dein Vater war
ganz anders; er dachte an kein Vergnügen, so lange ich
mich schonen mußte."

Jba ließ sich indessen nicht aufbringen. „Die Männer
sind eben verschieden, Mutter," erwiederte sie. „Man thut
wohl daran, Jeden so viel wie möglich gewähren zu
lassen. Ich wenigstens möchte keinen Zwang auf Günther
auszuüben versuchen. Ueberdem entbehre ich ihn nicht.
Er wird sich schon zu mir zurückfinden, wenn die Zeit
gekommen ist."

Frau Althaus hatte noch mehr auf dem Herzen.
„Kannst Du bei dem jetzigen Geschäfte Deines Mannes
ruhig sein?" fuhr sie fort. „Ich an Deiner Stelle käme
aus der Furcht nicht heraus; denn soviel ist gewiß:
eine sichere Grundlage hat das Geschäft nicht. Immer
von Zeit zu Zeit gibt's einen Krach darin. Schon um
Deinetwillen hätte Günther seine gute Stelle nicht auf=
geben dürfen."

„Was kommen soll, muß ich tragen," entgegnete Ida.
„Aengstlich bin ich übrigens nicht sonderlich; an Klugheit
fehlt es Günther durchaus nicht. Nein: nicht die Gefahr
des Geschäftes macht mir Sorge, sondern etwas Anderes,
das damit verknüpft zu sein scheint. Günther hat sich
nicht zu seinem Vortheil verändert, seitdem er beständig
mit dem Kurszettel zu thun hat. In dieser Zeit, wäh=
rend ich Nachts lange ohne Schlaf war, ist mir dies so
recht deutlich zum Bewußtsein gekommen. Es ist, als ob
er immer tiefer herunterglitte, in einen anderen Stand,
in eine andere Menschenklasse hinein, die unedle Züge
trägt — innere Züge meine ich natürlich. Der Kreis
seiner Interessen schrumpft immer mehr zusammen. Und
dagegen habe ich keinen Einfluß; ich muß es eben leiden.
Ich werde mich nur zu wehren haben, daß er mich nicht
auch in das Materielle niederzieht."

Frau Althaus verstand nicht recht, was ihre Tochter
meinte. „Was Du nicht Alles zu sehen glaubst!" sagte
sie. „Die Hauptsache ist doch, daß eure Existenz gesichert
ist. Dann werdet ihr auch schon ferner miteinander aus=
kommen."

Miteinander auskommen! Als ob es sich nur darum
handelte! Der Mutter spießbürgerlich beschränkte, nüch=
tern gewöhnliche Auffassung verletzte Ida. Fortan schwieg
sie von ihren geheimen Leiden.

Zwei Monate dauerte Frau Althaus' Besuch. Dann
war sie überflüssig geworden und kehrte nach Hause zurück.
Sie versicherte dort, die Kinder lebten sehr glücklich mit=
einander. Damit sprach sie nur ihre Ueberzeugung aus,
denn eine offene Uneinigkeit zwischen den Gatten war vor
ihren Augen nicht zu Tage getreten.

Ida blühte wieder auf und wurde schöner und statt=
licher, als sie je gewesen. Wie sie vorhergesagt hatte:
Günther gab sein umherschwärmendes Leben auf und kehrte

verliebt zu ihr zurück. Das Glück war ihm günstig ge=
wesen; nun wollte er etwas draufgehen lassen und drängte
zu Vergnügungen. Zu seinem großen Kummer traf er
auf Widerstand. Ida nährte ihr Kind selbst und war
dadurch gebunden. Und außerdem nahm sie es sehr ernst
mit ihren Mutterpflichten; sie bestand darauf, die War=
tung der kleinen Hanni ausschließlich zu besorgen; keine
fremde Hand sollte ihr Kind berühren.

„Du bist wunderlich," sagte Günther enttäuscht. „An=
dere Frauen sind doch nicht so eigen. Nimm eine Amme
oder, noch besser, füttere das Kind mit Kuhmilch und
nimm ein Kindermädchen. Du machst Dich ja rein zur
Sklavin. Als ob Du das nöthig hättest!"

Ida schüttelte den Kopf. „Du weißt nicht, wie eine
Mutter fühlt," erwiederte sie.

„Ich habe unser Kind doch auch lieb!" betheuerte
Günther.

„Daran zweifle ich nicht. Die Vaterliebe indessen ist
anderer Art, wie mir scheint; sie ist ein kleiner Neben=
trieb, während unsere, der Mutter Liebe, ein Haupttrieb
ist, der alle übrigen überwuchert . . . Du lächelst un=
gläubig, aber es ist so. Das Kind ist jetzt mein Alles;
ihm zu leben ist mein ganzes Glück."

„Und wo bleibe ich?" fragte Günther.

„Du bist der Dritte im Bunde."

Diese untergeordnete Stellung war durchaus nicht nach
Günther's Geschmack, doch machte er den Versuch, sich
hineinzufinden. Er ließ sich von Ida bewegen, ihr Abends
vorzulesen, während sie mit einer Arbeit stille und zu=
frieden bei ihm saß. Doch war seine Ausdauer stets
bald zu Ende und nach einer Woche schon erklärte er,
daß alle Romane nichts als albernes Zeug enthielten;
von einem Menschen, der das Leben kenne, sei wirklich
nicht zu verlangen, daß er sich für dergleichen Kindereien

interessire. Und dann erfand er Vorwände, um sich Abends entfernen zu können.

Ida bat ihn nicht, zu bleiben; sie klagte auch niemals über Einsamkeit. Beides verbot ihr weiblicher Stolz; sie wollte sich suchen lassen aus freiem Antriebe, nicht aber Mitleid erwecken, um sich einen widerwilligen Gefährten zu sichern.

Die Zeit wurde ihr nicht lang. Seit sie Mutter war, erschien ihr Alles so anders; die gewöhnlichsten Dinge stellten sich ihr in einem neuen Lichte dar. Auch ihr eigenes Leben von Kindheit an. Wie gering war ihre Einsicht, wie gebunden ihr Wille gewesen! Nun erkannte sie, wie blind sie in die Verbindung mit Günther Schilling hineingetrieben war, wie sie sich Schritt für Schritt hatte vorwärts locken lassen von ihrer Eitelkeit, von dem Ehrgeiz, Braut zu werden, von dem Verlangen, ihre Mädchenträume zu verwirklichen. Geglaubt hatte sie sogar, zu lieben; von ihrer Phantasie war der Erkorene in Denjenigen umge= schaffen worden, den sie unbewußt ersehnte.

Nun war sie verheirathet. Die Welt nannte es so, die Bücher des Staats bescheinigten es; gewiß, sie war es. Und doch war das Verhältniß, worin sie zu ihrem Manne stand, keine wahrhafte, echte Ehe, und konnte nie dazu werden. Fremd waren sie einander, fremd blieben sie einander. Ja, es konnte kaum ausbleiben, daß die Kluft zwischen ihnen sich immer mehr erweiterte. Welche Zukunft stand ihr da bevor!

Zum Glück hatte sie ihr Kind. Dieses kleine Wesen war ihr ein sicherer Schatz, wenn alles Andere schwand! Kam diese Empfindung über sie, dann konnte sie auf= springen und hinlaufen, wo Hanni in ihrem Bettchen in tiefem Schlummer lag, und ihre Wange leise an die des Kindes legen und sich Stunden des Glücks ausdenken, die ihr werden müßten, während dies Knösplein sich

langsam zur Blüthe entfaltete. Und darüber vergaß sie,
daß das Leben ihr sonst nur saftlose Früchte, wenn auch
in glänzender Schale, bot.

Wenn nur Alles so einträfe, wie die Mutterliebe sich's
vorgaukelt! Aber ehe die jungen Pflänzlein einwurzeln
in der Erde, haben sie manchen schlimmen Strauß zu
bestehen mit bösen Gewalten, die unsichtbar in der Luft
umherstreichen und fremdes, schwaches Leben gierig an=
greifen. Ehe man ihre Gegenwart inne geworden ist,
haben sie schon insgeheim ihr todbringendes Werk begon=
nen, und wenn sie sich verrathen, sind sie meist damit
fast zu Ende.

Es kam eine Nacht, in der Hanni sehr unruhig war
und auch an der Mutterbrust keinen Schlaf finden konnte.
Am Morgen drängte Ida: „Geh' zu einem Arzt, Gün=
ther; das Kind gefällt mir gar nicht; es ist so sonderbar."

„Was wird's denn sein?" meinte Günther. „Eine
kleine Erkältung wahrscheinlich, die im Laufe des Tages
vorübergehen wird."

Ida saß stumm und beobachtete. Nach einer kurzen
Weile fuhr sie erregt auf: „Hanni ist ernstlich krank. Zu
innig ist eine Mutter mit ihrem Kinde verwachsen, als
daß ich das nicht fühlen sollte. Günther, lauf — gleich
nebenan wohnt ein Arzt — er soll sofort kommen, ich
vergehe sonst vor Angst!"

Sie trieb ihn aus dem Hause hinaus. „Du kommst
um Mittag noch einmal wieder und siehst nach, nicht
wahr?" war ihr letztes Wort.

„Wenn mir's möglich ist," erwiederte Günther. Er
hatte nicht die Absicht, mitten in der besten Geschäftszeit
den weiten Weg nach seiner Wohnung hinaus zu machen.
Wozu auch? Wenn erst der Arzt dagewesen wäre, meinte
er, würde Ida's grundlose Aufregung sich bald genug
legen.

Als er, wie gewöhnlich, Nachmittags zwischen fünf und sechs Uhr heimkam, war eine unheimliche Stille in seiner Wohnung. Im Schlafzimmer, wohin er eilte, fand er Ida auf dem Bette sitzend; das Kind lag auf ihrem Schoße. Leise trat er heran: „Wie geht's?"

Da hielt ihm Ida das Kind hin: „Mach' es wieder lebendig, wenn Du kannst!"

Noch war sie starr. Günther, schnell besonnen, nahm ihr die kleine Leiche ab und legte sie auf das Bettchen. Doch erschüttert war auch er und wußte nun nichts weiter zu beginnen, als daß er sich neben Ida setzte und ihren Kopf an seine Brust lehnte. So verharrten die Gatten eine Zeitlang stumm, bis Ida leise zu weinen anfing. Bald schluchzte sie und stöhnte einmal über das andere: „Was soll nun aus mir werden?"

Günther fühlte, daß er sie in ihrem Schmerze ge-währen lassen mußte. Auch besann er sich vergebens auf Trostgründe, die Eindruck auf sie machen könnten. Es gab keine. Das Unabänderliche mußte eben getragen werden; daneben ging kein Weg hin.

Er ließ sich die traurige Geschichte von dem schnellen Verlauf der Krankheit und dem jähen Ende erzählen; dann beredete er Ida, mit ihm das Schlafzimmer zu verlassen. Vorn in den Salon führte er sie, mit seinem persischen Teppich und dem reichen Schmuck seiner Wände. Schmerzlich verzog Ida die Lippen: „O, wie nichtig ist das Alles!"

Am Fenster standen sie und schauten auf die Straße hinab. Es war das bekannte Treiben: Alles ging seinen Gang weiter, als ob sich nichts ereignet hätte — als ob es keinen Tod gäbe, der fortwährend Herz vom Herzen reißt!

„Und nun sind wir wieder allein," sagte Günther.

„Dies zu tragen ist schwer," erwiederte Ida.

„Bin ich Dir nicht mehr, als das Kind?"

„Fordere keine Antwort auf diese Frage — jetzt nicht. Ich kann nur an das denken, was ich besaß. Schone mich, trage mich — ich will Dir dankbar dafür sein. Später kommt vielleicht die Zeit, da ich vergessen lerne."
Doch Iba glaubte nicht, was sie sagte.

3.

Auf dem Friedhofe war es empfindlich kalt gewesen an dem trüben, rauhen Novembermorgen. Freilich hatten die Todtengräber nicht viele Umstände gemacht mit dem kleinen Sarge, dem nur zwei Leidtragende folgten. Der winzige Hügel war bald kunstgerecht gewölbt, und dann eilten sie mit ihrem Handwerkszeug davon, um die nächste Nummer auf ihrer Liste zu erledigen. Inzwischen aber war doch den stumm zuschauenden Eltern die feuchte Kälte bis in's Mark gedrungen; fröstelnd suchten sie den wartenden Wagen auf.

Nachdem sie zehn Minuten gefahren waren, schüttelte Günther sich. „Ist Dir auch so unbehaglich, Iba?" fragte er. „Mir ist, als ob ich nie wieder warm werden könnte." Er zog die Uhr. „Wir haben noch zwanzig Minuten zu fahren. Ich möchte mir — Du hast wohl nichts dagegen, Iba, wenn ich mir eine Cigarre anstecke?"

Ohne sich zu regen, erwiederte sie: „Du bittest mich doch sonst nicht um die Erlaubniß, rauchen zu dürfen, weshalb denn jetzt?"

Günther hatte das Gefühl, als ob es sich nicht schicke, eine Leichenkutsche vollzuqualmen; doch ließ er sich dies nicht merken. Er sagte nur: „Ich könnte das Fenster an meiner Seite etwas öffnen. Kälter, als es ohnehin schon ist, kann es nicht werden."

Nachdem er eine Cigarre in Brand gesetzt, schlug er die Arme übereinander und streckte sich. „Etwas mensch=

licher fühl' ich mich jetzt," gestand er, den Rauch vor=
sichtig durch die Fensteröffnung hinausblasend. Gleichsam
sich entschuldigend, daß er sich einen Genuß verschaffte,
fügte er hinzu: „Die Trauer muß doch einmal ein Ende
haben."

„Das hast Du schon lange gedacht," versetzte Ida bitter.

Günther ließ sein geringschätziges Lachen laut werden,
unterdrückte es aber gleich wieder.

„Was willst Du?" sagte er achselzuckend. „Je eher
man sich in Dinge findet, die nicht zu ändern sind, desto
besser es ist. Sei auch Du vernünftig! Mach' uns
das Leben nicht ungemüthlich! Laß uns in die alten
Bahnen zurücklenken! Wenn uns auch eine Freude ge=
nommen ist, darum brauchen wir doch nicht auf alle
übrigen zu verzichten!"

Er versuchte, Ida's Hand zu fassen; sie indessen entzog
sie ihm. „Du sprichst, wie Du fühlst. Es würde mich
kaum wundern, wenn Du mir demnächst vorschlügest,
gleich heute Abend mit einer kleinen Zerstreuung den
Anfang zu machen."

„Du thust mir Unrecht."

„Mag sein, daß ich übertreibe. Aber heimlich im
Innern schmeichelst Du Dir, daß mein Verlust Dein Ge=
winn sein werde. Der Tod des Kindes hat Dir Schmerz
verursacht — ich will es nicht bezweifeln; aber Du hast
Dich doch bald besonnen, daß er mich wieder für Dich
frei machte. Und nun kannst Du es nicht abwarten, bis
ich, wie Du es nennst, vernünftig geworden bin, und,
gefügig wie einst, mit Dir die Zeit in faden Vergnügungen
vergeude. — Leugne es, wenn Du kannst!"

„Wie kraß Du Dich ausdrückst! Willst Du denn
ewig Deinen Kummer pflegen? — Alles, was in der
Ordnung ist. Gegen Deine Trauer ist ja nichts zu sagen.
Nur mußt Du doch einsehen, daß Niemandem damit ge=

dient ist. Tausende von kleinen Kindern sterben alle
Tage — das ist einmal so. Es ist gewiß hart für die
Eltern, aber die Sonne scheint weiter, und die Aufgaben
für die Lebenden laufen fort."

Iba schwieg eine kurze Weile. Dann sagte sie schmerz=
lich: „Ja, ja — das klingt so außerordentlich verständig,
daß ich mir eigentlich kindisch vorkommen sollte. Und
doch gibt mir mein Gefühl Recht gegen Deine nüchternen,
platten, unausstehlichen Gründe. Hast Du auch nur eine
Ahnung davon, welch' selige Stunden ich mit dem süßen
Geschöpf verlebt habe, während Du Deinem häßlichen
Beruf nachgingst oder mit Deinen Kumpanen Abends in
der Kneipe lagst? Weißt Du, welch' köstliche Zukunfts=
träume ich an das Leben des lieben Kindes geknüpft habe,
die nun für immer dahin sind? — Nein, Du hast Dir
nie viel daraus gemacht. Ein bißchen Vaterstolz zu
Anfang, dann ein gewohnheitsmäßiges Interesse — endlich
war Dir's eher unbequem. O, ich habe Dich mit guten
Augen beobachtet!"

Ohne sich aufbringen zu lassen, entgegnete Günther:
„Du hast mich falsch beurtheilt. Jeder liebt eben auf
seine Art; der Mann anders wie die Frau."

„Das scheint so. Endlich hab' ich es begriffen."

„Ueber diese Entdeckung brauchst Du nicht in Er=
staunen zu gerathen. Das ist doch selbstverständlich."

„Freilich, ich seh' es ein. Ueberhaupt: ich sehe jetzt
manches ein."

Ungeduldig schüttelte Günther den Kopf. „Du bist
ohne Grund gereizt. Es wäre doch mehr wie Thorheit,
wenn wir jetzt etwas zwischen uns kommen ließen. Bin
ich nun einmal der Stärkere von uns Beiden, oder der
Härtere — wie Du willst — nun gut, so suche Deine
Stütze an mir. Das ist jedenfalls das Natürlichste."

„An Dir? Du hast kein Mitgefühl für mich; Du

denkst nur an Dich selbst, hast immer nur an Dich selbst
gedacht!"

Und Ida drückte ihr Taschentuch an die Augen und weinte
leise hinein. Günther sah ein, daß er mit jedem Worte
nur ihre Stimmung verschlimmerte; er schwieg deshalb
und wandte sich der Betrachtung der Außenwelt zu, miß-
muthig sich vergegenwärtigend, welch' eine trübselige Stätte
sein Heim noch auf Wochen hinaus für ihn sein würde.

Inzwischen hatte der Wagen die Stadt erreicht. Immer dichter drängten sich die Häuser aneinander, immer
lebhafter wurde der Verkehr. In dieser Umgebung erwachte in Günther der Geschäftsgeist. Einige Fabriken
lagen am Wege; er rief sich die letzten Jahresbilanzen
in's Gedächtniß zurück, und übte stille Kritik an den
erklärten Dividenden. Von jener da, die so stolz ihren
kalten Schornstein in die Höhe streckte, hatte er einst An-
theilscheine besessen. Es war eine schmerzliche Erinnerung
für ihn; das Unternehmen war verkracht, und er hatte
ein hübsches Stück Geld verloren. Der Aerger darüber
zuckte bei dem Anblick des verödeten Gebäudes noch einmal wieder auf.

„Gott, wie dumm war ich doch!" rief er unwillkürlich aus.

Ida ließ die Hand mit dem Taschentuch sinken und
sah sich nach ihm um. „Was sagst Du?" fragte sie.

Günther merkte, daß er sich vergessen hatte. „Nichts,"
erwiederte er etwas verlegen. „Es kam mir nur eine alte
Geschichte in den Sinn."

„Welche Geschichte?"

„Wenn Du es denn wissen mußt: eine verfehlte Spe-
kulation, die mich viel Geld gekostet hat."

Ida sah ihn groß an. „An solche Dinge denkst Du?
Jetzt?"

Mit dem Lachen, das Ida so widerwärtig war, ver-

setzte er: „Nun ja, warum sollte ich nicht? Mir muß
vielerlei im Kopf herumgehen, womit Du Dich nicht zu
plagen brauchst."

„Du kannst es wohl gar nicht erwarten, daß Du die
Börse wiedersiehst?"

Es war Günther's Absicht gewesen, den heutigen Tag
noch zu Hause zu verbringen; jetzt indessen entschloß er
sich, sofort seine geschäftliche Thätigkeit wieder aufzunehmen; Anerkennung für das Opfer seiner Zeit hatte er
doch nicht von seiner Frau zu erwarten.

„Ich kann nicht länger feiern," erwiederte er. „Ich
habe noch einige schwebende Sachen zu erledigen. Ich
will gleich am Königsplatz aussteigen. Um die gewöhnliche Zeit bin ich zu Hause."

„Viel Vergnügen! Es ist wirklich sehr anerkennens-
werth, daß Du zu Tisch heimkommen willst; ein Mittag-
essen nach Deinem Geschmack kann ich Dir aber nicht versprechen."

Günther zuckte die Achseln. „Gut; da es Dir lieber
zu sein scheint, will ich in der Stadt speisen. Du kannst
Dich also einrichten, wie es Dir beliebt." Er klopfte
dem Kutscher, anzuhalten. „Leb' wohl! Und gib Dir
Mühe, auf andere Gedanken und in angenehmere Laune
zu kommen." Damit stieg er aus.

„Herzloser Jobber!" rief Ida ihm nach.

Er hörte es wohl, das böse Wort, aber er schüttelte
es mit seinem gewöhnlichen geringschätzigen Lachen von
sich ab. Hatte er sich etwas vorzuwerfen? Nein; nur
den berechtigten Standpunkt männlicher Fassung hatte er
vertreten, weibischer Empfindsamkeit gegenüber. Was
würde denn aus der Welt werden, wenn sie sich durch
das Wühlen des Todes in der Arbeit stören ließe? Lücken
entstehen täglich, stündlich; aber die Reihen schließen sich
und setzen ihren Marsch fort: das ist der natürliche Ver- -

lauf. Nur die Frauen stellen immer ihr Gefühl über die Weltordnung; deshalb ist so schwer mit ihnen auszukommen.

Und Günther Schilling, ungemein befriedigt von den Ergebnissen seines Nachdenkens, setzte seinen Weg fort und war bald derjenigen Sphäre des Lebens entrückt, worin Geborenwerden und Sterben eine Rolle spielt.

Nicht so Ida. Den ganzen Tag beschäftigte sie sich mit Hanni. Sie räumte auf — das Bettchen, die Garderobe. Diese Dinge waren zwecklos geworden und konnten keinen Platz mehr in den täglich benützten Räumen der Wohnung beanspruchen. Auch wollte Ida sie sich aus den Augen rücken; sie bedurfte ihrer nicht, um die Erinnerung an ihr Kind in sich lebendig zu halten.

Früher als sie erwartet hatte, kam Günther zurück. Schon während er auf dem Flur seinen Rock ablegte, hörte sie ihn ein Liedchen trällern. Es gab ihr einen Stich in's Herz. Als er zu ihr in das Zimmer trat, verstummte er freilich, aber er hatte seiner guten Laune kein Hehl. Er begrüßte sie so vertraulich, als ob sie sich in der schönsten Harmonie getrennt hätten, ging zu ihr, legte ihr den Arm um die Schulter und küßte sie auf die Stirne.

Zum ersten Male empfand Ida Widerwillen bei einer Liebkosung ihres Mannes. „Du hast getrunken," rief sie entrüstet aus.

Günther lachte. „Jawohl, Rüdesheimer. Bei Klingebusch. Es war eine Wette, die zum Austrag kam."

„Laß dies sinnlose Lachen," fuhr Ida auf. „Es reizt mich mehr, als ich sagen kann."

„Nun, nun," begütigte Günther. „Was kannst Du hinter dieser unschuldigen Angewohnheit finden? Sei doch gemüthlich!" Er warf sich auf das Sopha. „Da bin ich gerade recht gekommen; ich hatte die Verabredung

ganz vergessen. Zufällig war heute bei Klingebusch ein
Faß amerikanischer Austern eingetroffen. Ausgezeichnet,
sage ich Dir!"

„Du hast doch nicht etwa die Absicht, mir durch Schil=
derung Deiner Genüsse eine Freude zu machen?"

„Wenn Du nichts davon hören willst — dann nicht.
Aber vielleicht wird es Dich interessiren, daß mein Favorit=
papier heute fünf Prozent in die Höhe gegangen ist. So
etwas kitzelt und macht einen schwer arbeitenden Börsen=
menschen vergnügt. Der Ultimo wird gut."

Günther rieb sich vergnügt die Hände, ohne eine
Ahnung davon zu haben, wie sehr sein ganzes Gebahren
Ida aufbringen mußte. Dann sprang er auf: „Ich will
mir noch ein Fläschchen Bier holen; der Wein hat einen
klobigen Nachdurst hinterlassen."

„Du solltest lieber gleich zu Bett gehen," sagte Ida
scharf.

Lachend wandte Günther sich um: „Warum, mein
Herz? Ich denke noch nicht an Schlafen; es ist kein
Atom von Müdigkeit in mir. Du meinst doch nicht etwa,
ich wäre — da bist Du wirklich stark auf dem Holzwege.
Nein, Kind, dazu gehört mehr."

Als er das Zimmer verlassen hatte, rang Ida die
Hände: „Ist es denn möglich? Dies ist mehr als Leicht=
sinn, dies ist Rohheit. Und an einen solchen Menschen
habe ich mich gekettet!"

Sie erhob sich und ging unruhig hin und her. „Ich
halte es nicht aus. Heute ignorirt er nur meine Trauer,
morgen wird er sie verhöhnen. Und ich muß mit ihm leben!"

Unterdessen war Günther auch im Schlafzimmer ge=
wesen und hatte entdeckt, daß Hanni's Bett daraus ent=
fernt worden war. Er zweifelte keinen Augenblick daran,
daß Ida seine eindringlichen Vorstellungen vom Morgen
schließlich doch beherzigt und sich entschlossen habe, dem

Leben sich wieder zuzuwenden. Es war ihm dies eine höchst erfreuliche Ueberraschung, die seine gute Laune noch verbesserte.

Als er zu Ida zurückkehrte, triumphirte er: „Ich hätt' es mir selbst sagen können, daß Du Vernunft an= nehmen würdest. So war's recht; ein herzhafter Schnitt ist besser wie eine langwierige Kur."

Sie sah ihn groß an: „Du sprichst in Räthseln."

Günther ging auf sie zu und legte den Arm um sie. „Einzugestehen brauchst Du es nicht, ich habe Dich schon verstanden," sagte er. „Besser hättest Du Dich gar nicht beschäftigen können. Ich nehm' es als ein stillschweigen= des Bekenntniß, daß Du das Bedürfniß hast, mir zu sein, was Du mir in früheren Zeiten warst. Du bist ein Engel, Ida!"

Damit küßte er sie in plötzlich ausbrechender Leiden= schaftlichkeit.

Ida aber riß sich los von ihm und flüchtete hinter den Tisch.

„Rühr' mich nicht an!" rief sie mit blitzenden Augen. „Wie magst Du — wie kannst Du — heute — am Be= gräbnißtage Deines Kindes — ! Hast Du denn gar kein Schamgefühl? Nein, ich habe Dir nichts andeuten wollen, nur der Ordnung wegen sind die Veränderungen getroffen worden, aus denen Du geschlossen hast, was Du wün= schest . . . Du kennst mich nicht; ich bin nicht wie Du. Ein Herz, das blutet, heilt nicht über einem Glase Wein. Weil Du Dich eines Kindes unwerth gezeigt hast, darum ist es uns genommen worden —"

„Unsinn," schaltete Günther ein.

„Wehre die Schuld nur von Dir ab, wenn Du kannst. Ich — ich sehe sie an Dir. Und daß Du die Ursache meines Leidens bist — meinst Du, das könnte ich Dir je vergessen?"

„Das ist stark! Das Nächste wird sein, daß ich dem
Kinde die Diphtheritis zugeschleppt haben soll! Geh' doch
mit solchen sinnlosen Unterstellungen; sie sind keiner ernst=
haften Antwort werth.“

Und Günther holte sich ein Glas, öffnete die Flasche,
goß ein und trank, anscheinend mit vollkommener Ge=
müthsruhe.

Ueber seine Gelassenheit gerieth Ida außer sich. Sie
warf sich auf das Sopha und brach in heftiges Schluchzen
aus. Günther ging hin und her im Zimmer, die Hände
auf dem Rücken, und verwünschte innerlich alle Weiber,
bei deren Mangel an vernünftigem Denken der Mann
jeden Augenblick der ungeheuerlichsten Beschuldigungen ge=
wärtig sein müsse. Was hatte er nun von seiner hübschen
jungen Frau, um die er beneidet wurde? Vorhin noch
hatte ein Genosse ihm auf die Schulter geschlagen: „Donner=
wetter, Schilling, was müssen Sie für ein glücklicher Kerl
sein! Geld wie Heu und solch' ein famoses Weibchen!“ —
Unwillkürlich lachte er bei dieser Erinnerung auf; es war
ein spöttisches, verdrießliches Lachen.

Auf einmal richtete Ida sich auf und sagte mit gewalt=
samer Fassung: „Laß mich nach Hause reisen! Es würde
zu nichts Gutem führen, wenn ich bei Dir bliebe.“

Günther dachte einen Augenblick nach. Unter den ob=
waltenden Umständen war eine zeitweilige Trennung in
der That das Beste.

„Meinetwegen,“ sagte er kurz. „Reise, wann Du
willst.“

Froh erschrocken sprang Ida auf; sie hatte nicht er=
wartet, daß die rettende Idee, die ihr plötzlich gekommen
war, so leicht verwirklicht werden würde.

„Wann ich will?“ rief sie aufgeregt. „Gleich will ich,
mit dem ersten Zuge, der abfährt.“

„Bis morgen früh um Sieben wirst Du Dich gedulden

müſſen," erwiederte Günther. „Ich würde Dir auch rathen, erſt auszuſchlafen."

Ida indeſſen brannte vor Begierde, andere Luft zu athmen, andere Verhältniſſe um ſich zu ſehen.

„Schlafen — hier — es wäre mir unmöglich! Nein, ich gehe nicht zu Bett . . . ich will packen, gleich jetzt . . . Du brauchſt mir nicht zu helfen . . . ich will Dich nicht um mich haben. Genire Dich nicht; geh' zur Ruhe . . . von mir haſt Du keine Störung zu befürchten; wenn ich reiſefertig bin, finde ich wohl eine Stelle, um mich noch ein paar Stunden niederzulegen. Auch Deiner Begleitung zur Bahn bedarf ich nicht; ich kann das Mädchen wecken und mir eine Droſchke holen laſſen."

Sie wollte mit der Bitte um Geld ſchließen, um auf dem Flecke mit Günther fertig zu ſein; da aber ſtockte ſie; es kam ihr plötzlich zum Bewußtſein, wie abhängig ſie von dem Manne ſei, den ſie zu haſſen angefangen, den ſie ſozuſagen mit Händen und Füßen von ſich abwehrte: er mußte ſogar die Mittel hergeben, damit ſie ihn verlaſſen konnte!

Günther war gutmüthig genug, Ida's Verlegenheit ſofort zu heben. „Du vergißt das Wichtigſte," ſagte er, ſeine Börſe ziehend. „Hier ſind zweihundert Mark; reicht es nachher nicht zur Rückreiſe, ſo biſt Du wohl ſo freund=lich, mir ein Wort zu ſchreiben." Er legte die Scheine auf den Tiſch. „Abſchied indeſſen wollen wir jetzt nicht nehmen; ich hoffe Dich morgen früh noch zu ſehen."

Ida ſchwieg.

Einen Augenblick zögerte er noch, ein anerkennendes Wort erwartend, dann wandte er ſich achſelzuckend zur Thüre.

Als er am nächſten Morgen erwachte, war Ida längſt unterwegs. Das Mädchen beſtellte ihm einen Gruß.

„Das iſt ja alles Mögliche!" dachte er. „Natürlich

nur anstandshalber geschehen, des Mädchens wegen! —
Na, zunächst kann mir's einerlei sein; ich wär' ein Narr,
wenn ich mir mein aufgezwungenes Strohwittwerthum nun
auch noch durch zwecklose Gedanken an solch' ein sentimen=
tales, widerhaariges und wunderliches Frauenzimmer ver=
bürbe!"

———————

4.

Zu Hause!

Es war Alles noch wie einst im Heim der Eltern.
Als ob sie erst gestern sich daraus entfernt hätte, kam es
Ida vor. Wieder bezog sie ihr früheres Zimmer, das auf
den Garten hinausschaute, der dem Kinde so unermeßlich
vorgekommen war. Und als sie am ersten Abende im
Bette lag, und der Mond spazierte langsam hinter dem
buntbemalten Fenstervorhang vorüber, da schien es ihr,
als ob ihre Erlebnisse in den letzten Jahren nur ein Traum
gewesen seien, aus dem sie jetzt zur Wirklichkeit zurück=
gekehrt sei.

Gleich am ersten Morgen bat sie sich aus, genau wie
früher der Mutter im Haushalte helfen zu dürfen. „Ich
will wieder ganz eure Tochter sein, so lange ich bei euch
bin," sagte sie.

„Du armes Kind!" erwiederte Frau Althaus, mit
einem wehmüthigen Blick auf Ida's schwarzes Kleid. „Sage
nur, wie Du es zu haben wünschest; wir wollen Alles
thun, um Dich wieder vergnügt zu machen."

Dies war nun freilich nicht zu erreichen. Aber Ida
empfand es doch als eine ungeheure Wohlthat, daß ihre
Gedanken aufhörten, sich fortwährend mit ihrem persön=
lichen Schicksal zu beschäftigen. Und sie vermied es, soviel
als möglich, darüber zu reden. Sie wollte vergessen, und
es gelang ihr. Zu ihrem Vater sagte sie einmal: „Ich
muß in den Tag hineinleben, wenn ich von meinem Dasein

noch etwas haben will. Was war und was sein wird —
es darf mich nicht kümmern."

Der alte Herr wunderte sich über diese und ähnliche
Aeußerungen der jungen Frau, die doch, nach seiner Meinung,
keinen Grund hatte, mit trüben Augen in die Zukunft zu
blicken. Doch Ida mußte geschont und durfte nicht mit
neugierigen Fragen belästigt werden; deßhalb nickte er nur:
„Ganz recht, mein liebes Kind; erfreue Dich nur der Gegen=
wart; für die Zukunft wird sich Alles schon von selbst
finden."

Herr Gottlob Schilling war weniger rücksichtsvoll; er
that Fragen, die Ida recht unbequem waren, und gab
ihren ausweichenden Antworten die ungünstigste Deutung.
Noch immer hegte er ein unerschütterliches Mißtrauen
gegen das Thun und Treiben seines Sohnes und hielt
ihn auch für unfähig, ein guter Gatte zu sein. Ida aber
lag es vollständig fern, ihren Mann bei seinen Eltern zu
verklatschen; sie war eine viel zu edle Natur, um über
ihr häusliches Unglück die Lippen zu öffnen. Dennoch
errieth Gottlob Schilling so ziemlich die Lage der Sache.
Er sagte ihr auf den Kopf zu: „Du hast in der Ehe nicht
gefunden, was Du zu erwarten berechtigt warest. Der
Tod eures Kindchens ist gewiß sehr zu beklagen; aber
ein solcher Verlust trägt gewöhnlich schmerzlindernden
Balsam in sich. Gemeinsam getragenes Leid der Eltern
verwandelt sich allmälig in eine Liebe, wie sie das Glück
zu erzeugen nicht im Stande ist. Du hast sie nicht ge=
schmeckt, sonst wärst Du nicht hier. Der Schmerz hat
euch getrennt; daraus schließe ich, daß eure Herzen in
verschiedenem Takte schlagen."

Es war peinlich für Ida, derartige Bemerkungen hören
zu müssen, und sie ließ sich deßhalb auch nicht allzuhäufig
in der Schrannengasse sehen. Da sie ihre wunden Stellen
nach Kräften vor Berührung hütete, so flossen ihr die Tage

in der Heimath im Ganzen recht angenehm hin. Die
kurzen Mittheilungen Günther's, die kaum jemals mehr
enthielten als: „Ich bin wohl, und zu Hause ist Alles in
bester Ordnung," regten sie nicht auf. Die Blätter wan=
derten in den Ofen, und Ida hatte in kurzer Zeit das
Dasein ihres Mannes wieder vergessen. Sie schrieb nicht
an Günther; sie redete sich vor, es sei besser so.

Um diese Zeit meldete sich bei Althaus der Sohn einer
Stiefschwester zum Besuche an.

„Eine dumme Idee von dem Waldemar, uns mitten
im Winter in's Haus zu fallen!" schalt Mutter Althaus.
„Ein so verwöhnter Mann! Was haben wir ihm zu
bieten?"

„Das ist sein Risiko," versetzte Althaus phlegmatisch.

Wer Waldemar sei, wünschte Ida zu wissen.

Der Vater erklärte. „Seine Mutter, älter als ich,
ist ihren eigenen Weg gegangen, als sie einige Zwanzig
war. Später zeigte sie uns einmal an, daß sie sich mit
einem Baron Hemisch in Wien verheirathet habe. Und
dann hörten wir weiter nichts von ihr. Ich muß gestehen,
daß ich ihr Dasein vollständig vergessen hatte, als ich,
etwa vor einem Jahre, einen Brief von ihr empfing. Ich
antwortete und wir sind seitdem in Verbindung geblieben.
Sie ist Wittwe und hat einen Sohn, eben diesen Waldemar,
der sich jetzt der Mühe unterziehen will, seinen Onkel Alt=
haus und dessen Familie persönlich kennen zu lernen. Ich
weiß nur von ihm, daß er kein Jüngling mehr ist und
sich viel in der Welt umhergetrieben hat. Er wird ein
unruhiger Kopf sein, der sich aus den wahrscheinlich reichen
Mitteln seiner Mutter Abwechslung verschafft, und hierher
kommt, um einmal zu sehen, was ein deutscher Schulmeister
in einer Provinzialstadt eigentlich für ein Kerl ist."

Bei dieser Ansicht des Familienhauptes über den Baron
Hemisch wurde der Ankunft desselben keineswegs mit Be=

geiſterung entgegengeſehen. Iba meinte, das Fremden=
zimmer mit ſeinen blanken Dielen ſehe doch gar zu ſchäbig
aus; doch davon wollte ihre Mutter nichts hören. Sie
hatte ſich vorgenommen, dem ariſtokratiſchen Verwandten
zu Liebe kein Schrittchen aus der gewöhnlichen Bahn zu
gehen.

Nun ergab ſich aber ſchon in den erſten fünf Minuten
nach Waldemar's Ankunft, daß der für hochmüthig und
verwöhnt gehaltene Baron Hemiſch ein ganz anſpruchsloſer
und liebenswürdiger Menſch war, der auf äußere Dinge
gar keinen Werth zu legen ſchien. Er machte ſich's gleich
heimiſch unter den neuen Verwandten und ſprach ohne
die geringſte Zurückhaltung über ſeiner Mutter perſönliche
Angelegenheiten und die ſeinigen. Der hoch gewachſene
blonde Mann mit den ſinnenden, freundlichen Augen und
dem wohlwollenden Ausdruck in den nicht gerade bedeu=
tenden Zügen hatte etwas ungemein Gewinnendes. Frau
Althaus bedauerte jetzt ſchmerzlich, daß ſie keinen Teppich
angeſchafft, keinen Napfkuchen gebacken und im Fremden=
zimmer nicht neue Vorhänge aufgeſteckt hatte.

„Und Du biſt ein ſo großer Reiſender?" fragte Alt=
haus, der beim Weine aufgeräumt geworden war. Nach
ſeiner Meinung mußte ein Reiſender, der mit heiler Haut
aus fernen Ländern zurückgekommen war, eine impouirende
Perſönlichkeit haben, etwas in Blick und Haltung, das
die natürliche Mordluſt der Barbaren in Schach hielt
und ſie zur Unterwürfigkeit zwang. Sein Stiefneffe aber
hatte nichts derartiges an ſich — nichts Schneidiges, Furcht=
erweckendes.

„Ich habe allerdings einiges von der Welt geſehen,"
entgegnete Waldemar. „Der Wandertrieb war einmal
in mir, iſt es noch. Mein Vater hat ihn befördert, und
nur darauf gedrungen, daß ich mir die erforderliche Vor=
bildung erwerbe, um verſtehen zu können, was ich ſehen

würde. Sie wissen ja, mein lieber Onkel, daß von allen
Reisenden derjenige am meisten genießt, der sich am gründ=
lichsten vorbereitet hat. Und ich wollte mehr als nur
genießen, mehr als nur eine müßige Schaulust befriedigen;
früh schon hoffte ich, dermaleinst meinen Landsleuten etwas
Neues aus bekannten und unbekannten Ländern erzählen
zu können. Ob es mir gelungen ist, darüber steht mir
kein Urtheil zu. Meine Freunde sind so liebenswürdig,
mir zu versichern, daß meine Schriften nicht ohne Werth
seien."

„Du hast Werke veröffentlicht? Das ist das Erste,
was ich höre!" rief Althaus erstaunt.

Es stellte sich heraus, daß Waldemar seine Studien
über Land und Leute in Griechenland und Kleinasien in
mehreren Büchern verwerthet hatte und mit einem Bericht
über seine afrikanische Reise beschäftigt war. Nun begann
den Lehrersleuten die Erkenntniß aufzudämmern, daß sie
einen Gast bei sich beherbergten, der etwas bedeute. Auf
ihre neugierigen Fragen begann er zu erzählen, ohne Prah=
lerei, in schlichter, ruhiger Weise, mit einem Anfluge von
natürlichem Humor, der seinen Schilderungen eine an=
genehme Färbung verlieh. Immer deutlicher trat der
Umfang seiner Kenntnisse hervor, die Schärfe und Mannig=
faltigkeit seiner Beobachtungen. Frau Althaus hatte längst
vergessen, daß ihr Gast ein Baron sei, und dafür ein=
gesehen, daß ein hervorragender, interessanter Mann in
ihrem Hause eingekehrt war, gegen den jeglicher Stolz
eine lächerliche Anmaßung erschienen wäre.

Aehnliches dachte Althaus. Am ersten Abende schon
rückte er mit der Bitte heraus, Waldemar möge in der
„Gesellschaft für Erdkunde" einen Vortrag halten. Dies
wurde von Waldemar gutmüthig zugesagt, und dann er=
fuhr im Hin= und Herreden dieser Plan eine Erweiterung
dahin, daß Waldemar, nachdem er sich durch den ersten

Vortrag eingeführt hätte, einen zweiten, allgemein zugäng=
lichen anschließen sollte, und zwar zum Besten einer milden
Stiftung der Stadt.

Auf diese Weise band Waldemar sich gleich zu einem
längeren Aufenthalte. Am nächsten Morgen wandte er
sich an Ida: „Du hast die meiste Zeit hier im Hause;
führe mich ein bischen in der Stadt umher und zeige mir,
was Du für merkwürdig hältst."

Es schneite draußen. Jedem Anderen würde Ida er=
wiedert haben, daß sie bei solchem Wetter lieber nicht
ausginge; solche Ausrede erschien ihr jedoch Waldemar
gegenüber kleinlich. Sofort erklärte sie sich bereit, ihn
zu geleiten.

Draußen fing er einige Flocken auf dem Rockärmel
auf und betrachtete sie. „Wie schön," sagte er. „Du
mußt nämlich wissen, daß ich seit fünf Jahren keinen
Schnee gesehen habe. Dies Gestöber ist mir ein wahres
Fest. Ueberhaupt freue ich mich auf den Winter. Er
drängt uns in ein ganz besonderes Leben hinein, das sonst
gar nicht zu haben ist, und gibt uns ein Bild der Natur,
das viele Millionen Menschen nie zu sehen bekommen."

„Die Dichter sagen, er breite ein Leichentuch über die
Erde," erwiederte Ida.

Das bekannte Bild war ihr gerade eingefallen; Wal=
demar indessen glaubte, sie spräche aus ihrer Trauer heraus.
„Wie nahe Dir diese Auffassung liegt, verstehe ich," sagte
er weich. „Darf ich Dir ein Wort des Trostes sagen?
Es heißt Auferstehung."

Ida war betroffen. Sie konnte sich nicht enthalten,
zu fragen: „Glaubst Du daran?"

„Ich muß, um im Geiste zu bleiben."

Die Antwort des Vetters war ihr räthselhaft. Sonder=
barer Ausdruck: im Geiste bleiben! — Aber wollte sie
es etwa nicht auch? Der heimliche innere Kampf, den

sie schon so lange gegen Günther führte — hatte er denn
ein anderes Ziel als dieses? Eine ganz überraschende
Beleuchtung fiel auf den Konflikt, der mit ihrer Flucht
von Günther vorläufig vertagt worden war.

Waldemar bemerkte, daß der treibende Schnee ihr lästig
wurde. „Es war unbedachtsam von mir, Dich in's Freie
zu locken," entschuldigte er sich. „Dies ist doch wohl kein
Wetter für Dich; laß uns heimkehren."

„Warum? Ich bin nicht von Zucker. Nein, nein;
dieses weiße Gewirbel in den Lüften ist köstlich anzusehen.
Es gibt schlimmere Stürme, vor denen keine Flucht mög=
lich ist. Vorwärts, Vetter!" Sie schloß ihren Schirm.
„Laß mich Deinen Arm nehmen ... Hier sind wir am
Marktplatz; dort ist das alte Rathhaus — willst Du seine
Geschichte hören, so viel ich davon behalten habe? Wie
sie sich darin herumgezankt haben, so lange der hohe Giebel
mit seinen wunderlichen Schnörkeln gen Himmel ragt, die
jedesmaligen Gewalthaber — gezankt um längst vergessene
Dinge, bis ein neues Geschlecht sie von den Stühlen warf?
Oder kommt auch Dir all' dieser historische Krimskrams
schal und nichtig vor? Der Vater interessirt sich dafür;
er kann Dir schildern, wie die Stadt vor hundert, vor
zweihundert, vor dreihundert Jahren ausgesehen hat, und
unter welchen Gesetzen die Leute versucht haben, glücklich
zu sein ... O Waldemar, ist es leichter geworden seitdem?"

Merkwürdig! Ein einziges Wort, von ihrem Begleiter
hingeworfen, hatte ihr ein Vertrauen zu ihm eingeflößt,
wie sie es noch keinem Menschen geschenkt hatte. So frei
aus dem Innern heraus war ihr noch nie die Rede ge=
flossen.

Waldemar erstaunte. Diese Base, die er für eine ge=
wöhnliche Kaufmannsfrau gehalten, die sich schlecht und
recht in ihrem beschränkten Kreise mit den Freuden und
Leiden des Tages abfand, offenbarte sich ihm plötzlich als

ein selbstständig denkendes, leidenschaftlich empfindendes Wesen. Und er gewahrte recht wohl, daß sie mit ihrem Schicksal haderte.

„Ja, das Kapitel vom menschlichen Glück!" sagte er mit einem sinnenden Blick auf seine Gefährtin. „Wollen wir es uns einmal auslegen lassen?"

Auf dem Platze wurde Markt abgehalten. Hinter offenen Ständen sitzend, hinter Körben und Kiepen hockend, harrten sie tapfer aus in dem Schneetreiben, die Händler und Händlerinnen, die schon in der Dunkelheit aufgebrochen waren, um ihre Erzeugnisse abzusetzen. Mit stoischer Ruhe ertrugen sie, was der Himmel über sie verhängte: Schnee, Regen, glühende Sonne; ihre Väter und Mütter hatten es vor ihnen auch gethan; das war nun einmal so, und kein Murren half dagegen.

Waldemar führte Ida zu einem alten Weiblein. „Sie thun mir leid, Mütterchen," sagte er. „War's denn so nöthig, daß Sie bei solchem Wetter auszogen aus der warmen Stube?"

„Von meinetwegen wäre ich schon daheim geblieben, Herr," erwiederte die Alte. „Aber die Kinder sagen, ich wär' zu nichts mehr gut, als zu Markt zu gehen, und haben mich aufgejagt."

„So schlecht haben Sie es bei den eigenen Kindern?"

„Das will ich grad' nicht sagen. Mir geht nichts ab im Essen und Trinken. Und meinen Schlaf kriege ich auch, wenn die Kleinen ruhig sind, die ich mit im Bett habe."

„Und wünschen Sie sich noch ein langes Leben?"

„I natürlich. Ist das eine komische Frage! Du lieber Herrgott, so gut, wie mir, geht's Anderen noch lange nicht!"

Waldemar gab ihr ein Geldstück: „Für eine gute Tasse Kaffee, Mutter!" — Dann führte er Ida weiter.

Bei einer jungen Bauersfrau mit spitzen, kummervollen Zügen blieb er wiederum stehen.

„Heute hätte Ihnen Ihr Mann auch wohl den Weg abnehmen können, Frau," sagte er. „Sie sind die Stärkste nicht."

„Mein Mann!" versetzte die Frau mit einem bitteren Auflachen. „Dem würde auch so was einfallen! Für die Arbeit hat er mich genommen, und meine Arbeit muß ich thun. Die Butter geht mich an, nicht ihn; das verstehen Sie nicht, Herr. Mein Mann sitzt im Wirthshaus und trinkt. Zur Nacht sehe ich ihn vielleicht wieder; dann hat er gerade noch so viel Besinnung, mir das Geld abzunehmen, das ich noch übrig habe."

„Das ist ja abscheulich!" rief Ida aus.

„Er ist nicht schlimmer als Andere, Fräulein. So lang' er nüchtern ist, thut er, was ihm obliegt. Wenn ich mehr verlangen wollte, wäre ich unklug. Unsereines ist nicht dazu geboren, geschont zu werden. Hat man seine Kinder geboren und groß gezogen, dann weiß man, wofür man gelebt hat. Was noch übrig bleibt, ist nicht viel werth."

„Welch' ein Loos!" sagte Ida erschüttert.

Die Bäuerin sah sie verwundert an. „Ja, die feinen städtischen Herrschaften würden es schwerlich aushalten," erwiederte sie. „Aber Unsereines ist härter. Man kennt einmal sein Kreuz und trägt es."

Waldemar kaufte der Frau den ganzen Buttervorrath ab und sandte sie damit zum Lehrerhause. Er selbst wandte sich mit fragendem Blick zu Ida. Diese erklärte, sie habe genug gehört. Waldemar nickte: „Es war ein interessanter Spaziergang. Ich glaube, wir können jetzt unsere Schritte nach Hause lenken. Du weißt nun, wie das menschliche Glück aussieht."

5.

Zu Hause fand Ida einen Brief ihres Mannes vor. Gleichgiltig steckte sie ihn in die Tasche; die Mutter jedoch mahnte: „Sieh doch nach, was darin steht!"

„Was wird's sein?" erwiederte Ida. „Günther's Briefe haben immer denselben Inhalt." Aber sie öffnete ihn doch.

Der Strohwittwer hatte sich seine Freiheit zu Nutze gemacht, um in dem großstädtischen Strudel nach Herzenslust umherzuplätschern. Nach einigen Wochen spürte er indessen Uebersättigung, zog sich von den Genossen zurück, und begann sich zu langweilen. Nun setzte leise die Sehnsucht nach seiner Frau ein. Er liebte sie auf seine Weise; das Bild der hübschen Blondine, die er sein Eigenthum nannte, beunruhigte ihn, drängte sich sogar in seine Kurszettelstudien. Zuerst trotzte er. Du willst sie nicht merken lassen, daß Du sie entbehrst, nahm er sich vor. Doch die Sehnsucht wuchs und wurde endlich peinigend. Da brach er mit seinen diplomatischen Vorsätzen und setzte sich hin und schrieb einen Seufzerbrief.

Das war nun der Brief von drei Seiten, den Ida jetzt mit steigender Empörung durchflog. Lag es in der wenig gewählten Ausdrucksweise Günther's, lag es in ihrer Auslegung des von ihm angeschlagenen Tones: sie hatte die Empfindung, als ob er sie zu sich zurückforderte auf Grund des Rechtes an ihre Person, das er als Ehemann besaß. Die Röthe des Unwillens stieg ihr in Stirne und Schläfen; zur Sklavin hatte sie sich doch nicht gemacht durch ihre Heirath. Mit zusammengepreßten Lippen faltete sie langsam das Blatt wieder zusammen.

„Gute Nachrichten?" fragte Frau Althaus ahnungslos.

„Nicht für mich," erwiederte Ida scharf. „Der Herr kündigt mir die Ferien; ich soll kommen und ihm die Zeit vertreiben."

Befremdet sah die Mutter sie an; es war das erste

Mal, daß Ida in ihren Aeußerungen über Günther etwas
von ihrer Gesinnung gegen ihn erkennen ließ.

Beschwichtigend sagte sie: „Darüber wird sich noch
reden lassen. Bis nach Weihnachten könnte Günther sich
wohl noch behelfen. Schlage ihm doch vor, er möge zum
Fest hierherkommen und Dich dann mit heimnehmen!"

„Und wenn er nicht will?"

Frau Althaus zuckte die Achseln. „Dann ist es Deine
Pflicht, ihm gehorsam zu sein."

„Und wenn ich mich weigere?"

„Kind, Kind! was ficht Dich an? Gib Dich doch
solchen bedenklichen Launen nicht hin! Du weißt doch, wo
Dein Platz ist!"

Waldemar trat ein. Gleich wandte Ida sich lebhaft
an ihn: „Mein Mann fordert meine Rückkehr. Und meine
Mutter meint, ich sei verpflichtet, mich seinem Willen zu
fügen. Bin ich das wirklich?"

„Ehe ich meine Meinung zum Besten gebe," versetzte
Waldemar, „möchte ich erfahren, ob es sich nur um ein
Problem handelt oder ob die Frage von praktischer Be-
deutung ist."

Rasch antwortete Frau Althaus: „Von praktischer Bedeutung — wo denkst Du hin? Ida würde doch nicht
im Ernste gegen ihren Mann rebelliren?"

„Sie wäre nicht die erste Frau, die dies thut," bemerkte Waldemar.

„Warum soll ich Dir's nicht gestehen?" nahm Ida
das Wort. „Du läßt mir den Rückzug frei — ich ver-
schmähe ihn. Meine Frage betrifft kein Problem, sondern
die bittere Wirklichkeit. Ich wünsche zu wissen, wie viel
Freiheit eine verheirathete Frau besitzt — wünsche es zu
wissen, um diese Freiheit bis zum letzten Athemzug zu
vertheidigen. Die Umstände nöthigen mich dazu. Ich
kann nicht zu meinem Manne zurückkehren."

Frau Althaus rang die Hände: „Aber Ida!"

Waldemar betrachtete kopfschüttelnd die Aufgeregte. „Ich hoffte, die beiden Frauen auf dem Markt würden diesen Sturm, den ich kommen sah, vor dem Ausbruche beschwichtigt haben," sagte er.

„Du hast Dich in mir geirrt, Waldemar. Die Lebens= weisheit des Stumpffinnes imponirt mir nicht. Mein Herz ist kein invalider Muskel, mein Blut keine schwer= flüssige Masse. Als ich irrte, war ich ein dummes Ding; ich tappte Anderen nach und sah nur den schönen Schein, den wir großen Kinder, junge Mädchen genannt, für die Wirklichkeit halten. Jetzt — o, jetzt bin ich so klug ge= worden, daß mir vor meiner Klugheit graut. Ich weiß, was meine Ehe ist und was sie nicht ist. Und ich will nicht weiter leiden, wenn ich nicht muß."

„Ida, ich kenne Dich nicht wieder!" erklärte Frau Alt= haus, vollständig fassungslos.

Nochmals wandte Ida sich an Waldemar, und sagte mit gesenktem Blick: „Ich muß im Geiste bleiben, sonst geh' ich unter. Dort aber, in seiner Sphäre, kann ich das nicht."

Waldemar verstand sie. „Du dauerst mich, Base. Aber ich warne Dich: die breite Straße ist allemal die sichere. Wer sich davon entfernt, macht sich vogelfrei. Die Sitte schützt von außen, das höhere Gesetz nur gegen die eigenen Zweifel. Ihr Frauen seid schlecht dazu ge= eignet, Isolirung auf die Dauer zu ertragen. Ich rathe Dir: schweige und füge Dich!"

„Das räthst Du mir? Du?" fuhr Ida auf und brach plötzlich in Thränen aus. „O Waldemar! Du würdest anders sprechen, wenn Dir etwas an meinem Glück ge= legen wäre! Nur solche, die Einem gleichgiltig sind, speist man mit dem bequemsten Rath ab, um sich ihrer ohne große Mühe zu entledigen."

Damit lief sie aus dem Zimmer.

„Nun sage mir doch, Waldemar, worüber ihr eigent=
lich verhandelt habt, Ida und Du?" erkundigte sich Frau
Althaus mit unverhüllter Neugier. „Ich habe kein Wort
verstanden."

„Laß es gut sein, Tante," erwiederte der Neffe, mit
dem Gesicht eines Menschen, der soeben eine verblüffende
Entdeckung gemacht hat. „Ida wird schon zur Besinnung
kommen."

„Meinst Du? — Ich weiß, was ich thue: ich setze mich
gleich hin und lade Günther zu Weihnachten ein. Zeit
gewonnen, Alles gewonnen."

„Sehr richtig!" erwiederte Waldemar zerstreut. Er
überlegte, daß er durch die von ihm eingegangenen Ver=
pflichtungen noch acht Tage gebunden sei. Und es schien
ihm doch so wünschenswerth, daß er sich sobald als mög=
lich aus Ida's Nähe entfernte. Was ihn betraf: er konnte
sich beherrschen, selbst wenn das warme Interesse, das er
für die schöne, unglückliche Base fühlte, zu einem stärkeren
Gefühl emporwachsen sollte. Aber sie? Nach der leiden=
schaftlichen Kundgebung ihrer Neigung, die sie sich soeben
hatte entschlüpfen lassen, war ihr jede Unbesonnenheit zu=
zutrauen.

Ida zeigte sich jedoch mehr Herrin ihrer selbst, als
Waldemar erwartet hatte. Ihres Mannes erwähnte sie
gegen ihn mit keiner Silbe wieder. Aber er empfand
immer deutlicher, daß dieses junge, herrliche Weib sich mit
all' ihrem Denken an ihn schmiegte. Ihm neigte sich diese
Blume entgegen, die sich jetzt erst erschlossen hatte. Er
konnte es nicht hindern, daß ihre Hand länger in der
seinigen ruhte, als nöthig gewesen wäre, wenn sie sich
Morgens begrüßten und dann im Laufe des Tages ein
paarmal wieder. Und wie ihr Blick beständig seine Augen
suchte, so gewöhnte auch er sich daran, nach ihr hinzu=

ſchauen, wenn er von ihr die Billigung einer ausgeſprochenen
Anſicht oder Beifall für eine vorgetragene Anekdote erwarten zu dürfen glaubte.

Nach dem Schneefalle war leichter Froſt eingetreten
und es bildete ſich raſch auf den Landſtraßen eine vorzüg-
liche Schlittenbahn. Ida hatte davon erzählen hören und
warf Abends hin: „Das iſt ein Vergnügen, das ich mir
auch gönnen dürfte; aber wie ſollte ich wohl dazu kommen?"

Sofort erwiederte Waldemar: „Wenn's weiter nichts
iſt! Ich will gleich morgen früh mit Dir ausfahren,
vorausgeſetzt, daß ſich ein Schlitten mit guten Pferden
irgendwo miethen läßt."

Dies hatte nun keine Schwierigkeit. Um elf Uhr hielt
ein eleganter Schlitten vor dem Hauſe, an deſſen Be-
ſpannung Baron Hemiſch als Kenner nichts auszuſetzen
hatte.

Das von Ida gewählte Ziel war ein Dorf, etwa eine
Meile entfernt, das auf einem Landrücken in der Nähe
eines ausgedehnten Forſtes lag, und im Sommer von den
Städtern viel beſucht wurde. Wenn der Lehrer Althaus
einmal in der ſchönen Jahreszeit auf's Land zog, dann
kehrte er in einer der einfachen Wirthſchaften des Dorfes
ein. Gewöhnlich war es die Wittwe Oſterland, der er
die Ehre ſeiner Kundſchaft zuwandte. Dort pflegte auch
Herr Gottlob Schilling einzukehren, nicht ſo ſehr aus Behagen an ländlicher Stille, als in Rückſicht auf die mäßigen
Preiſe der verabreichten Verzehrungsgegenſtände. Bei der
Wittwe Oſterland, die zur Beluſtigung des jungen Volkes
in ihrem Garten eine Schaukel und ein Karuſſell hielt,
hatten Ida und Günther als Kinder Bekanntſchaft gemacht. Die Erinnerung daran kam Ida unterwegs. Ihr
war damals der ältere Knabe ſtolz erſchienen; den kleinen
Mädchen gegenüber hatte er eine Beſchützermiene angenommen; aber geſchaukelt und gedreht hatte er ſie doch, wenn

sie ihn darum baten, immer wieder, ohne des Ritterdienstes
müde zu werden. Ja, Gutmüthigkeit war ihm nicht abzusprechen, trotz seines Mangels an Herzensbildung, trotz
seiner Formlosigkeit und Oberflächlichkeit!

Die rasche Fahrt hinter klingelnden Schellen, in der
anregenden Luft eines schönen Wintermorgens, machte Ida
übermüthig. Sie wollte genießen, was ihr das Schicksal
vor der Wegscheidung noch bot. In die Welt hinein, in
die weite, sonnige, lachende Welt fuhr sie mit Windes-
eile, allein mit Waldemar, der ihr gehörte, nur ihr. Das
war ihr beglückender Traum. Und sie schwatzte, was ihr
gerade in den Sinn kam, berauscht von der beseligenden
Gegenwart. Und hinter dem Schleier blitzten ihre Augen
vor Lust, und ihre Wangen blühten auf wie junge Rosen.

Vielgereist war Waldemar und in der verschieden-
artigsten Begleitung, aber mit einem jungen reizenden
Weibe, das ihn verehrte und insgeheim liebte, in einem
engen Schlitten gefahren, das war er doch noch nicht. An-
fangs wurde ihm wehmüthig bei dem vertraulichen Tone
ihres Geplauders. Wenn du doch ein paar Jahre früher
gekommen wärest! sagte er sich. Dann jedoch sah er die
verführerische Möglichkeit einer Hinwegräumung der bestehenden Schwierigkeiten, und was zwischen ihm und Ida
trennend lag, schien ihm nur noch ein Schatten, der schon
anfing, sich zu verziehen. Näher beugte er sich zu ihr,
als ob er ein Geheimniß auf den Lippen trüge, das nur
auf eine günstige Gelegenheit warte, um sich zu offenbaren.

Ein verschneiter Kilometerstein nach dem andern flog
vorüber. Als das Paar sein Ziel noch weit entfernt
glaubte, bog der Schlitten schon in das Dorf ein und
hielt einige Minuten später auf dem Hofe der Wittwe
Osterland.

Im Gastzimmer befand sich Niemand. Aus dem Mantel,

aus den Tüchern schälte Waldemar die rosige Gefährtin heraus, vorsichtig, umständlich.

„Du bist wie eine Mutter!" lachte Ida. „Nun löse mir auch noch den Schleier hinten vom Barett!"

Waldemar zog den Schleier hinweg, umfaßte sie und küßte sie rasch auf den Mund.

„Das ist mein Schlittenrecht," sagte er.

„Räuber!" rief sie, die Erzürnte spielend. Dann auf einmal umschlang sie ihn: „Und das ist mein Dank!"

Ihre Lippen ruhten auf den seinigen.

Geräuschvoll öffnete sich die Thüre; in eigener Person erschien die stattliche Wirthin, um sich nach den Wünschen der Herrschaften zu erkundigen. Sie war, wie das ihr Geschäft mit sich brachte, eine verschwiegene Frau. Was fremde Augen nicht sehen sollten, sah sie nie. Auch jetzt bot sie so unerschüttert und natürlich Guten Morgen, als ob das Küssen die allergewöhnlichste Belustigung ihrer Gäste wäre. Und als sie die Bestellung auf ein Früh= stück erhalten hatte, merkte sie vorsichtig an: „Ich werde sofort decken lassen," ehe sie sich zurückzog.

Die Magd, die bald darauf erschien, fand einen Herrn, der am Fenster saß, und, im Sopha zurückgelehnt, eine Dame in Trauer. Eine Unterhaltung führten die Beiden nicht miteinander. Es wird Mann und Frau sein, dachte die Magd.

Als sie jedoch beim Frühstück saßen, hatten sie sich genug zu sagen.

„Weißt Du, was ich möchte?" begann Ida. „Weiter fahren in's unbekannte Land hinein. Verschollen möcht' ich sein für Alle, die mich zu lieben glauben und doch nur quälen. Die Erde ist so groß; kennst Du Viel= gewanderter keinen Ort darauf, wo sich Zwei ansiedeln könnten, die nichts begehren, als für einander zu leben?"

„Das kann überall geschehen," versetzte Waldemar.

„Auch in der volkreichsten Stadt. Inmitten der Welt
lebend, kann man doch so fern von ihr sein, als ob man
eine Höhle in der Wüste bewohnte. Wenn wir wollten …
Liebste Jda, mit Flucht ist nicht zu erreichen, was sich für
Menschen ziemt, die hoch genug stehen, sich ihr Schicksal
selbst zu bestimmen. Nur die offene That macht frei.“

„Mir ist Alles leicht. Gebiete, und ich gehorche. Es
ist eine Freudigkeit in mir, ich würde durch Feuer und
Wasser gehen, und es sollte mir nichts anhaben — ein
Gefühl des Lebens, wie es mich noch nie durchströmt hat.“

Waldemar sah ihr tief in die glänzenden Augen. „Löse,
was Dich bindet,“ sagte er. „Und dann — dann erst
bekenne Dich zu mir.“

„Nun habe ich meine Weisung!“ rief Jda fröhlich.
„Und ich sehe auf den Bergen das Licht, worin ich einst
wohnen werde.“

„Theure Schwärmerin! Kämpfe erwarten Dich, die Du
allein durchfechten mußt, langwierige Kämpfe, in denen
auch eine starke Seele vor Augenblicken tödtlicher Er-
mattung nicht sicher ist. Ich muß abseits stehen; nicht
einmal offen Partei nehmen darf ich für Dich, um Deine
Lage nicht zu verschlimmern. Versteh' mich, Liebste: Niemand darf auf die Vermuthung gerathen, daß die Liebe
zu einem Andern Dir den letzten, entscheidenden Anstoß
gegeben hat, die Scheidung zu fordern. Verbirg' es im
tiefsten Herzen, was diese Tage heimlich gezeitigt haben.
Es muß sein. Du würdest der Sympathien der Menschen
verlustig gehen, wenn sie hinter Deinem Begehren einen
Beweggrund entdeckten, den sie, nach den herrschenden
Vorurtheilen, für strafbar halten. In einigen Tagen reise
ich ab. Es ist rathsam, daß wir einander nicht schreiben.
Verschwiegenheit und Treue — das ist der Weg, der uns
zum Ziele führen wird.“

„Du bist klug, Du Lieber. O, ich werde meine Sache

schon gut führen! Ich werde unüberwindliche Abneigung angeben, die sich nach der übereilten Heirath entwickelt habe. Und ich erkläre, daß keine Macht der Erde mich zwingen werde, wieder zu meinem Manne zurückzukehren. Wie sehr dies mein Ernst ist: sie werden's schon einsehen, Alle, die ängstlich am Hergebrachten kleben und gegen einen legalisirten Mißgriff keine Hand zu erheben wagen. Lebenslänglich sich zu binden in einem Alter, das noch vor aller wirklichen Erfahrung steht — ist es nicht eine Thorheit? Aber wie Wenige haben den Muth, nachher, wenn das Elend da ist, um ihre Freiheit zu ringen? Die Meisten fügen sich, wie jene beiden Marktweiber — aus Bequemlichkeit, aus Gutmüthigkeit, aus Furcht vor dem Kampf um's Dasein . . . Ach, Waldemar, wir sind im Ganzen ein unterdrücktes Geschlecht, auch wenn wir uns mit Diamanten und Spitzen behängen dürfen und uns zuweilen, bei Gesellschaften und dergleichen, das große Wort zu führen verstattet wird!"

Waldemar lächelte. „Das scheint nur so. Nach meinen Beobachtungen, die tief hinabgehen, haben die Frauen überall denjenigen Einfluß, der zum Heile Aller nothwendig ist."

„Nun wird's zu ernsthaft!" rief Ida aus. „Als wenn wir Beide uns nichts Vorzüglicheres zu sagen hätten bei unserem letzten Zusammensein unter vier Augen auf lange, lange Zeit hinaus! Komm', laß uns Gläser tauschen — es ist ein Symbol, weißt Du — Mein ist Dein, und Dein ist Mein. Und nun soll es einen hellen Klang geben, wenn wir anstoßen auf —"

„Auf unsere Vereinigung!"

Sie hatten einander gegenüber gesessen. Nun erhoben sich Beide, dem inneren Zuge folgend. Lange ruhte Ida in Waldemar's Armen, und die Glücklichen tauschten Kuß um Kuß.

Auf einmal schauerte Ida zusammen.

„Mir ist, als ob dies das Ende wäre!"

„Welcher plötzliche Kleinmuth!"

„Schwindel auf der Höhe wahrscheinlich. Und doch, Waldemar: es muß etwas Anderes sein — eine Ahnung von Schrecklichem, das die Zukunft birgt."

„Laß Dich das nicht anfechten, Liebe. Ahnungen sind Hirngespinnste."

Ida hörte ihn kaum. In sichtlicher Unruhe begann sie, sich in ihre Tücher einzuhüllen. „Laß uns heim= fahren! Draußen in der frischen Luft wird dieses un= heimliche Gefühl von mir weichen. Es ist unerträglich heiß hier — zum Ersticken. Oder habe ich zu viel Wein getrunken? Lege die Hand auf mein Herz — wie es hämmert! Und doch ist mein Kopf klar — o, so klar; ich könnte in einer Minute mein ganzes Leben überdenken. Nein, küsse mich nicht mehr; ich kann's nicht leiden; das ist vorbei ... O Waldemar, habe Geduld mit mir!"

Sie lehnte den Kopf an seine Schulter. Besorgt um= faßte er sie und führte sie hinaus.

Im Freien wurde ihr besser. „Was war nur über mich gekommen?" sagte sie und versuchte zu lächeln. „Geh' nur und laß den Schlitten vorfahren; ich spaziere hier auf und ab, das wird mir gut thun."

Als Waldemar zurückkam, empfing sie ihn: „Ich bin wieder ganz die Alte. Siehst Du mir's an?"

Die Wittwe Osterland stand in der Thüre und knixte, als der Schlitten davonfuhr. „Kommen Sie bald wieder!" rief sie hinterher.

Sie blieb stehen, erschrocken über das ungeberdige Ver= halten der Pferde. Die Sonne, auf die sie gerade zu= getrieben wurden, schien die Thiere zu blenden; hart an dem einen Pfosten des Eingangsthores glitt die links= seitige Kufe des Schlittens vorüber. Kaum waren die

Pferde draußen auf dem engen Landwege, als sie, durch=
gehend, mit jähem Ruck rechts abschwenkten. In weitem
Bogen hinschurrend, folgte der Schlitten, prallte an einen
Stein und schlug um, seine Insassen in heftigem Schwunge
hinausschleudernd.

Als Frau Osterland, laut um Hilfe rufend, sich mit
wankenden Knieen zur Stätte des Unglückes geschleppt
hatte, fand sie Ida, blutend und anscheinend leblos, auf
dem Schnee ausgestreckt, und Waldemar, neben ihr knieend,
verzweiflungsvoll ihren Namen rufend. Der Kutscher schien
unverletzt zu sein; er hatte sich bereits in Bewegung gesetzt
und folgte der Spur seiner Pferde.

<hr />

6.

Mit Ungeduld sah Günther Schilling der Antwort
seiner Frau auf jenen Brief entgegen, den ihm Sehnsucht
und Verlangen in die Feder diktirt hatten. Ida jedoch
blieb stumm. Dagegen lud ihn seine Schwiegermutter zur
Feier des Weihnachtsfestes ein, und deutete an, daß Ida
sich wohl bereit finden lassen werde, mit ihm zurückzukehren.

Diese Abweisung durch dritte Hand wurmte ihn nicht
wenig. Indessen würde er sich doch wohl nach einigem
Knurren in die Verlängerung der Wartezeit gefunden
haben, die ihm die Launenhaftigkeit seiner Frau auferlegte,
wenn Mutter Allhaus nicht die Unvorsichtigkeit begangen
hätte, in ihres Herzens Stolz und Freude den Besuch des
„durch seine Reisewerke bekannten, höchst interessanten Baron
Hemisch, ihres lieben Neffen aus Wien," zu erwähnen.

Günther hatte noch niemals eine eifersüchtige Regung
verspürt. Jetzt jedoch, da er ohnehin gereizt war, peinigte
ihn der Gedanke, daß dieser gepriesene Unbekannte Ida's
Hausgenosse sei und den ganzen Tag mit ihr auf intim=
verwandtschaftlichem Fuße verkehre.

Zum Schreiben an mich findet sie keine Zeit, obgleich sie diesmal hätte antworten müssen, sagte er sich. Weshalb, ist klar genug. Der liebe Vetter, der Herr Baron — weiß der Henker, wie der auf einmal in die Schulmeisterfamilie hineinkommt — wird beständig bei ihr herumsitzen und ihr von den fremden Ländern vorschwatzen, worin er seine Zeit todtgeschlagen hat. Vielleicht ist er gar einmal von Räubern überfallen und ausgeplündert worden, oder in Gefahr gewesen, von Wilden gebraten zu werden — so etwas verleiht einen Nimbus, den sich ein Mensch nicht erwerben kann, der im Schweiße seines Angesichts um das tägliche Brod arbeitet. Namentlich bei den Weibern. Kann sich Einer als Held aufspielen, dann hat er sie Alle am Bändel. Und das wissen diese Abenteurer. Dieser Baron Hemisch findet da in dem langweiligen Schulmeisterhause eine hübsche Base — daß sie verheirathet ist und in Trauer um ein Kind, macht ihm nichts aus — und schneidet ihr die Cour; das ist so natürlich, als wenn der Fuchs sich an dem Hühnerhofgatter den Pelz reibt. — Meiner Frau! Und ich friste mein Leben wie ein verwaistes Murmelthier. Ist das in der Ordnung? Brauche ich mir solche Freibeuterei auf meinem Gebiete gefallen zu lassen?

Die Folge dieses Selbstgesprächs und anderer ähnlichen Inhalts war, daß Günther sich am nächsten Abend auf die Eisenbahn setzte, um die Bekanntschaft des verdächtigen Barons Hemisch zu machen.

Frau Althaus erschrak nicht wenig, als sie den Schwiegersohn plötzlich in Fleisch und Blut vor sich sah.

„Herr Gott — Günther! Was ist passirt?" rief sie verwirrt.

Günther lachte. „Was soll passirt sein? Weiter nichts, als daß ein Strohwittwer seines einsamen Daseins überdrüssig geworden ist und sich mit seiner anderen Hälfte wieder zu vereinigen wünscht. — Wo ist Ida?"

„Auf einer Schlittenparthie mit Waldemar."

„Waldemar? Das ist wohl der neue Neffe, von dem Du mir geschrieben hast?"

Frau Althaus erklärte die Verwandtschaft.

„Was mir eben erst einfällt: Ihr könnt mich am Ende gar nicht einmal unterbringen?"

„Es thut mir furchtbar leid; aber jedes Bett im Hause ist besetzt."

Günther lachte verdrießlich auf. „Dann muß ich mein Heil in der Schrannengasse versuchen. — Wann erwartet ihr die beiden Schlittenfahrer zurück?"

„Zu Tisch. So war wenigstens die Abrede."

„So bald schon? Das geht ja noch. Ich dachte, solche Parthien würden gewöhnlich bis in den Mondschein hinein verlängert. Erlaubst Du, daß ich zu Tisch wiederkomme? Oder ist vielleicht auch jeder Stuhl im Hause besetzt?"

„Aber Günther — ich trage doch keine Schuld daran, daß Du es so schlecht triffst. Wenn Du erst angefragt hättest, würdest Du erfahren haben, daß Waldemar in einigen Tagen abreist. Dann wärest Du uns in jeder Beziehung willkommen gewesen."

„Ich verstehe: einem Baron kann man nicht gut den Stuhl vor die Thüre setzen, wie einem gewöhnlichen Sterb= lichen. Meinetwegen. Das habe ich von meiner Gut= müthigkeit. Geschieht mir schon recht! Ida's Reise hierher war so überflüssig wie möglich; nun hab' ich meine Noth, sie wiederzukriegen."

In einer gelinden Wuth entfernte er sich.

Als Althaus von der Schule kam, berichtete ihm seine Frau die Ankunft des Schwiegersohnes.

Der Lehrer meinte: „Waldemar wird sofort in einen Gasthof übersiedeln; daran ist nicht zu zweifeln. Damit aber ist an dem Zerwürfniß zwischen Ida und ihrem Manne nichts gebessert. Es ist nicht angenehm für uns

alte Leute, daß sich die Versöhnung, die schwerlich ohne
vorherige aufregende Auftritte von Statten gehen wird,
gerade unter unserem Dache vollziehen soll."

Und Frau Althaus seufzte: „Nie hätte ich Ida eines
solchen Eigensinnes für fähig gehalten. Das Kind hat
sich unglaublich verändert. Ich habe aufgehört, sie zu
verstehen. Merkwürdig ist, daß Waldemar, der sie doch
erst ein paar Tage kennt, so gut mit ihr auskommt."

„Es sind verwandte Seelen," bemerkte der alte Herr.

Schon eine Viertelstunde vor der Tischzeit stellte Günther
sich wieder ein. Seine Laune hatte sich nicht gebessert,
da sein Vater ihn beschuldigt hatte, er habe versäumt,
das Vertrauen seiner Frau soweit zu gewinnen, daß sie
ihn als ihren natürlichen Tröster im Unglück betrachte.
Günther, der sich getroffen fühlte, war grob geworden,
und der alte Herr hatte schließlich gesagt: „Ihr seid zu-
sammengelaufen wie zwei Kinder. Das geschieht nun zwar
häufig; aber die Kinder lernen und lernen rasch — in
der Ehe für die Ehe. Du hast nichts gelernt. Freundschaft hast Du Deiner Frau nicht zu bieten; womit willst
Du sie halten, wenn sie Dir bis auf den Grund geschaut
und lauter Nichtigkeit gefunden hat?"

Günther freilich, als er das Elternhaus im Rücken
hatte, richtete sein gebeugtes Selbstbewußtsein durch den
Ausspruch wieder auf, der Alte sei nicht recht klug; aber
sein Verhältniß zu Ida erschien ihm doch jetzt nicht mehr
so einfach wie bisher, wo er sie als eine Art von Eigenthum betrachtet hatte. Mit dem Gefühl ängstlicher Er-
wartung harrte er dem Schlitten entgegen, der, nach Frau
Althaus' häufig geäußerter Meinung, über alle Gebühr
lange ausblieb. Am Ende war Ida im Stande, ihrem
Herrn und Gebieter vor Zeugen einen sehr unangenehmen
Empfang zu bereiten!

Man setzte sich endlich zu Tisch, da Althaus, der Nach-

mittagsschule wegen, nicht länger warten konnte. Das
Mahl verlief ungemüthlich, da man in jedem vorüber=
klingelnden Schlitten die Fehlenden vermuthete. Althaus
mußte schließlich seinem Beruf nachgehen; Günther, der
immer einsilbiger geworden war, stellte sich an's Fenster,
die Hände auf dem Rücken, und Frau Althaus, die keine
Lust hatte, ihrem mürrischen Schwiegersohn Gesellschaft
zu leisten, machte sich in Küche und Haus zu thun.

Da fuhr ein Bauernwagen heran, Schritt für Schritt.
Günther sah ihn kommen. Es fiel ihm auf, daß hinten
in dem Wagen, fast auf dem Boden, ein Herr in Pelz=
mütze und Pelzrock saß. Der Wagen hielt vor dem Hause
des Lehrers, und der Mann in der Pelzmütze kletterte
hinab. Vom Trottoir aus wandte er sich zurück, blickte
über die hohe Seitenwand des Wagens und sprach mit
Jemandem, der noch dahinter versteckt war.

Neugierig sah Günther zu; noch kam ihm keine Ahnung,
wie nahe ihn anging, was sich vor seinen Augen abspielte.

Nun ging der Mann in der Pelzmütze auf die Haus=
thüre zu und klingelte. Günther hörte vom Flur her
Frau Althaus' Stimme: „Lassen Sie nur, Gretchen, ich
will öffnen; der Schlitten wird da sein."

Günther lächelte vor sich hin: Ein schöner Schlitten! —
Er horchte. Die Thüre wurde geöffnet. „Endlich, Walde=
mar!" rief Frau Althaus.

Da errieth Günther im Nu, was geschehen war, und
wer in dem Wagen auf Heu und Kissen gebettet lag. Er
stürzte hinaus: „Was hat sich ereignet? Durch wessen
Schuld ist meine Frau zu Schaden gekommen?"

Waldemar erwiederte: „Davon nachher, Herr Schilling.
Zunächst handelt es sich darum, Ida in's Haus zu schaffen,
und zwar gleich auf ein Lager an passender Stelle. Treppen=
transport ist außer Frage. Nehmen wir das erste beste
Bett und stellen es mitten in's Wohnzimmer."

Günther wollte hinauszurennen; Waldemar vertrat ihm den Weg. „Keine Ueberraschung! — Nachdem Ida zur Ruhe gekommen ist, mag sie, je nachdem ihr Befinden ist, von Ihrer Anwesenheit erfahren."

„Ich werde mir doch den Verkehr mit meiner Frau nicht verbieten lassen!" brauste Günther auf.

„Ihre Aufregung ist begreiflich, Herr Schilling," entgegnete Waldemar mit überlegener Ruhe. „Wenn Sie indessen bedenken wollen, daß eine plötzliche Gemüthsbewegung für Ida gegenwärtig verhängnißvoll werden kann, jedenfalls aber schädlich auf sie einwirken wird, dann werden Sie nichts gegen meine Anordnung einzuwenden haben."

Schon hatte Frau Althaus, rasch gefaßt, die Magd herbeigerufen und begonnen, ihr Bett in das Wohnzimmer herüberzuschaffen. Waldemar warf den Pelzrock ab und legte mit Hand an. Und auch Günther, nachdem er eine kurze Weile finster bei Seite gestanden, empört über den Ton, den sich dieser Fremdling anmaßte, fügte sich seiner besseren Einsicht und half.

Während des hastig betriebenen Werkes berichtete Waldemar über den Unglücksfall. Eine Kopfwunde, die Ida davongetragen, hatte er verbunden. Sie war an sich nicht bedenklich, obgleich sie stark geblutet hatte; durch die Gehirnerschütterung befand Ida sich indessen noch immer in einem Zustande halber Betäubung. Außerdem aber befürchtete Waldemar innere Verletzungen, wie er unverhohlen aussprach. Er selbst war mit einigen Quetschungen davongekommen, die ihn zwar schmerzten, ihn aber nicht an dem Gebrauche seiner Glieder hinderten.

Ida war auf eine Matratze gelegt und mit dieser auf den Wagen geschoben worden; mittelst dieser Unterlage konnte auch ihre Abladung und Hineinschaffung in das Haus mit ziemlicher Leichtigkeit durch Waldemar und den Fuhr-

mann bewerkstelligt werden. Günther sah nichts von ihr
als einen kleinen Theil des Gesichtes zwischen einer weißen
Stirnbinde und den hoch hinaufgezogenen Decken. Die
Augen hielt sie geschlossen; bleich waren Wange und Nase.
Es war Günther, als ob er eine Leiche vorübergetragen
sähe; er schauerte zusammen.

Der sofort herbeigerufene Arzt bestätigte nach gründ=
licher Untersuchung die Vermuthung Waldemar's. Es
waren durch den Aufprall des zu Boden geschleuderten
Körpers unzweifelhaft Verletzungen innerer Organe herbei=
geführt worden; doch ließ sich noch nicht ermitteln, ob
dieselben lebensgefährlich seien. Eine barmherzige Schwester
wurde zur Pflege berufen; außer dieser und Ida's Mutter
sollte Niemand einstweilen im Krankenzimmer zugelassen
werden.

Waldemar ging, um Althaus von der Schule abzu=
holen und ihn auf das vorzubereiten, was seiner zu Hause
wartete; Günther blieb zurück, ein beiseite Geschobener,
Ueberflüssiger. Er irrte umher, nicht wissend, was er mit
sich beginnen sollte; zuweilen schlich er zur Thüre und
horchte, vergeblich hoffend, Ida's Stimme zu vernehmen;
dann barg er sich in Althaus' Studirstube und versuchte,
sich mit Lesen und Rauchen die Zeit zu vertreiben, die
ihm noch nie so unerträglich langsam verstrichen war.
Doch die Bücher, die er auf dem Pulte und in den
Schränken des Lehrers fand, behandelten Gegenstände, die
ihm ganz fernab lagen.

Er athmete förmlich auf, als Althaus und Waldemar
zurückkehrten; sogar der Letztere war ihm willkommen als
ein Mensch, mit dem er sich unterhalten konnte.

Frau Althaus berichtete, Ida fühle sich sehr matt, doch
sei sie schmerzfrei, wenn sie ruhig liege und nicht zu tief athme.

„Diese unselige Schlittenfahrt!" rief Günther aus. „Ida
wird sie verwünschen!"

„Durchaus nicht. Ich bin selbst erstaunt, wie gefaßt sie ist. Mehr wie gefaßt. Kein Wort der Klage
habe ich von ihr vernommen; meist liegt sie mit offenen
Augen und scheint an angenehmen Gedanken zu spinnen,
denn um ihre Lippen liegt fast beständig ein Zug des
Lächelns.“

Nur Waldemar wußte diese Mittheilung richtig zu
deuten. „Deine Zeit gehört jetzt der Kranken, Tante,“
sagte er. „Du wirst es mir nicht übel nehmen, wenn ich
mich noch vor Abend in einem Gasthof einquartiere.“

Günther schwieg; auch er durfte unter den obwaltenden Umständen seiner Schwiegermutter nicht lästig fallen.
Auch erging keine Einladung an ihn. Es fiel ihm ein,
zu fragen, ob Ida die Bitte ausgesprochen habe, ihn her-
beizurufen. Frau Althaus verneinte; Ida hatte mit keinem
Worte ihres Mannes gedacht. Diese Auskunft ärgerte
Günther, da Waldemar sie hörte. „Ida will mich nicht
unnöthiger Weise erschrecken,“ sagte er. „Wahrscheinlich glaubt sie, den Unfall ganz vor mir verbergen zu
können.“

Als Niemand antwortete, sagte er: „Ich will nicht
stören. Meine Zeit wird auch schon kommen; ein paar
Tage werd' ich noch Geduld haben müssen; dann wird der
Doktor hoffentlich die Gnade haben, auf mich die Rücksicht
zu nehmen, die ich beanspruchen kann.“

Damit ging er davon und überlegte verdrießlich, wie
er die Zeit hinbringen könnte.

Erst zwei Tage später erklärte der Arzt, daß Günther
zuzulassen sei, nachdem Ida vorab von seiner Anwesenheit
in Kenntniß gesetzt worden wäre. Frau Althaus glaubte
besonders vorsichtig zu verfahren, indem sie Ida vor-
bereitend mittheilte, sie habe an Günther geschrieben. Ida
erwiederte nichts. Er würde ohne Zweifel heute eintreffen,
fuhr die Mutter fort. Und nach einer Pause: die Wahr-

heit zu fagen, er fei bereits hier und warte darauf, an
ihr Bett kommen zu dürfen.

„Ihr habt ihm mit feiner Berufung keinen Gefallen
gethan," fagte Ida ruhig. „Am liebſten fäh' ich ihn nicht.
Aber laß ihn nur eintreten; es iſt vielleicht beſſer, er hört
jetzt ſchon, was ich ihm zu fagen habe."

Leiſe kam Günther näher und faßte vorſichtig Ida's
Hand. Er wußte nichts zu fagen als: „Das muß ein
ſchlimmer Fall geweſen fein! Du wirſt aber ſchon wieder
beſſer werden."

„Ich zweifle nicht daran, daß Du es wünſcheſt," ver=
ſetzte Ida, ihn betrachtend, als ob ſie fein Ausſehen ver=
geſſen hätte. „Doch ich bin nicht zu heilen, was man
auch glaubt, mir zum Troſte fagen zu müſſen. Im beſten
Falle behalte ich das Leben; aber ein Krüppel bleibe ich.
Ich habe mich darein ſchon gefunden; was mein Unglück
ſcheint, iſt meine Rettung."

„Ich verſtehe Dich nicht," ſtammelte Günther.

„Später — in einigen Wochen — wenn meine Bruſt
ſoweit ausgeheilt iſt, wie ſie ausheilen kann, reden wir
über das, was uns Beide angeht. Für jetzt iſt es beſſer,
Du kehrſt zu Deinen Geſchäften zurück. Das Opfer, das
Du Dir um meinetwillen durch Dein Bleiben auferlegen
würdeſt, hätte nicht einmal Werth für mich. Nach Ge=
ſellſchaft, nach Unterhaltung verlangt mich nicht. Willſt
Du noch etwas für mich thun, ſo pflege Hanni's Grab.
Bringe zuweilen einen Kranz hinaus; vielleicht beſorgt ihn
der Gärtner auch, wenn Dir der Weg läſtig iſt."

Die barmherzige Schweſter trat ein und winkte Günther,
er möge feinem Beſuch ein Ende machen.

„Wir ſehen uns noch, ehe ich abreiſe," fagte er und
ging davon.

Draußen knirſchte er: „Behandelt werde ich hier, als
ob ich ein dummer Junge wäre! Hierhin geſchoben, dort=

hin geschoben — und sie, sie schickt mich einfach nach
Hause — mich, der ich doch schließlich die ganze Suppe
auszuessen habe!"

Als er auf die Straße stürzte, sah er den Arzt im
Gespräche mit Waldemar hin und her gehen. Der kam
ihm gerade recht.

„Ich finde soeben, daß meine Frau sich in den Kopf
gesetzt hat, sie würde zeitlebens ein Krüppel bleiben," fuhr
er den Arzt an. „Was steckt dahinter? Natürlich möchte
ich gerne wissen, wie ich daran bin. Schenken Sie mir
reinen Wein ein, Herr Doktor, wenn ich bitten darf!"

Der Arzt besah sich den ungestümen Frager einige
Sekunden und nahm eine Generalschätzung seines Charakters
vor. Dann antwortete er: „Ihre Frau hat errathen, was
ich bis jetzt noch nicht ausgesprochen habe. Nach meiner
Ansicht wird sie nicht allein ihre volle Gesundheit nie=
mals wieder erlangen, sondern beständig auf den Beistand
Anderer angewiesen bleiben. Sie wird fortfahren, Frau
zu heißen, aber von dem Leben einer Frau ausgeschlossen
sein. — Ich glaube, mich der gewünschten Deutlichkeit
befleißigt zu haben, Herr Schilling."

Er lüftete den Hut vor Waldemar: „Wir sehen uns
heute Abend nach Ihrem Vortrage, Herr Baron!" Dann
grüßte er Günther kühl und begab sich in das Lehrer=
haus.

Waldemar und Günther gingen nebeneinander die
Straße hinab.

„Meine bedauernswerthe Base!" begann Waldemar.
„Sie können denken, wie schwer ich, obgleich schuldlos,
mich belastet fühle."

„Das mag ja sein, Herr Baron," versetzte Günther
gereizt. „Aber Sie begeben sich morgen oder übermorgen
wieder auf Reisen, und wenn Sie erst am Nil oder am
Kongo oder an einem sonstigen entlegenen Gewässer auf

Elephanten jagen, dann wird das Opfer jener Schlitten=
fahrt Sie wenig mehr kümmern. Mit mir liegt die Sache
ganz anders. Wenn ich an die Zukunft denke, wie sie
sich für mich gestalten wird, dann brummt mir der Kopf.
Versetzen Sie sich einmal in meine Lage! Ein junger,
rüstiger Mann, wie ich, der eine hoffnungslos invalide
Frau zu pflegen hat — einen Tag wie den andern —
auf unabsehbare Zeit hinaus — wenn der nicht Mitleid
verdient, dann weiß ich's nicht!"

„Allerdings. Wer ein solches Schicksal schweigend
trägt und sich zum Engel der Duldenden macht, der ver=
dient die vollste Sympathie aller Wohldenkenden."

Diese Antwort Waldemar's mit ihrer scharfen Rüge
seiner lieblosen Selbstsucht brachte Günther noch mehr auf.

„Daß ich meine Pflicht thun werde, so weit ich kann,
versteht sich von selbst, Herr Baron," gab er zurück. „Mehr
kann billigerweise Niemand von mir verlangen."

Waldemar bemerkte: „Ob meiner Base, wie ich sie
kenne, mit der widerwilligen Erfüllung einer bloßen Pflicht
gedient sein wird, möchte ich sehr bezweifeln."

„Und wenn auch nicht, sie müßte sich doch gefallen
lassen, was sie nicht besser haben kann. Niemand kann
aus seinen Verhältnissen so leicht heraus. Alles genau
erwogen, kann Ida noch froh sein, daß sie in ihrem Un=
glück einen Mann besitzt, der die Mittel hat, ihr das
Leben erträglich zu machen."

„Wenn Sie sich über die Natur dieser Mittel nur
nicht irren, Herr Schilling! Der Mensch lebt nicht von
Brod allein. Und auch in einem verkrüppelten Körper
kann noch eine Seele wohnen, eine Seele, die nach der
Speise des Geistes und der Liebe verlangt."

„Doch muß zuerst das Brod da sein, Herr Baron,"
versetzte Schilling. „Ich bin nicht in eine goldene Wiege
hineingeboren; ich bin der Sohn eines Handelsmannes

mit kleinem Kapital. Ich brauche nicht nur in einen
großen Beutel zu langen, um einer großen oder kleinen
Paſſion fröhnen zu können; ſeit meinem ſiebenzehnten Jahre
habe ich mir jede Mark, die ich nöthig hatte, ſelber ver=
dienen müſſen. Und wenn ich auch etwas vor mich ge=
bracht habe, ſo habe ich doch noch keinen Grund, mit
vornehmer Geringſchätzung auf das Geld hinabzuſehen, als
eine gemeine Sache, von der man möglichſt wenig ſpricht,
als von etwas Unanſtändigem dem Dinge gegenüber, das
man mit aufgeblaſenen Backen Geiſt nennt ... Nein,
Herr Baron, ich kann das Rechnen nicht laſſen und will
es auch nicht. Der Eine belegt ſeinen Edelmuth mit
klingender Münze, der Andere mit ſchönen Worten. Wenn
ich ein Krüppel wäre, hielt ich mich an den Erſtern.“

Waldemar blieb ſtehen. „Ich bin Ihrer Denkart ſchon
zu häufig im Leben begegnet, um mich durch Ihre Aus=
fälle beleidigt fühlen zu können. Glauben Sie indeſſen
nicht, meiner Baſe, die Ihren Namen trägt, Almoſen
bieten zu müſſen. Darüber kann ich Sie vollſtändig be=
ruhigen. Wenn Sie die herzerquickende Thätigkeit des
Rechnens fortſetzen, dann laſſen Sie den Poſten: ‚Unter=
halt für eine kranke Frau, die mir nichts mehr werth iſt,‘
getroſt weg. Ich will’s verantworten. — Glückliche Reiſe,
Herr Schilling!“

Er wandte ſich ab und kreuzte die Straße.

Günther hätte den „unverſchämten Ariſtokraten“ im
erſten Augenblick erwürgen mögen. Doch verlief dieſe
Wallung ſehr bald. Die Andeutung, die der Ariſtokrat
gemacht hatte, gab ihm zu denken. Langſam ging er
weiter, bog in eine Querſtraße ein, fand ſich auf dem
Markt, trat· in den Rathskeller ein und ließ eine halbe
Flaſche alten Rübesheimer kommen. Als er ſie geleert
hatte, lag ein Schimmer hauptſtädtiſchen Leichtſinns auf
ſeinem Gemüth.

Am nächsten Morgen traf im Lehrerhause ein Brief an Frau Althaus ein:

„Liebe Mutter! Da ich hier Jedermann im Wege bin, halte ich es für das Beste, abzureisen. Wenn Du diese Zeilen siehst, bin ich schon unterwegs. Wie es weiter geht, erfahre ich wohl. Ueber meine Börse bitte ich nach Bedarf zu verfügen. Grüße Vater Althaus und Ida.

Dein Schwiegersohn

Günther Schilling."

7.

Fast ein Vierteljahr war vorübergegangen. Es war März geworden, und deutlich schon zeigten sich die grünen Blattknospen an einigen vorwitzigen Sträuchern in dem Garten des Lehrerhauses. In einem Sessel hinten am Fenster eines Stübchens, das ihr eingeräumt worden war, sobald sie anfing, wieder zu gehen, saß Ida, bequem zurückgelehnt, und schaute hinaus auf den Spielplatz ihrer Kindheit.

Frau Althaus guckte zur Thüre herein: „An der Hecke habe ich soeben das erste Schneeglöckchen entdeckt. Ich hab' es nicht abpflücken mögen, weil's das erste ist und den ganzen Schmuck des Gartens ausmacht."

„Du hast recht gethan, Mutter. Laß es leben; wir wissen ja nicht, ob es nicht eine Seele hat. Künftig werde ich mir den Frühling in Töpfen um mich herum ziehen."

Frau Althaus kam näher. „Armes Kind! Künftig! Das ist für Jedermann, der nicht jung und gesund ist, ein ängstliches Wort. Vollends für Dich, die Du Dich des natürlichen Halts begeben hast."

„Nicht doch, Mutter. Ich sehe nur Schönes vor mir. Nicht den Gesunden, die in voller Kraft einherstürmen, blühen die feinsten, die zartesten Blumen des Lebens; nur

die Kranken, die Gelähmten finden sie mit neuen Or-
ganen."

„Ich bin natürlich froh, daß Du Dich so hübsch mit
Deinem traurigen Schicksal abzufinden weißt, aber wahr
bleibt's doch: Dein Verhalten Günther gegenüber ist unklug. So ganz und gar brauchtest Du ihn doch nicht ab-
zuweisen. Ist er Dir auch zuwider geworden — daß Du
ihn von allen Verpflichtungen entbunden hast, darin bist
Du zu weit gegangen. Es hätte sich doch wohl ein Ab-
kommen mit ihm treffen lassen. So lange wir leben, wird
Dir ja keine Sorge nahe treten; aber wir möchten auch
ruhig in Betreff Deiner sein, wenn wir einmal die Augen
zumachen."

„Ja, ja, das ist Elternart, sich über den Tod hinaus
um das Gedeihen ihrer Nachkommen zu quälen, schon lange
vorher, wenn jeder Tag eine neue Wendung bringen kann...
Mit Günther bin ich fertig. Will er sich auch gesetzlich
von mir befreien: ich habe nichts dagegen. Früher oder
später, sobald eine neue Leidenschaft in ihm auflodert,
wird er auf Scheidung von mir antragen. Das ist dann
der formelle Abschluß einer bereits halb vergessenen Epi-
sode in meinem Leben."

„Lieber Gott!" rief Frau Althaus und schlug die
Hände zusammen. „Wer das damals auf eurer Hochzeit
gedacht hätte, als wir Alle so vergnügt waren und euch
so getrost abziehen ließen, als ob ihr nun glücklich im
Paradiese drin wäret!"

„So ziehen sie alle ab, die jungen Paare, verwirrt,
berauscht, über die Alltagswelt emporgehoben. Und dann,
ganz langsam, schiebt sich die Frage in den Vordergrund:
stimmen die Charaktere zu einander? Sind es verwandte
Seelen, die der Wirbelwind der Liebe zusammengeweht
hat?"

Iba stützte den Kopf in die feine Hand und dachte

nach). Ihre Mutter betrachtete sie, wie ihr der Wider=
schein der Sonne von der hellen Tapete auf das leicht ge=
röthete Gesicht fiel.

„Wer Dich so sitzen sähe," begann sie auf einmal,
„würde gewiß nicht auf die Vermuthung kommen, daß
Dir ein bleibendes Siechthum anhaftet. Du bist sogar
hübscher als früher, wenn auch blasser infolge der Zimmer=
luft."

„Dagegen kann Rath werden," erwiederte Jda. „Ich
gedenke mir in diesem Sommer bei Tante Konstanze
Hemisch eine bronzene Hautfarbe zu holen. O, ich sehne
mich so nach jener köstlichen Sonnenwärme, die wie ein
wallender, zitternder Strom durch alle Glieder rinnt! Die
kann ich doch genießen in dem Rollstuhl, den Tante Kon=
stanze mir stiften will ... Sieben Wochen noch, dann
kommt Waldemar und holt mich!"

Sie wandte sich halb um mit gefalteten Händen:
„Sonne, liebe Sonne, jage den Frühling schneller hinauf
zu uns wintersatten Nordländern, als Du gewöhnlich thust!
Mir zu Liebe und Andern, die mit mir frieren in der
Halbstarre schläfrig schleichenden Blutes! Vielleicht, wenn
Goldregen und Syringen sich verfrühen, verfrüht auch er
sich, mein Führer, mein Freund!" —

Und die Sonne hatte ein Einsehen. Sie half dem
Frühling bei seinem schweren Sprunge über die Alpen.
Auf einmal, als die großen deutschen Flüsse sich noch
nicht wieder an ihr Bett gewöhnt hatten, erschien er oben
in der Rheinebene und verbreitete sich lachend über die
Lande. Und die Baronin Hemisch schrieb an ihre Nichte:
„Wir sind entzückt über die Liebenswürdigkeit der Natur.
Schon lasse ich meine Villa in Stand setzen, und Walde=
mar, der vor acht Tagen von Marokko zurückgekommen
ist, besteht darauf, daß Dir sobald wie möglich die Stär=
kung des Landaufenthaltes zu Gute kommen müßte. Und

wenn ich Dir nun mittheile, daß er, leicht beweglich wie er ist, morgen schon diesem Briefe nachreisen wird, um Dich zu mir zu holen, so bin ich überzeugt, Dir damit eine Freude zu machen. Dir muß überlassen bleiben, ob Du zu Deiner persönlichen Aufwartung ein Mädchen von dort mitbringen willst, um es auch unterwegs zur Verfügung zu haben. Ich bitte mir überhaupt aus, daß Du Dich ganz als meine Tochter betrachtest und alle Deine Vorbereitungen in diesem Sinne triffst."

Als Frau Althaus diesen Brief gelesen hatte, sagte sie verwundert: „Das klingt ja, als ob Du ganz und gar nach Oesterreich ziehen wolltest!"

Ida lächelte. „Wer weiß, Mutter!"

Und Vater Althaus bemerkte am Abend zu seiner Frau: „Ich weiß gar nicht, wie mir die Ida vorkommt. Es ist eine Aufregung in ihr, als wenn sie den Bräutigam erwartete!"

Traurig schüttelte Frau Althaus den Kopf. „Ach du lieber Himmel! Das unglückliche Kind! Es kann froh sein, daß es noch Freundschaft findet. Denk' 'mal die Lage! Ihren Mann hat Ida verlassen; zu irgend welcher Arbeit ist sie unfähig. Und doch kann sie, wie der Arzt sagt, bei angemessener Pflege lange leben. — Ein Bräutigam! Ja, wenn Alles anders gekommen wäre, wenn Waldemar sich ein paar Jahre eher hätte bei uns blicken lassen. Ach, daß es unserem einzigen Kinde auch so hat ergehen müssen!"

Günstiger als seine Ehehälfte urtheilte Althaus. „Wie Einer äußerlich lebt, ist nicht so wesentlich," meinte er. „Man kann vor den Menschen aus einer Trübsal in die andere zu sinken scheinen, und dabei stetig emporsteigen. Und mir ahnt, daß es Ida so ergangen ist." —

Auf ihrem Lehnstuhle am Fenster erwartete Ida den zurückkehrenden Freund. Als sie seine Schritte auf dem

Flur hörte, stand sie mühsam auf und ging ihm mit
Hilfe ihres Stockes entgegen. Eintretend, fand er sie vor
sich. Sie fiel in seine rasch geöffneten Arme; vorsichtig
umfaßte er sie und führte sie zu ihrem Sessel zurück.

„Jetzt keine Trennung mehr!" flüsterte er ihr zu.

Frau Althaus sah und staunte. Sie begann zu begrei=
fen, daß es auf Erden stille, abseits gelegene Glücksfelder
gibt, von denen die Menge während ihres schablonen=
haften Daseins nichts erfährt; Felder mit wunderbar
duftenden Blumen und mit einem Teppich des weichsten
Rasens, der den leise hinwandelnden Fuß kosend um=
schmeichelt; Felder, auf denen Krankheit, Gebrechlichkeit
und Noth nur Träume sind, die flüchtig durch die Seele
wallen.

Nachmittags kam der alte Herr Schilling mit seiner
Frau; sie hatten von Ida's bevorstehender Abreise gehört
und wollten ihr Lebewohl sagen.

„Du bist noch immer entzweit mit Deinem Manne?"
forschte Schilling.

„Ich werde nicht zu ihm zurückkehren."

„Hast Du Dir das auch wohl überlegt, Kind?"

„Ich will sein Gnadenbrod nicht essen. Glücklicher=
weise brauch' ich's nicht."

„Das ist eine Empfindung, die ich verstehe; doch sollte
sie zwischen Ehegatten nicht statthaben."

„Sollte nicht! Doch hab' ich sie. Ich kann nicht
nehmen, wo ich nichts geben kann. Für Günther bin ich
ein Besitz geworden, der nichts einbringt. Demgemäß
schätzt er mich. Ich befreie ihn davon; vielleicht ist er
so großmüthig, mir noch dafür zu danken."

Noch immer war Schilling's Neugier nicht befriedigt.
„Noch Eines möchte ich wissen," begann er wieder. „Wür=
dest Du mit Günther zurückgekehrt sein, wenn der Unfall
Dir nicht zugestoßen wäre?"

Iba zögerte einige Sekunden mit der Antwort; dann sagte sie tapfer: „Nein; ich will nicht lügen — auch dann nicht."

Als die alten Leute gegangen waren, rief Iba aus: „Es ist hohe Zeit, daß ich mich von hier entferne. Diese guten Leute würden sich wieder einstellen und mich mit Fragen quälen. Als ob sich Alles erklären ließe! Auch gegen die vertrautesten Freunde hält man meistens die letzten Gedanken zurück. Ich möchte jetzt Ruhe haben."

Am nächsten Tage verließ Iba ihre Heimath. Wohl riefen ihr Vater und Mutter: „Auf Wiedersehen!" in den Eisenbahnwagen nach, indessen glaubten sie nicht recht daran; sie hatten bemerkt, daß ihr Waldemar näher stand, als sie.

Althaus schüttelte bedenklich den Kopf, als das alte Paar heimging. „Ich fürchte, Iba liebt jetzt wirklich," sagte er. „Und Waldemar führt sie davon, wie zum ewigen Bunde. Es ist unnatürlich. Er ist ein edler Mensch; aber ein Engel ist er nicht. Die Zeit kann kommen, da ihm die Gemeinschaft der Seelen nicht mehr genügt; eine Andere, die in Gesundheit wandelt, kann ihn stärker anziehen. Ich fürchte, daß die schwerste Prüfung ihres Lebens noch vor Iba liegt. Einstweilen freilich ist Alles eitel Sonnenschein." —

Ja, es war eitel Sonnenschein, um sie und in ihr. Freilich: die Reise — Tag und Nacht ohne Aufenthalt — muthete ihren schwachen Kräften viel zu. Aber die Frauen sind Heldinnen, wenn Liebe sie schützt.

Frau Schilling hielt es für ihre Pflicht, sich um die Wiedervereinigung der Gatten zu bemühen. Sie schrieb an Günther einen langen, eindringlichen Brief: was denn die Welt von ihm denken werde, wenn er, gerade unter den obwaltenden Verhältnissen, sich gefallen lasse, daß Andere die Sorge für seine Frau übernähmen? Er sei

es seinem guten Rufe schuldig, einen ernstlichen Versuch
zur Aussöhnung zu machen; triftige Gründe für eine
Trennung seien ja, soviel sie wisse, nicht einmal vorhanden. Und dann erzählte sie, daß Ida, geleitet vom
Baron Hemisch, zu dessen Mutter nach Wien gereist sei,
um mit ihr demnächst in ihre Villa zu Döbling überzu-
siedeln und dort die Sommermonate zuzubringen.

Es war nicht wohlgethan von Frau Schilling, daß
sie ihrem Sohne diese Neuigkeit mittheilte. „Da haben
wir die Geschichte!" meinte er höhnisch. „Auf so etwas
war's schon abgesehen, als ich dort war. Dieser unver-
schämte Vetter Waldemar schob mich damals schon mit
Ellenbogenstößen aus meinen Rechten heraus, und jetzt
setzt er sich kaltblütig an meine Stelle. Ein Komplott
ist's gegen mich, weiter nichts. Auch der Doktor war
darin — wahrscheinlich ein alter Hausfreund bei Schul-
meisters und ein guter Bekannter des großen Reisenden —
hab' ich's doch selbst gehört, wie sie sich auf den Abend
verabredeten. Fein ausgesonnen, fürwahr! Dieser kleine
Unfall mit dem Schlitten kam den Verschwörern ungemein
gelegen. — Ida ein Krüppel! Lächerlich! Aus vierund-
zwanzig Stunden Eisenbahnfahrt macht sich doch dieser
‚Krüppel' nichts! Und nächstens wird sie in Döbling
um den Maienbaum tanzen — sie mit ihrem Moral-
prediger von Vetter!"

Er sah sich um in seinen eleganten Wohnräumen. „Und
was hab' ich Alles für dieses Frauenzimmer gethan —
für diese simple Schulmeisterstochter, um ihr das Leben
behaglich zu machen! Hat sie jemals einen Wunsch gehabt, den ich mich nicht beeilte, zu erfüllen? Und was ist
der Dank gewesen? Als ich mich abrackerte, ein Vermögen
zu sammeln, warf sie mir vor, ich gewöhnte mir einen
ordinären Ton an; als ich sie nach dem Tode des Kindes
trösten wollte, hieß es, ich sei ein herzloser Jobber. Das

war mein Lohn! — Ich ihr entgegenkommen? Jetzt noch?
Fällt mir nicht ein! Ein Weib, das davonstrebt, soll
man nicht zu halten versuchen; geflickte Verhältnisse reißen
immer wieder, und schlimmer als zuvor. Ich muß mich
von ihr lösen, gänzlich und für immer — das ist mein
gewiesener Weg."

In die schönen Tage in Döbling regnete im Anfang
des Sommers ein eingeschriebener Brief an Frau Ida
Schilling, geborene Althaus. Er kam von einem Rechtsanwalt. Er forderte im Auftrage des Herrn Günther
Schilling dessen Ehefrau Ida auf, binnen acht Tagen zu
demselben zurückzukehren und das eheliche Leben mit ihm
fortzusetzen, bei Vermeidung der gesetzmäßigen Folgen.
Ein Hundertmarkschein lag bei „zur Bestreitung der noth-
wendigen Kosten."

Wenn ein Dichter in höheren Regionen weilt, und der
Schneider überfällt ihn plötzlich mit einer ganz gemeinen
Rechnung über ein Paar längst aufgetragene Beinkleider,
so wird er ebenso heftig aus seinen Himmeln fallen, wie
Ida aus den ihrigen stürzte, als ihr der Rechtsanwalt
diese Forderung übersandte.

Es sei nicht so schlimm gemeint, beruhigte Tante
Konstanze die Aufgeregte. Diese Schrift bedeute nichts
als den vorbereitenden Schritt zu der demnächst zu erwartenden Scheidungsklage. Ida sollte sich nicht etwa
einbilden, nach ihrer Weigerung würden deutsche Gerichts-
diener erscheinen und sie davonschleppen. Wenn sie einfach Nein sage, so sei damit die Angelegenheit für sie er-
ledigt.

Für eine Frau, die im stillen Kreise dahingelebt hat,
ist es indessen ein erschütterndes Ereigniß, wenn sie zum
Gegenstand der Aufmerksamkeit für Advokaten und Gerichte
wird. Wohl war Ida sich darüber klar gewesen, daß ihr
Verhalten gegen Günther die Scheidung ihrer Ehe zur

Folge haben müsse, und es war genau dasjenige, was sie
wünschte. Ueber den formellen Verlauf dieser Scheidung
aber hatte sie niemals nachgedacht. Nun trat ihr die
Realität der Sachen auf Erden zum ersten Male mit
handgreiflicher Deutlichkeit entgegen. Noch ließ sie sich,
nach einer schlaflosen Nacht, von Waldemar bestimmen,
den Brief des Rechtsanwalts leicht zu nehmen. Mit gefaßter Miene unterzeichnete sie die Antwort, die Waldemar aufgesetzt hatte. Sie unterrichtete darin den Rechtsanwalt, daß es nicht ihre Absicht sei, zu ihrem Manne
zurückzukehren, und daß sie sich über die Tragweite dieser
Erklärung keinerlei Täuschung hingebe. Die Geldsumme
erfolge einliegend zurück.

Hernach jedoch, als dieser Brief unterwegs war, vermochte sie nicht, sich in die frühere heitere Gemüthsstim-
mung zurückzuversetzen. Die Fesseln, die sie drückten, hatte
sie in Gedanken von sich abgeschüttelt und glaubte ihrer
damit ledig zu sein; nun spürte sie sie wieder und hörte
ihr Klirren, und es schien ihr, als ob eine unsichtbare
Gewalt daran zerrte und sie in ein Elend zurückrisse, vor
dem ihr graute.

8.

Der Sommer hielt nicht, was der Frühling versprochen
hatte. Kühl und regnerisch setzte der Juli ein; die Rosen
im Park zu Döbling ließen schwer die Köpfe hängen und
entsandten keinen Duft mehr in die trübe Luft. Selten
nur fand sich um Mittag ein halbes Stündchen, worin
Ida in ihrem Rollstuhl spazieren gefahren werden konnte.
Die Erschütterung eines Wagens vertrug sie nicht und so
war sie denn meist an das Haus gebannt. Dort fehlte es
freilich nicht an Abwechslung. Die Baronin Hemisch
hatte viel Verkehr und die neue Hausgenossin wurde bald

mit den Interessen des Kreises bekannt, dem sie sich als
zugehörig betrachten durfte.

Sie war enttäuscht; sie hatte bedeutende Menschen zu
finden erwartet und begegnete liebenswürdigen Kavalieren
und modisch=flotten, gutmüthigen Damen, die in den Tag
hinein lebten, immer guter Dinge waren und nichts all=
zuernst nahmen. Ob die Köpfe tiefer dachten, ob die
Herzen eines starken Gefühls fähig waren, das blieb der
Beobachterin verborgen.

Die Baronin Hemisch hatte sich von Anfang an auf
einen verwandtschaftlich=vertraulichen Fuß zu ihr gestellt.
Die Weltdame handhabte die Formen aufrichtiger Zu=
neigung in Worten und Geberden mit solcher Virtuosität,
daß Ida, die ihr ein liebebereites Herz zubrachte, sich
lange täuschen ließ. Erst allmälig ward sie gewahr, daß
die Baronin niemals eine gewisse Grenze überschritt;
immer blieb sie über ihr; all' ihre Güte war nichts als
geschickt maskirte Herablassung. Daß ein Verhältniß be=
sonders intimer Art zwischen Ida und ihrem Sohne be=
stand, daß nur Waldemar's Liebe Ida zum Familien=
gliede und zur Hausgenossin gemacht hatte, ignorirte die
Baronin gänzlich. Sie sah und hörte, ohne eine Miene
zu verziehen, wie zärtlich die Beiden miteinander ver=
kehrten. Ihre Haltung sagte: dies geht mich nichts an;
verlangt nur nicht, daß ich mich mit euren Privatange=
legenheiten befasse!

Und auch Waldemar erschien in dieser Umgebung als
ein Anderer. Wohl schimmerte auch hier das edle Metall
aus ihm hervor; niemals verleugnete sich seine überlegene
Bildung, noch seine adelige Gesinnung. Doch schwamm
er auf den flachen Wogen der standesgemäßen Geselligkeit
mit einem Behagen, das Ida unverständlich war. Na=
türlich suchte man ihn, den berühmten Reisenden; man
machte ihm den Hof, man zeichnete ihn aus. Das war

ja in der Ordnung; er aber, der in Iba's Vaterstadt, in ihrem Elternhause mit herzgewinnender Bescheidenheit auf= getreten war, gefiel sich hier in der Rolle eines Gefeierten. Er legte einen übertriebenen Werth auf den Beifall seines Kreises; ja, es wollte Iba manchmal scheinen, als ob er seine Reisen hauptsächlich deshalb unternommen hätte, um sich vor Jenen auszuzeichnen, die mit ihm dieselbe gesell= schaftliche Stellung einnahmen.

Freilich: wenn sie unter sich waren in der Villa Hemisch, dann gab Waldemar sich mit natürlicher Schlichtheit, dann legte er alle Anmaßung ab. Und gegen Iba schlug er niemals einen anderen Ton an, als denjenigen einer durch Freundschaft gedämpften Liebe. Es war dieser Ton, der Iba so wohlthat, den sie glückselig erwiederte. In den Minuten solcher Unterhaltung, und nur in diesen, schlug ihr der volle Puls des Lebens; in ihnen gewann sie das Dasein, das sie sich an Waldemar's Seite erträumt hatte.

— — — — — — —

Eines Vormittags, als der Himmel sich etwas auf= hellte, hatte sie sich von dem Bedienten in eine dicht um= rankte Laube fahren lassen, die nahe dem Fuße der großen Freitreppe in einem Gebüsch versteckt lag. Sie las Walde= mar's Erstlingswerk: „Streifzüge durch die österreichi= schen Alpen." Seit sie ihn kannte, waren es hauptsächlich Reisebeschreibungen, in die sie sich vertiefte. Nicht allein seinetwegen, den sie immer als Erzähler vor sich sah, während sie las. Nein, das Unerreichbare reizte sie. Nie= mals konnte sie mit Augen zu schauen hoffen, was in den Büchern geschildert wurde. Nun gewährte es ihr das leb= hafteste Vergnügen, gerade dies in ihrer Phantasie zu ge= stalten. Dann vergaß sie, wie gefesselt sie war, und streifte leichtbeschwingt über die Erde, von Ort zu Ort, über Berg und Thal, über Flüsse und Meere. So schwelgt der Arme in den Vorstellungen von Pracht und Luxus, welche die Zeitungsberichte über Hoffestlichkeiten oder Erzählungen aus den höchsten Kreisen der Gesellschaft ihm vor die Seele zaubern. Auch ihn führt, wie uns Alle, die Sehnsucht nach Glück über die Grenze des Erreichbaren hinaus.

Während Iba im Geiste die Ortlerspitze erstieg, hörte sie in der Nähe die Stimme der Baronin. Eine andere Stimme antwortete; es war diejenige einer Freundin. Dem Klange nach kamen die beiden Damen langsam die Treppe herab.

„Das ist Alles schon recht, liebste Klarissa," sagte die Baronin. „Aber was kann ich machen? Mein Sohn hält nun einmal mit der ihm eigenthümlichen Hartnäckigkeit an der Idee fest, daß er den bedauernswerthen Zustand seiner Base verschuldet habe und daß er ihr denselben so erträglich wie möglich machen müsse. Daß etwas anderes zwischen den Beiden passirt ist, wie Sie meinen, das kann ich nicht glauben. Waldemar hat sie kaum acht Tage gekannt, als das Unglück sich ereignete. Und dann vergessen Sie nicht: sie war eine verheirathete Frau. Hübsch genug, es ist wahr; aber einer Leidenschaft, die gleich über ein solches Hinderniß hinwegsetzt, halte ich Waldemar nicht für fähig."

„Eine verheirathete Frau — wohl," erwiederte die Andere spöttisch. „Doch eine solche, die ihren Mann bereits verlassen hatte."

„Dies trifft nicht ganz zu, meine Beste," sagte die Baronin. „Meiner Nichte war das einzige Kind gestorben, und sie zu ihren Eltern gegangen, um über ihren Schmerz hinwegzukommen. Eine Trennung von ihrem Manne lag damals noch nicht in ihrer Absicht."

„Dies macht meine Vermuthung nur noch wahrscheinlicher. Beachten Sie doch, Konstanze, daß nach Ihrer eigenen Aussage erst nach der Bekanntschaft mit Ihrem

Sohne das Scheidungsprojekt auftaucht. Sehen Sie denn nicht den Zusammenhang?"

„Mag er da sein!" rief die Baronin ungeduldig. „Jedenfalls ist es nutzlos, diesen Dingen nachzuforschen. Wenn Waldemar wirklich eine Thorheit zu begehen be= absichtigte, so haben ihn ein Paar scheu gewordene Pferde glücklich davor bewahrt. Die geschiedene Frau eines Börsenspekulanten als Baronin Hemisch — bedenken Sie doch, Klarissa! Ich bin gewiß huldsam in Beziehung auf Geburt — ich habe Ursache, es zu sein — aber in dieser Vorstellung liegt doch etwas Empörendes für mich."

„Und jetzt?" fragte Klarissa gedehnt.

„Ah bah, Kind — sehen Sie doch keine Gespenster! Was auch vorgefallen sein mag: der Natur der Sache nach kann in diesem Verhältniß auf Seiten Waldemar's nur Mitleid obwalten. Er hat andere Aufgaben, als einer invaliden Base, die für ihn schwärmt, die Zeit zu vertreiben. Er plant eine große Reise in das Gebiet des Amazonenstroms, die voraussichtlich mehrere Jahre in Anspruch nehmen wird. Und dann, hoffe ich, wählt er eine Gemahlin aus unseren Kreisen, die jung und lebens= lustig ist und ihn an die Heimath zu fesseln versteht."

Die beiden Damen, die im Eifer des Gespräches am Fuße der Treppe eine Weile stehen geblieben waren, ent= fernten sich jetzt, von anderen Dingen plaudernd.

Ida's erster Gedanke war: Tante Konstanze darf nicht erfahren, daß ich diese Unterhaltung belauscht habe — um keinen Preis! Ganz still verhielt sie sich, bis die Baronin zurückgekommen und die Treppe hinaufgestiegen war. Dann stand sie auf, biß die Zähne zusammen, und den Rollstuhl, auf dessen Rücklehne sie sich stützte, vor sich herschiebend, bewegte sie sich langsam und unter beständ= iger Furcht, vom Hause aus gesehen zu werden, zur nächsten Gebüschparthie, an deren Rande eine gewaltige

Platane einen Ruhesitz beschattete. Bei dem Bemühen
indessen, wieder in den Stuhl zu gelangen, versagten ihr
die Kräfte; sie sank auf den Boden nieder und vermochte
nicht, sich zu erheben. Während sie sich mühte, kam ein
ohnmachtähnliches Gefühl über sie. Da streckte sie sich
aus mit dem Gedanken: Und wenn ich jetzt stürbe — es
wäre das Beste für mich!

So fand der Bediente sie, der ausgesandt worden
war, sie zum Frühstück hereinzuholen, nachdem er, äußerst
befremdet von ihrem Verschwinden aus der Laube, eine
Zeitlang nach ihr gesucht hatte.

„Helfen Sie mir in die Höhe, Franz," bat Ida schwach.
„Ich habe mir zu viel zugemuthet. Verrathen Sie nicht,
wie Sie mich gefunden haben; ich möchte Ihrer Herr=
schaft nicht noch mehr Sorge machen, als ich ohnehin
schon thue."

Nach dem Frühstück schob Waldemar, wie das meist
geschah, Ida in das Gewächshaus und ließ sich, zum
Kaffee eine Cigarre rauchend, ihr gegenüber nieder. Die
Baronin hatte sich zu einer kurzen Siesta zurückgezogen.

„Versprich mir Eines, Waldemar," begann sie zögernd.

„Was ist es, Liebe?"

„Wenn ich Dir jemals zum Hinderniß werde, willst
Du es mir dann aufrichtig sagen?"

„Aber Liebste, eine solche Möglichkeit ist undenkbar,"
erwiederte Waldemar verwundert.

„Das meinst Du heute noch. Ich denke jedoch weiter.
Du kannst auf die Dauer in dem Verkehr mit einer nur
halb lebendigen Person kein Genüge finden. Deine natür=
liche Neigung treibt Dich in die Weite. Du hast noch nicht
ausgewandert; früher oder später wird jener Trieb, den
ich Dir so gut nachfühlen kann, Dich wieder ergreifen.
Es würde mich durchaus nicht wundern, wenn jetzt schon
allerlei Pläne in Dir aufdämmerten. Einer wird näch=

ſtens feſte Geſtalt gewinnen, und dann ſollſt Du frei
ſein."

Waldemar rückte zu ihr und nahm ihre Hand. „Alſo
ſo ſehen die Gedanken aus, mit denen Du Dich hinter
meinem Rücken beſchäftigſt! — Gewiß, Liebſte, werde ich
meinen Wanderſtab nicht für alle Zeit im Winkel ſtehen
laſſen. Das aber ändert doch nichts zwiſchen uns! Es
bedeutet nur eine vorübergehende Trennung, nichts weiter.
Du wirſt ſchwerer daran tragen, als ich — gewiß. Aber
ich ſende Dir abſchnittweiſe mein Tagebuch; Du verfolgſt
auf der Karte meinen Weg; ja Du biſt bei mir und
ſchwebſt um mich. Und ich empfinde Deine Gegenwart
im Schweigen des Urwaldes, wenn die Sonne hoch ſteht,
oder Abends im Sternenſchimmer, wenn der Mond aus
den Waſſern emportaucht —"

Ida unterbrach ihn: „Wann gedenkſt Du abzureiſen?"

Die ſo unvermittelt geſtellte Frage ſetzte Waldemar
in Erſtaunen. Er hatte ſich in der That bereits einen
Zeitpunkt angeſetzt, bis zu welchem er ſeine Vorbereitungen
beenden wollte.

„Es wird wahrſcheinlich Herbſt darüber werden," ant=
wortete er zögernd.

„Und wie lange wirſt Du abweſend ſein?"

„Das iſt mehr, als ich vorherſagen kann. Eine Reiſe
durch Südamerika in der Höhe des Amazonenſtroms iſt
keine Kleinigkeit."

„Du weichſt mir aus. Warum ſagſt Du mir nicht
frei und offen, daß dies Unternehmen mindeſtens ein Jahr
in Anſpruch nehmen wird? Mich zu ſchonen brauchſt Du
nicht; Du ſiehſt ja, daß ich mir über mein Schickſal keine
Illuſionen mache. Die Flitterwochen unſerer Freundſchaft
ſind vorüber; ernüchtert ſehe ich in die Zukunft. Auch
in die Deinige. Die Zeit wird kommen, da eine meines
Geſchlechts Dich an ſich ziehen wird."

„Aber Ida!"

„O, entrüste Dich nicht, mein Freund! Groß ist Dein
Mitleid, doch wird die Liebe stärker sein. Und was mich
betrifft: wenn Du mir dann ein Plätzchen in Deinem
Hause gönnst — was brauch' ich weiter? Wie würde
ich Deine Kinder lieben, Waldemar! Auch nützlich machen
könnte ich mich. Geschichten würde ich ihnen erzählen,
ohne jemals müde zu werden; später könnte ich ihnen bei
ihren Arbeiten helfen. Tante Ida wäre ihnen eine
freundlich strahlende Nebensonne an dem heitern Himmel
des Hauses."

Sie bedeckte das Gesicht mit den Händen. „Nein, ich
phantasire!" rief sie. „Unmögliches male ich mir aus!
Die Andere würde mir keinen Antheil an dem Herzen
ihrer Kinder gönnen — mir nicht! Und mein eigenes
hat sterben müssen! Wenn ich's behalten hätte — Alles,
Alles wäre anders geworden!"

Waldemar bemühte sich, sie zu beruhigen. Ob es
denn verständig sei, mit der Erwägung künftiger Möglich-
keiten sich die schöne Wirklichkeit zu trüben, gab er ihr
zu bedenken. Noch befinde er sich ja bei ihr und seine
Liebe zu ihr sei unverändert.

Diese tröstenden Worte hatten keine Wirkung auf Ida;
schmerzlich vermißte sie die Wärme darin, den herzbewe-
genden Klang der Empfindung. Sie sah ihre schlimmsten
Befürchtungen bestätigt; Tante Konstanze in ihrer nüchternen Weltklugheit hatte die Lage der Dinge geschildert,
wie sie war. Eine geistige Ehe zwischen Waldemar und
ihr — lebenslang: welch' ein wahnwitziger Traum!

Still weinte sie vor sich hin; der Halt, den sie, Alles
hinter sich werfend, gewonnen zu haben glaubte, war ein
Nebelgebilde, das sich bereits langsam verflüchtigte.

Wohl küßte Waldemar, sanft ihre Hände entfernend,
ihre Thränen hinweg; aber selbst seine Liebkosungen übten

keine Gewalt mehr auf sie aus. „Zwinge Dich nicht," sagte sie bitter. „Was ist an mir noch werth, von einem Manne geküßt zu werden?"

Gegen solche Stimmung war allerdings Waldemar ohnmächtig.

Am Abende desselben Tages kam in der Villa Hemisch ein großer Brief an für Frau Ida Günther. Der Umschlag war mit einem Gerichtssiegel geschlossen, und Ida mußte den Empfang bescheinigen.

„Was ist das nun wieder?" fragte sie bestürzt.

Die Baronin, die bei ihr saß, blickte flüchtig herüber. „Es wird die Scheidungsklage gegen Dich sein, Kind," sagte sie gelassen.

„Muß ich sie lesen?"

„Dem wirst Du Dich nicht entziehen dürfen. Es handelt sich um die Lösung eines Rechtsverhältnisses, das zwischen Deinem Manne und Dir besteht."

„Aber ich verlange ja nichts von ihm!"

„Das weiß ich. Auch würde Dir bei Deinem Verhalten schwerlich etwas zugesprochen werden; Du hast Dich von vornherein mit aller nur möglichen Entschiedenheit in's Unrecht gesetzt."

„Konnte ich denn anders?"

Die Baronin zuckte die Achseln. „Geschehene Dinge, die nicht mehr zu ändern sind, läßt man am besten unerörtert," erwiederte sie. „Sieh jetzt nur zu, wessen der Herr Gemahl Dich beschuldigt und welches Urtheil er gegen Dich beantragt. Es könnte doch nöthig sein, daß Du Dich vertheidigen läffest."

Unentschlossen drehte Ida den Brief in den Händen. „Ich glaube, ich schließe die Augen und lasse Alles über mich ergehen," sagte sie endlich.

„Dann erlaube wenigstens mir, daß ich das Schriftstück lese," versetzte die Baronin, nahm mit rascher Bewegung das Schreiben an sich und schnitt den Umschlag auf. „Hauptsächlich bin ich neugierig," fuhr sie aufblickend fort, „was aus Deiner Uebersiedelung zu mir gemacht worden ist. Ich vermuthe, man hat Waldemar eine Rolle spielen lassen, worin er sich nicht eben schön ausnimmt."

„Waldemar?" rief Iba verwundert aus.

„Ei natürlich: Waldemar. Du heilige Unschuld! Kennst Du die Welt so wenig? Wie sich euer Verhältniß aus der Ferne darstellt — auf diesen Blättern wirst Du es ohne Zweifel in ungeschminkten Ausdrücken lesen können."

Iba erröthete tief. „Unmöglich, Tante Konstanze! Mein Mann weiß doch, wie sittsam ich bin. Es wäre ja unerhört, wenn er —"

„Wenn er verschwiege, was er weiß, und vorbrächte, was er zu vermuthen sich den Anschein gibt? Unerhört wäre dies keineswegs. Derartige nichtswürdige Künste werden in vielen Prozessen geübt. Ich kenne Deinen Mann nicht. Wessen Du Dich von ihm zu versehen hattest, als Du ihm in so ungenirter Weise den Abschied gabst, konntest Du Dir doch jedenfalls selbst sagen. Wer schonungslos verwundet, muß darauf gefaßt sein, auch seinerseits mit scharfen Waffen angegriffen zu werden."

Während sie sprach, hatte die Baronin in dem Schriftstück geblättert. „Da haben wir's! fuhr sie fort. „Genau, wie ich mir's dachte: Waldemar ist der Liebhaber, mit dem Du in's Ausland geflohen bist und mit dem Du jetzt lebst. Ja, ja — so steht es hier; der Kläger — Dein Mann — behauptet es."

Iba streckte wie in Abwehr die Hände gegen sie aus. „Nicht weiter, Tante! Bitte, verschone mich!"

Dazu hatte indessen die Baronin Hemisch durchaus keine Neigung. „Ich sehe nicht ein, Kind, weshalb Du Dich so zimperlich dagegen sträubst, Dir Deine Lage klar

zu machen. Du hätteſt es ſchon lange thun ſollen. Es
iſt niemals rathſam, in angenehmen Phantaſien zu leben,
und dabei die Fühlung mit der Wirklichkeit zu verlieren.
Wenn Jemand, wie Du, den Schritt aus dem Bann der
Sitte thut, dann muß er auch den Muth haben, die
Folgen zu tragen. Und Du kannſt es ja leichten Her=
zens, da Dein Gewiſſen rein iſt ... Und wenn Waldemar
ſich nichts daraus macht, in den Akten Deines Prozeſſes
als ein Frauenverführer zu erſcheinen: nun, mir kann's
ja am Ende gleichgiltig ſein.“

Starr hatte Ida während dieſer Auseinanderſetzung
geſeſſen. Jetzt fuhr ſie empor: „Waldemar — er darf
niemals etwas davon erfahren! Niemals, Tante Kon=
ſtanze!“

„Aber begreife doch, beſtes Kind, daß ich nicht die
mindeſte Veranlaſſung habe, ihm den Inhalt dieſer ab=
ſcheulichen Schmähſchrift zu verſchweigen. Was er darauf=
hin zu thun beſchließt, iſt ſeine Sache. Vergiß indeſſen
nicht, daß die Verleumdung ſeine Ehre berührt.“

„Günther muß dieſe ſchändliche Erfindung in der
Klageſchrift unterdrücken,“ rief Ida außer ſich. „Ich
will ihn darum bitten, ich will es von ihm fordern —
er kann es, er darf es mir nicht verſagen!“

„Er wird es unzweifelhaft, wenn er kein Tropf iſt.
In der Anklage, daß Du Dich vergangen habeſt, liegt
die Stärke ſeiner Stellung. Mache Dir doch klar, Kind,
daß ihr feindliche Parteien ſeid und im Kampfe ſteht.
Streich gegen Streich, das iſt die einzig richtige Politik. —
Noch Eines: auch Du haſt einen Ruf zu verlieren. Daran
ſcheinſt Du bis jetzt nicht gedacht zu haben.“

Ida rang verzweiflungsvoll die Hände. „Wo iſt ein
Ausweg aus dieſem entſetzlichen Wirrſal? Je mehr der
Schleier von meinen Augen fällt, deſto deutlicher erkenne
ich die Größe meiner Schuld. Auf Andere aber ſoll

durch mich keine Schande fallen — nicht auf Waldemar,
nicht auf meine Eltern —"

Sie beugte sich vor, die Hände auf die Brust pressend.
„Ich will zu meinem Manne zurückkehren, Tante Kon=
stanze. Was aus mir wird — was ist daran gelegen?
Die kurze Spanne Zeit, die ich noch zu leben habe, ist
gar nicht all' des Lärms werth, der darum gemacht wird.
Mein Weg führt zu meinem Kinde — jetzt seh' ich ihn
klar vor mir. Je größer das Leiden, desto wonniger wird
dereinst der Frieden sein."

Doch die Baronin zerstörte unbarmherzig auch diese
Illusion der Armen. Sie hatte die Klageschrift inzwischen
bis zum Ende durchflogen. „Dieser Entschluß kommt leider
zu spät," sagte sie. „Der hier gestellte Antrag lautet
auf Scheidung eurer Ehe wegen Untreue der Frau und
Verbot der Wiederverheirathung des schuldigen Theils."

Es dauerte einige Sekunden, bis Ida die Tragweite
dieser Mittheilung vollständig begriff; dann sank sie mit einem
durchbringenden Schrei ohnmächtig in den Sessel zurück.

Erschrocken eilte die Baronin zum Klingelzug. „Die
Arznei war doch wohl zu stark," meinte sie. „Aber durfte
ich ihr die Wahrheit vorenthalten? Sie ist doch kein
Kind mehr, das nur in Hirngespinnsten lebt."

9.

Ein innerlich beschädigter, im Kerne morsch gewor=
bener Baum kann noch manches Jahr in vollem Blätter=
schmucke prangen und selbst den Kundigen über seine
Lebenskraft täuschen; nur muß er in geschützter Lage
stehen und Sonne und Licht in vollem Maße haben. Hat
er aber keine Deckung und Stürme brechen über ihn her=
ein, dann wird seine Schwäche offenbar; eines Tages
liegt er geknickt am Boden.

Dies war Ida's Schicksal.

Als Waldemar, der ausgegangen war, nach Hause kam, theilte ihm seine Mutter mit, Ida sei plötzlich schwer erkrankt, und der Arzt scheine die Symptome ungünstig zu deuten.

„Was ist geschehen?" fragte Waldemar mißtrauisch. „Du hast versprochen, dies zarte Leben vor rauhen Winden zu bewahren."

„Bürde mir keine Schuld auf!" entgegnete die Baronin gekränkt. „Ich kann keinen Brief unterschlagen, den der Postbote nur gegen Ida's eigenhändige Unterschrift ab= liefern wollte."

„Was ist es gewesen?"

„Eine Abschrift der Scheidungsklage."

„Wo ist das Schriftstück?"

„Dort auf dem Tische liegt es. Ein erbaulicher Handel ist es eben nicht. Auch Du bist hineingezogen worden."

„Wie zu erwarten," sagte Waldemar gleichmüthig.

Er las, während die Baronin schweigend verharrte.

„Ein Bubenstreich, von niedriger Rachsucht eingegeben," bemerkte er verächtlich, nachdem er zu Ende gekommen war. „Kann ich Ida sehen?"

„Ich will mich erkundigen, wenn Du es wünschest." Nach wenigen Minuten kam die Baronin zurück. „Ida erwartet Dich."

Ohne ein weiteres Wort entfernte sich Waldemar.

Im tiefen Schatten eines dichten Lichtschirmes lag Ida halb aufgerichtet in den Kissen. Sie streckte dem Freunde die Hand entgegen, als er sich näherte; Walde= mar aber beugte sich nieder und küßte sie auf die Stirne Jetzt erst sah er, wie blaß sie war, und wie matt die Augen, deren strahlendem Glanz die Schwäche des siechen Körpers bis dahin nichts hatte anhaben können.

„Was ist Dir widerfahren, mein armes Lieb?" fragte er weich und zärtlich.

„Es hat keine Bedeutung mehr," erwiederte sie leise. „Hinter mir liegt Irrthum und Schuld. — Setze Dich zu mir, ganz nahe, daß ich Dich deutlich sehen kann. Und nun sage mir: hast Du mich jemals geliebt?"

„Ich liebe Dich noch —"

„Antworte mir: Ja oder nein! Du weißt, was ich meine: mit jener Liebe, die in irdischen Flammen lodert und doch des Himmels Weihe hat. Sieh' mir in die Augen, Waldemar!"

„Ja! Bei Allem, was mir heilig ist: ja!"

Ida lächelte glückselig. „Ich wußte es. Alles Uebrige kümmert mich nicht mehr."

Eine kurze Weile lag sie still; dann begann sie wieder: „Wir müssen Abschied nehmen, mein Geliebter. Ich gehe dahin, wo ich Deiner Liebe, wie Deinem Mitleid auf immer entrückt bin. Schon hab' ich den Staub der Erde von meinen Sohlen geschüttelt. O, ich bin so froh, daß mein Tag zur Reige geht, so froh!"

„Sprich nicht so, Liebste," sagte Waldemar erschüttert. „Du wirst Dich wieder erholen . . . ich gebe meine Reise auf . . . wir trennen uns nicht mehr — niemals!"

„Es ist besser so, wie es ist," erwiederte Ida. „Ich sehe klarer als Du, weil ich entsagt habe. Sieh: es gibt Lagen, so verwickelt, daß nur der Tod daraus zu befreien vermag. Charakter und Schicksal haben mich in eine solche Lage gebracht. Wohl mir, daß ich den Tod nicht zu suchen brauche!"

Ihre Stimme war fast unhörbar geworden.

„Genug für heute," sagte Waldemar besorgt. „Das Sprechen greift Dich zu sehr an. Wenn wir uns morgen früh wieder sehen, wird Dir besser sein. Ich will Dir gute Nacht sagen."

„Morgen früh!" wiederholte Iba mit geschlossenen Augen. „Wo werde ich dann sein? Du willst gehen . . Noch einmal küsse mich, Waldemar!"

Er küßte sie auf den Mund.

„Gute Nacht!"

Leise zog er sich zurück, als sie nicht antwortete. Kaum war er indessen bei seiner Mutter wieder eingetreten, als das Hausmädchen hinter ihm hergelaufen kam: „O Herr Baron, kommen Sie noch einmal zurück — ich weiß nicht — ich kann die gnädige Frau nicht mehr athmen hören."

Als Mutter und Sohn vor dem Bette der Todten standen, sagte die Baronin nach langem Schweigen: „Dies Ende ist das Beste für sie — und für Dich, Waldemar."

„So sagte sie vor wenigen Minuten selbst," erwiederte er. „Und es ist traurig, daß ich ihr Recht geben muß. Tiefe Trauer ist in mir über die Ungewißheit und das Elend des Menschenlooses. Mutter, ich gehe wieder auf Reisen, sobald als möglich. Hier darf ich nicht trauern um Iba, wie mir um's Herz ist. Denn jetzt kann ich Dir's bekennen: wir hatten uns verlobt, ehe das Schicksal uns durch ein Paar rasende Pferde trennte."

Iba fand im Park der Villa Hemisch ihre letzte Ruhestätte. Das Gericht aber empfing als Antwort auf die mitgetheilte Klageschrift einen Todtenschein, der die Ehescheidungsangelegenheit mit einem Schlage zu Ende brachte.

Bruder Lucian.

Historische Erzählung

von

Max Voß.

———

In der kleinen Stadt St. Maximin in der Provence
stand vor hundert Jahren das Wirthshaus der Familie
Boyer, das von weindurstigen Gästen fleißig besucht wurde.

Eines Tages nahm ein junger Mann, der als Magazin=
aufseher von der republikanischen Militärbehörde nach
St. Maximin geschickt wurde, seine Wohnung in diesem
Wirthshause. Die junge und hübsche Schwester des Wirthes,
Christine Boyer, stach ihm bald in die Augen, und seine
Bewerbungen wurden auch freundlich aufgenommen. Der
junge Mann zählte erst neunzehn Jahre, hieß Lucian
Bonaparte und war ein Korse, der mit seiner Familie
wegen franzosenfreundlicher Gesinnung von seiner Heimath=
insel hatte flüchten müssen.

Lucian wollte gern zu einer besseren Stellung gelangen,
um seine Christine heirathen zu können. Deßhalb spielte
er den begeisterten Anhänger des Pariser Konvents. Robes=
pierre herrschte und die Guillotine. Obwohl nun Lucian
nichts weniger als die Natur eines blutdürstigen Tyrannen
besaß, so trat er doch im Klub der Terroristen von
St. Maximin mit blutdürstigen Reden auf und brachte
es dadurch zum Präsidenten dieser Vereinigung. Er stellte
sich furchtbar und gab seinem hübschen, gutmüthig blicken=

den Gesicht bei seinen Reden und Vorträgen einen möglichst schrecklichen Ausdruck. Wenn man ihn hörte, so mußte man glauben, daß er der berufene und mächtige Schild= träger des Republikanismus in diesem Theile des Landes sei.

Aber auch die Machthaber in Paris mußten zu dieser Ueberzeugung gebracht werden, und deshalb schrieb er eines Tages an den Konvent:

„Bürger Volksvertreter! Vom Felde des Ruhmes, watend im Blute der Verräther, kündige ich euch freuden= voll an, daß eure Befehle vollstreckt sind und Frankreich gerächt ist. Weder Alter noch Geschlecht wurden verschont. Die nur verwundet waren durch die republikanischen Ge= schütze, wurden durch das Schwert der Freiheit und das Bajonnet der Gleichheit vollends vertilgt. Gruß und Be= wunderung!"

Im nahen Orange war nämlich wirklich ein Blut= bad durch die Terroristen angerichtet worden, und da ar= beitete die Guillotine mit Hochdruck. Dies rühmte Lucian in so pomphaften Phrasen, obwohl er in Wirklichkeit ganz unschuldig daran war.

Aber seine selbstgemachte Schreckensmannstellung in St. Maximin sollte ihm übel bekommen, wie komödien= haft sie nur gewesen. Der Sturz Robespierre's am 9. Thermidor (27. Juli) 1794 entfachte die Rache der bisher Verfolgten. Man verhaftete Lucian Bonaparte und brachte ihn nach Aix in's Gefängniß.

In dieser Noth schrieb er jämmerliche Briefe nach Paris an korsische Konventsmitglieder, die er kannte:

„Aus der Tiefe des Gefängnisses, wohin ich gestern geschleppt wurde, werfe ich mich zu Ihren Füßen. Ich liege auf einer Matratze, auf dem Stroh, das von dem Blute der vor drei Monaten ermordeten Opfer geröthet ist. O, retten Sie mich vom Tode! ... Ich stehe Mar= tern aus ... O, retten Sie mich!"

In der That ließ man ihn auf Verwendung eines
Konventsmitgliedes endlich wieder frei.

Schon zur Zeit seiner Herrlichkeit als Volkstribun von
St. Maximin hatte er sich mit seiner geliebten Christine
verheirathet, und mußte sich nun in der Wirthschaft seines
Schwagers Boyer nützlich machen, wo er als stellenlos
gewordener Mann seinen Unterhalt fand. So glücklich
er sich in seiner Ehe fühlte, so wenig behagte es ihm,
den Bürgern von St. Maximin jetzt Wein zu schänken.
Er wandte sich daher an seinen älteren Bruder Napoleon
um Hilfe.

Derselbe war unter der Schreckensherrschaft zum Bri=
gabegeneral vorgerückt und machte jetzt gerade von sich
reden, weil er in Paris einen Aufstand gegen den Kon=
vent mit Kartätschen niedergeschlagen hatte.

Napoleon konnte seinem Bruder bei dem Ansehen, das
er sich bei der Regierung mit dieser Waffenthat erworben,
wohl ein Helfer werden. Er wollte es auch, berief Lucian
nach Paris und verschaffte ihm die Stellung eines Kriegs=
kommissärs bei der Rheinarmee. Aber er fuhr ihn desto
ungnädiger an wegen seiner Heirath. Die Boyer'sche
Verwandtschaft in St. Maximin gefiel ihm ganz und gar
nicht. Er selbst war eben der Gemahl der jungen Wittwe
des Generals v. Beauharnais geworden und damit den
aristokratischen Kreisen Frankreichs nahe gerückt, zudem
als kommandirender General der italienischen Armee, der
gegen Oesterreich einen entscheidenden Feldzug unternehmen
sollte, in hoher militärischer Stellung. Daher erklärte er
Lucian's Ehe für eine ihm anstößige und verlangte, daß
er sie wieder löse.

Aber Lucian verweigerte dies entschieden. Seine Chri=
stine wollte er nicht verstoßen. Er ließ sie sogar nach
Paris kommen, um sie seinem Bruder vorzustellen.

Freundlich nahm dieser die Schwägerin natürlich nicht

auf. Sie machte sich indessen nichts daraus und benahm sich ohne Befangenheit gegen ihn wie eine nahe Verwandte. Als er in Italien als Held und Sieger in großen Schlachten berühmt geworden war, schrieb sie ihm einmal in ihrer südfranzösischen Naivetät:

„Erlauben Sie mir, Sie mit dem Namen Bruder anzureden. Mein erstes Kind wurde geboren, als Sie böse gegen uns waren. Ich wünsche sehr, daß es Sie bald umarme, damit Sie begütigt werden in Ihrem Verdruß über meine Verheirathung. Mein zweites Kind ist gestorben, bald nachdem ich auf Ihren Befehl Paris hatte verlassen müssen. In einem Monat hoffe ich Ihnen einen Neffen zu schenken. Ich verspreche Ihnen dann, ihn Soldat werden zu lassen; doch wünschte ich, daß er Ihren Namen trage und Ihr Pathenkind sei. Ich hoffe, Sie verweigern dies Ihrer Schwester nicht. Weil wir arm sind, werden Sie uns nicht mißachten, denn schließlich sind Sie doch unser Bruder. Meine Kinder sind Ihre einzigen Neffen, und wir lieben Sie mehr als den Reichthum. Möchte ich Ihnen eines Tages beweisen können, welche Zuneigung ich zu Ihnen habe!" — Und kokett setzte sie hinzu: „Vergessen Sie nicht, mich Ihrer Gemahlin zu empfehlen, die ich gern kennen lernen möchte. In Paris sagte man mir, daß ich ihr sehr ähnlich sei. Wenn Sie sich meines Gesichts erinnern, werden Sie darüber urtheilen können."

Wahrscheinlich fand der General Bonaparte diesen Brief recht unverschämt und warf ihn in's Feuer.

Lucian verfolgte inzwischen seinen Vortheil. Unter dem Glücksstern seines Bruders Napoleon eröffneten sich ihm glänzende Aussichten. Er wurde in einem Departement zum Deputirten gewählt und gehörte nun zu dem Rath der Fünfhundert. Das Einkommen in dieser Stellung war ansehnlich genug, um sorgenfrei zu leben. Außerdem hatte Lucian mit kaufmännischem Geschick verstanden, als Kriegskommissär sich ein kleines Vermögen zu sammeln. Seine Frau mit den Kindern lebte jetzt mit ihm in Paris und wußte sich sehr wohl in die neue Lage zu schicken. Sie trug sich mit bestem Geschmack nach der Mode, und ihr höchster Wunsch, den sie mit ihrem Lucian theilte, wäre gewesen, sich ein Landgut in der Nähe kaufen zu können mit einem bescheidenen Häuschen und einem Gärtchen, und vielleicht an der Seine, um fischen und mit den Kindern Kahn fahren zu können, in einer Idylle behaglich und glücklich zu leben.

Mit der Politik war Lucian schnell so vertraut geworden, daß er für ein staatsmännisches Talent galt und die Ueberzeugung hegte, als solches emporzusteigen. Sein Bruder Napoleon mochte als Feldherr für den Ruhm der Familie sorgen; Lucian meinte, daß er dafür das Seinige in Paris als Staatsmann thun werde. Schon stand er an der Spitze einer Partei im Rath der Fünfhundert, und bald wurde er sogar zum Präsidenten dieser parlamentarischen Körperschaft erwählt.

Auch Napoleon fing jetzt an, seinen einflußreichen Bruder höher zu schätzen. Er hielt bald nach seiner Rückkehr aus Egypten eine geheime Unterredung mit Lucian, und dieser ließ sich hierbei gewinnen, den geplanten Staatsstreich des herrschsüchtigen Generals im Rath der Fünfhundert zu unterstützen. Es handelte sich hierbei freilich um den Kopf. Aber da Napoleon der Armee von Paris sicher zu sein glaubte, so konnte mit Muth und Thatkraft sein Plan wohl gelingen. Dann war Napoleon Herr von Frankreich, der Erste des Landes, und Lucian dachte sich, daß er dann wenigstens der Zweite werden müßte.

In der rechten Stunde, am 18. Brumaire (9. November) 1799, als Napoleon mit seinen Grenadieren nach St. Cloud vor den Sitzungssaal der Fünfhundert rückte, that Lucian mehr, als er selbst sich hätte zutrauen mögen.

Als die Deputirten seinen Bruder wegen des Gewalt=
streiches, sie auseinander zu jagen, für vogelfrei erklären
wollten, verließ er seinen Präsidentensitz, schwang sich
draußen bei den Truppen auf ein Pferd, sprengte wie ein
Feldherr durch ihre Reihen und forderte sie mit feurigem
Ungestüm auf, ihren General zu retten. Er fühlte sich
im Augenblick wie ein Held. Auf sein Wort folgten die
Soldaten. Im Nu jagten sie die Deputirten mit dem
Bajonnet aus dem Sitzungssaal und machten der Direk=
torialherrschaft ein Ende.

Am nächsten Morgen war Napoleon Bonaparte Konsul
und als solcher der Herrscher von Frankreich. Lucian
aber, als er nach einer Unterredung mit ihm nach Hause
kam, sagte zu seiner Frau Christine: „Ich bin jetzt Mi=
nister. Eigentlich hätte ich auch Konsul werden können.
Aber ich kann ja noch warten damit. Inzwischen werde
ich als Minister mir das Leben angenehm zu machen
suchen. Ich bin eigentlich eine Künstlernatur, nicht wahr,
Christine? Und nun werde ich ihr genügen können. Das
wird Frankreich nicht schaden und mich gegen meinen
kriegslustigen Bruder auszeichnen. Außerdem, ich bin im
Kauf um eine Villa in Plessis=Chamant. Da wird es
reizend sein im Sommer. Ja, im Sommer werden wir
da wie Kinder leben, Christine, und uns um Geschäfte,
um Napoleon und um Paris nicht kümmern.“

Ein schöner Traum, der traurig zerrinnen sollte. Chri=
stine starb, als es Frühling wurde, und nur ihre Leiche
kam nach Plessis=Chamant. Lucian ließ sie in dem kleinen
Park, der zu seiner Villa gehörte, beisetzen, ihr Grab mit
schönen Blumen schmücken, und trauerte aufrichtig und
tief um die treue Lebensgefährtin und die Mutter zweier
ihm in zartem Alter verbliebenen Kinder.

Als Minister des Innern hätte er, wie er sich gedacht,
das schönste Leben geführt, wenn sein Bruder nicht mit

seiner herrischen Art so oft dazwischen gefahren wäre. Er
verleibete Lucian durch sein Gezänk und allerlei brutale
Vorwürfe das Vergnügen an der Ministerherrlichkeit gründ=
lich, und eines schönen Tages, während einer Minister=
sitzung, warf er ihm sogar zornig sein Portefeuille vor
die Füße.

Der eigenwillige Lucian, der eine große Meinung von
sich bekommen hatte, wurde Napoleon immer unbequemer.
Dabei mußte er ihm wegen seiner Hilfe am 18. Brumaire
doch dankbar sein. Um ihn also aus seiner Nähe zu ent=
fernen, bot er ihm die Gesandtschaft in Madrid an, und
Lucian nahm sie gerne an, da er hoffte, im schönen Spa=
nien als Diplomat die angenehmsten Unterhaltungen und
interessantesten Abenteuer zu erleben.

Glücklich zu leben war immer das Ziel des jungen
Mannes gewesen, und auf allen Wegen, die ihm durch
seinen Bruder geöffnet worden waren, verfolgte er es.
Auch in Madrid als Gesandter. Er wußte sich bei Hofe,
bei der leichtsinnigen Königin und ihrem Anhang beliebt
zu machen, wurde in den Gesellschaften umschmeichelt und
erkannte bald, daß er bei den diplomatischen Verhand=
lungen, welche ihm Talleyrand von Paris her auftrug,
ein glänzendes Geschäft für sich machen könne. Geld und
Diamanten von hohem Werth kamen ihm vom spanischen
Hofe als Belohnung für seine in den Friedensunterhand=
lungen mit Portugal geleisteten Dienste in die Hände.
Er war auf einmal ohne jede Mühe ein Mann von großem
Vermögen, ein Millionär, und das verbürgte mehr als
alles Andere ein glückliches Leben in der Zukunft, die ja
bei seinen 27 Jahren noch lang sein konnte.

In dieser befriedigenden Gewißheit hatte das Beamten=
thum keinen Reiz mehr für ihn. Er verlangte, von seinem
Gesandtenposten abberufen zu werden, und als ihm Na=
poleon seinen Willen gethan, reiste er mit seinen Schätzen,

bie er in Säcken in seiner Kutsche aufstapeln ließ, von
benen er Tag wie Nacht sich nicht trennte, nach Frankreich zurück.

In Paris sonnte er sich in der Allmacht seines Bruders. Er wurde zum Senator ernannt. Das brachte
wenig Mühe, aber ein hohes Gehalt und einen vornehmen
Rang. Auch eine Hand im Spiel der Politik behielt man
damit, was gelegentlich ihm nützlich sein konnte. Er wurde
Großoffizier der neugestifteten Ehrenlegion. Auch eine
angenehme und einträgliche Ehre, ohne Arbeit und Ab-
hängigkeit.

Sein Bruder wollte ihn, den jungen Wittwer, nun
auch wieder standesgemäß verheirathen. Er bot ihm seine
eigene Stieftochter Hortense, das erblühte Kind Josephinens, an. Lucian dankte, aber der Konsul, der schon ein
Königreich Etrurien in Italien gestiftet, schlug ihm darauf
die Hand der verwittweten Königin desselben vor. Lucian
schüttelte mißächtlich mit dem Kopf.

„Zum Teufel!" fuhr Napoleon ihn an. „Sind Dir
die nicht gut genug? Gastwirthstöchter sind es freilich
nicht!"

Damit verdarb er es vollends bei seinem Bruder, der
seine eigenen Wege gehen wollte. Er hatte bereits eine
neue Liebe, die ihn beglückte und deren Gegenstand ihm
Alles bot, was er für die Befriedigung seiner Ansprüche
des Herzens wie des Geistes erstrebte.

Alexandrine Jouberthon war eine schöne Wittwe von
24 Jahren; ihr Mann, ein Bankier, war bald nach der
Verheirathung nach Indien gegangen und dort gestorben.
Sie stammte aus der Familie v. Bleschamp und hatte
eine ausgezeichnete Erziehung genossen. Glänzenden Ersatz
verhieß sie ihm für seine Christine.

Als Napoleon ihm die Tochter Josephinens angeboten
hatte, ging er direkt zu seiner Alexandrine und ließ sich

heimlich kirchlich mit ihr trauen. Als er seinem Bruder die
etrurische Königin ausgeschlagen, ging er mit seiner Frau
auf die Mairie und ließ da die gesetzliche bürgerliche
Eheschließung vollziehen, die nicht geheim bleiben konnte.
Just an demselben Tage war Abends in den Tuile=
rien Konzert und große Gesellschaft. Napoleon schlief wie
gewöhnlich dabei. Als er durch ein lebhafteres Spiel der
Bläser erwachte, reichte ihm sein aus Egypten mitgebrachter
Mameluk Roustan einen Brief. Der Konsul öffnete ihn
und wurde nach einem Blick auf den Inhalt bleich.
Wüthend sprang er aus seinem vergoldeten Sessel auf
und schrie mit Donnerstimme: „Die Musik soll schweigen!
Aus damit!"

Die Spieler hielten erschrocken inne, die Gesellschaft
wagte nicht sich zu rühren. Der Konsul ging mit großen
Schritten vor seinem Platze auf und ab, arbeitete wild
mit seinen Armen in der Luft und stieß dabei abgerissen
hervor: „Verrath! Verrath! Das ist direkter Verrath!"

„Aber was gibt es denn!" fragte ihn Josephine be=
gütigend.

„Was es gibt? Was es gibt? Lucian hat sich mit
einer Abenteurerin verheirathet!"

Der Brief, den er erhalten hatte, war von seinem
Bruder und theilte ihm die Eheschließung auf der Mairie mit.

Wie Napoleon die neue Frau Lucian's bezeichnet hatte,
erfuhr derselbe natürlich. Er vergaß und verzieh diese
Beleidigung nie. Es kam zu den heftigsten Auftritten
zwischen den beiden Brüdern, zu einem vollständigen Bruch.
Napoleon verlangte unbedingt die Trennung dieser ihm
verächtlichen Ehe, damit Lucian für eine andere frei sei.
Er drohte mit Gewalt; er schwur, daß er seinen Willen
durchsetzen werde. Sein Bruder lachte ihn aus, verkaufte
seine Mobilien und reiste mit Frau und Kindern nach
Italien in eine freiwillige Verbannung. In der Nähe

von Rom erwarb er sich eine Villa und gefiel sich hier,
den Künsten und den Wissenschaften zu leben, Gedichte
und Romane zu schreiben, geistreiche Gesellschaften bei sich
zu versammeln und mit der päpstlichen Regierung zum
neuen Aerger seines Bruders Napoleon sich auf's Beste
zu stellen.

Letzterer wurde Kaiser von Frankreich. Auch dies ließ
Lucian sehr gleichgiltig. Dieser Glanz blendete ihn nicht,
auf diese Herrlichkeit vertraute er nicht, von Kaisern und
Königen wollte er nichts. Er besaß, was er wünschte,
und als stolzer Republikaner wollte er kein Reich weiter,
wie das friedliche und den Musen geweihte seiner Häus=
lichkeit. Vergebens, daß Napoleon ihm immer wieder als
Chef der Familie befahl, sich von Alexandrine Jouberthon
zu trennen. Lucian wies seine Zumuthungen kurzweg ab.

Wüthend darüber erließ Napoleon ein Dekret, welches
alle Ehen der Mitglieder seiner Familie für nichtig er=
klärte, zu denen er als Kaiser nicht seine Zustimmung
ertheilt habe. Lucian rührte auch dies nicht. Sein kaiser=
licher Bruder war nicht sein Landesherr; er lebte unter
dem Schutz der römischen Gesetze, und darüber hatte der
Gewaltige noch keine Macht. Napoleon schleuderte nun
einen Senatsbeschluß gegen ihn, der ihn aller Rechte auf
Erbfolge in der kaiserlichen Würde des Hauses Bonaparte
für verlustig erklärte. Es ging dies Lucian ebenso wenig
nahe. Die Aechtung wurde ihm von Paris her angedroht,
wenn er seine Scheidung von Alexandrine nicht bewirke.

„So gehen wir bis an's Ende der Welt," sagte er
zu seiner Frau, „wo dieser Narr keine Häscher und Sol=
daten hat."

Der Kaiser konnte diese Niederlage seines Eigenwillens
nicht verwinden. Der Trotz Lucian's quälte ihn, wenn
er nach Schlachten und Siegen Zeit für Beschäftigung
mit seinen Privatangelegenheiten hatte. Er schlug nun

andere Saiten an, wollte seinen Bruder versöhnen, den alten Ehrgeiz in ihm wecken und als Herr der halben europäischen Welt ihn kaiserlich belohnen, wenn er sich füge und von seiner Frau scheiden lasse. Er bat ihn, nach Mantua zu kommen, als er 1807 Oberitalien besuchte. Lucian folgte auch dieser Bitte, um eine letzte Auseinandersetzung mit seinem Bruder zu halten.

Wie ein Besessener bestürmte ihn dieser mit Zureden, Vorstellungen, Vorwürfen und Zornesausbrüchen. Endlich kamen Versprechungen. Nur von Alexandrine sollte Lucian sich scheiden lassen, und er wolle ihn zu einem französischen Prinzen, seine verstoßene Frau zu einer Herzogin, seine Tochter erster Ehe zu einer Königin machen. Lucian ließ sich auf nichts ein. Verzweifelnd umarmte ihn Napoleon und suchte ihn mit seinem Ungestüm von Zärtlichkeit umzustimmen. Dann zog er ihn an einen Tisch, auf dem eine Karte von Europa ausgebreitet und mit Nadeln befestigt war.

„Hier," sagte er in fieberhafter Erregung und begleitete seine Worte mit Fingerbewegungen, „hier ist Neapel. Ich gebe es Dir und setze Joseph anderswo auf einen Thron. Italien, dies herrliche Kleinod meiner Krone, Du sollst es haben. Eugen, mein Stiefsohn, ist ja nur Vicekönig davon. Oder Spanien? Ich werde es für Dich erobern. Du sollst da König sein, wo Du Gesandter warst."

Aber Lucian blieb fest.

„Sire!" entgegnete er ihm in höfischem Ton. „Und würde ich Ihr schönes Frankreich selbst erhalten können, so ließe ich mich von meiner Frau nicht scheiden."

Die Unterredung brachte Napoleon nicht den gewünschten Erfolg. Er, der Throne umstieß und aufrichtete, wie es ihm beliebte, Kaiser- und Königreiche besiegte, alte Staaten vernichtete und neue schuf, war nicht im Stande, die Macht eines geliebten Weibes zu überwältigen.

„Schlag' Du Dich mit der Welt herum," murmelte beim Abschied Lucian. „Ich lebe meiner Frau und meinem häuslichen Glück, der schönen Natur und der Kunst."

Kaiser Napoleon hat dies Glück auch nicht zu zerstören vermocht. Als er selber an seiner Herrschsucht zu Grunde gegangen und gefangen auf St. Helena saß, lebte sein Bruder friedlich und im Besitze aller irdischen Güter in dem kleinen Fürstenthum Canino, das er sich 1814 gekauft und mit dessen Herrschaftsrecht ihn der Papst belehnt hatte. Seine Frau gebar ihm neun Kinder, fünf Söhne und vier Töchter. Sie überlebte ihn um fünfzehn Jahre. Denn während er, nachdem er den Abend seines Lebens mit schriftstellerischen Arbeiten ausgefüllt, am 30. Juni 1840 starb, folgte ihm seine geliebte Alexandrine erst am 12. Juni 1855.

Straßenleben in Fes.
Ein Städtebild aus dem Orient.
Von
Aug. Scheiße.

Marokko, mit dem soeben Deutschland einen wichtigen Handelsvertrag vereinbart hat, ist das westlichste aller osmanischen Reiche, das Land, in welchem die große, durch Mohammed hervorgerufene religiöse Bewegung in der Richtung nach Westen ihre Grenze erreichte und gleichzeitig die dunkelste Färbung annahm. Dieses Mogreb, d. h. heilige Land, stellt auch eines der merkwürdigsten, eigenthümlichsten der Erde dar, und Fes, eine der drei Residenzen seines Beherrschers, ist ohne Zweifel diejenige, welche den Fremden, dem sich durch besondere Gunst des Schicksals ihre Thore öffnen, am wunderbarsten berührt.

In einem herrlichen, fruchtbaren Thale gelegen, bietet sie mit ihren zahllosen, mit grünglasirten Fliesen belegten schlanken Minarets, ihren hundert Moscheen, auf deren grünen Kuppeln goldene Knöpfe im Sonnenschein blitzen, und den mächtigen, krenelirten, von Thürmen überragten Festungsmauern einen überaus imposanten, beinahe feierlichen Anblick, dessen Großartigkeit durch die im Hintergrunde halbkreisförmig aufsteigenden, schneebedeckten Zacken und Kuppen des Atlasgebirges noch erhöht wird.

Anders und bei Weitem ungünstiger aber gestaltet sich dieser Eindruck, wenn der Reisende die Stadt selbst betritt.

Kommt er von den europäischen Häfen her, so berührt er zuerst die sogenannte Neustadt, welche zum größten Theile von den Palästen des Sultans und den dazu gehörigen ausgedehnten Gärten eingenommen wird; aber schon hier machen sich ihm die traurigen Zeichen unaufhaltsamen Verfalls und echt orientalischer Vernachlässigung bemerklich. Ueberall zerbröckelnde Mauern, Thürme und Thürmchen, überall öde, nicht mehr benutzte Landstrecken, wüste Trümmerhaufen, auf denen Kaktus und Aloe Wurzel geschlagen haben, und sogar dicht unter den Mauern der Frauenhäuser des Sultans Ablagerungsplätze für thierische Leichname, welche weithin die Luft durch einen Verwesungsgeruch verpesten, der, gemischt mit dem Dufte blühender Orangen und köstlichen Räucherwerkes, die eigentliche Atmosphäre von Fez auszumachen scheint.

Und dieser trostlose Eindruck steigert sich noch beim Eintritt in die Altstadt.

Hier in dem heiligsten Bezirke des Sultanats und seiner Handelsmetropole empfängt den Ankömmling zunächst ein ziemlich unheimliches Labyrinth von krummen

Gassen und Gäßchen, die meist so eng sind, daß darin
selbst am hellen Tage tiefe Dämmerung herrscht, und der
Reiter die fensterlosen Mauern zu beiden Seiten mit den
Sporen streift, während sein Thier bei nicht ganz trockenem
Wetter oft bis an die Kniee in zähem Schlamme watet.
Fußgänger drücken sich, wenn sie einander begegnen, dicht
an die Mauern, ohne doch eine Berührung der Kleider
verhindern zu können, während bei der Begegnung mit
einem Reiter, einem Maulthiere oder beladenen Esel nichts
übrig bleibt, als daß der eine Theil bis zum nächsten
Quergäßchen zurückkehrt, oder sich in eine der niedrigen
Mauerpforten schmiegt — wenn eine solche in der Nähe
ist — welche mehr den Eingängen zu Kaninchenhöhlen,
als zu menschlichen Wohnungen gleichen.

Daß diese verfallenen Pforten in dem vornehmen
Viertel der Stadt, dem sogenannten Gartenviertel, oft
zu wahrhaft paradiesischen Erdenwinkeln führen, erfährt
der Fremde erst später. Gärten, in denen Mandeln,
Rosen, Orangen, Citronen und Granaten blühen, Höfe,
umgeben von prachtvollen, mit den zartesten Arabesken
geschmückten Bogengängen, mit Mosaikfußböden und plät=
schernden, sich in Marmorbecken ergießenden Springbrunnen
verbergen sich hinter diesen, aus gestampftem Lehm er=
richteten zerrissenen Mauern, während die Zugänge zu
diesen Zaubergärten den ekelhaftesten Kloaken gleichen.

Bei dieser Bauart der Stadt vermag sich ein öffent=
liches Straßenleben selbstverständlich nur auf den großen
Plätzen und Märkten, in der freieren Umgebung der
Moscheen und der Fondaks (großer Herbergen für die
Karawanen) zu entwickeln, und diesen Oertlichkeiten wendet
sich denn auch der Europäer zunächst zu, nachdem er ge=
lernt hat, sich in der Landestracht zu bewegen, ohne die
er sich in Fes, dieser Hochburg osmanischer Strenggläubig=
keit, nicht auf die Straße wagen könnte.

Die Gäßchen, welche nach dem Bazar führen, sind meist in kleinen Zwischenräumen mit hölzernen Planken bedeckt oder von niedrigen Bögen überspannt, welche den Reiter fortwährend in Gefahr bringen, sich den Schädel einzustoßen; aber das Dunkel und trostlose Einerlei der altersgrauen Mauern wird hier doch öfter als anderswo durch breitere, hellere Gassen unterbrochen, und oft bieten sich hier Bilder, vor welchen der Beschauer sich in die Märchen von „Tausend und einer Nacht" versetzt glauben könnte.

Ganz unvermuthet erheben sich vor ihm hohe, leicht geschwungene, mit köstlichen rosa und blauen Arabesken geschmückte Thore, die zu uralten Moscheen, zu heiligen Plätzen und Vorhöfen führen, deren lichtüberfluthete Fußböden aus herrlichen Mosaiken von glasirten Fliesen und buntem Marmor bestehen. Das geblendete Auge ruht auf Säulengängen mit Verzierungen von oft so unglaublicher Feinheit, daß sie Behängen von blau und rosa angehauchten, hin und wieder leicht vergoldeten Spitzengeweben gleichen, auf wahren Wundern maurischer Baukunst und Ornamentik, denen der Staub der Jahrhunderte nichts von ihrer unnachahmlichen Anmuth und Farbenfrische hat rauben können.

An den Festtagen — für die Bekenner des Islam ist der Freitag der heilige Tag — liegen in diesen Vorhöfen Tausende von Gläubigen in schneeweißen Burnussen in regungslose Andacht versunken auf den Knieen. Für den Nichtmohammedaner bezeichnet ein über die Straße liegender Schlagbaum die Grenze, die er nicht ohne Lebensgefahr überschreiten darf, und mit Bedauern scheidet er nach kurzem, verstohlenem Verweilen, um sich von Neuem in dem Gewirr der finsteren Durchgänge zu verlieren, in welchen sich, je näher er dem Bazar kommt, ein immer regeres Leben entwickelt.

Immer öfter ertönt das warnende arabische baleuk!
baleuk! (Achtung!) bald vor einem würdevollen, von
mehreren Dienern begleiteten, auf kostbar gezäumtem Rosse
daher kommenden Reiter, der in einen rosa, gelben, blauen
oder orangefarbenen Kaftan gekleidet und in eine Wolke
von weißem, durchsichtigem, diese Farben harmonisch ab=
tönendem Wollmusselin gehüllt ist, bald vor einer Reihe
von Ochsen, welche, einer hinter dem anderen gehend, die
Mauern zu beiden Seiten mit den abwärts gekrümmten
Hörnern berühren; — baleuk! rufen die Diener eines in
schneeweißen Gewändern einherschreitenden frommen Mannes
mit langem Barte, der, aus der Moschee zurückkehrend,
ein heiliges Buch an goldener oder seidener, mit kostbaren
Quasten verzierter Schnur um den Hals gehängt trägt.
Hier erschallt der Warnruf vor einer Kette schwarzer,
frisch aus dem Sudan angekommener Sklavinnen, die
entweder zum Verkauf nach dem Markte geleitet, oder,
wenn sie keine Käufer gefunden haben, von dort nach ihren
Quartieren zurückgebracht werden; baleuk! hört man bei
der Annäherung eines Trupps ganz in Roth gekleideter
Infanteriesoldaten, meist Negern, deren nackte, wie schwarze
Stöcke aus den weiten Zuavenhosen hervorkommende,
wadenlose Beine ihnen das Aussehen angezogener Affen
geben; baleuk! rufen die Diener der Mohammedanerin,
die sich, mumienhaft verhüllt, auf reich geschirrtem Maul=
thiere nach dem Bazar begibt; ein baleuk macht auf den
kleinen rothbraunen Esel aufmerksam, auf dessen Rücken
drei oder vier Araber in grauen, zerrissenen Burnussen
mit fast den Boden erreichenden Füßen hängen.

Am Eingange des Bazars empfängt den Besucher, der
hier sein Reitthier zurückläßt, ein dumpfes, dröhnendes
Summen, das dem eines Bienenstockes gleicht, dann nimmt
ein dunkles Gewirr von Gäßchen und Durchgängen ihn
auf. Der Bazar, der riesenhafteste seiner Art, ist zum

Schuße gegen Sonne und Regen durchweg überdacht, zum
Theil mit altem Holzwerf, zum allergrößten Theil aber
mit einem Gitterwerf von Rohr, über welches Maulbeer-
bäume ihr Laubwerf ausbreiten, oder Weinranfen — hin
und wieder in malerischen Gewinden herabfallend — ein
grünes Blätterdach bilden, und in der so geschaffenen
Dämmerung öffnen sich zu beiden Seiten der Gassen
Tausende von Verfaufsstätten, meist nicht größer als eine
Mauernische, in denen beturbante Verfäufer ernst und
unbeweglich, inmitten ihrer theils fostbaren, theils den
gewöhnlichsten Lebensbedürfnissen dienenden, mitunter höchst
seltsamen Waaren auf dem Boden hoden.

Jedes Gewerbe, jeder Handelszweig hat hier seine
Abtheilung und seine besonderen Kunden. Die langen
Reihen der Seidenhändler, Kunststicfer, Gold- und Silber-
arbeiter ziehen selbstverständlich das weibliche Publifum
vorzugsweise an, und hier wandelt die Araberin, vom
Scheitel bis zur Sohle in weiße Schleier und Gewänder
gehüllt, mehr einer unförmlichen Walze, als einer menschlichen Gestalt gleichend, meist in Begleitung einer älteren
schwarzen Sflavin, schwerfällig von einem der unscheinbaren
Läden zum anderen. Hier findet sie sich von jenen wunder-
vollen glatten, oder mit Gold und Silber durchwirften
blauen, gelben, braunen, orange- oder rosafarbigen Seiden-
stoffen angezogen, welche die vornehmen Araber beiderlei
Geschlechts zu ihrer Kleidung verwenden, dort von den
duftigen, von den Frauen als Uebergewand getragenen,
mit rothem oder grünem Golde gestickten Tüllgeweben;
hier schenft sie ihre Aufmerffamfeit den breiten, steifen,
aus den schwersten Stoffen hergestellten, häufig mit echten
Perlen besetzten Gürteln, dort den fostbaren Schleiertüchern
von Goldgaze, die, um ein hohes fronenartiges Gestell
gewunden, die „Handusa“, die Kopfbededung der Araberin,
bilden. Hier richtet sie die großen schwarzen, durch das

Bemalen der Brauen mit Antimon noch größer und schwär=
zer erscheinenden Augen — das einzige, was man von der
strenggläubigen Mohammedanerin auf der Straße sieht —
begehrlich auf eine der schweren Spangen, mit denen sie
daheim ihre schönen, zuweilen leicht bläulich tättowirten
Arme schmückt, bald auf eines der prächtigen Stirnbehänge
von echten ·Perlen oder kleinen Goldmünzen, oder auf ein
Paar köstlich gearbeitete Ohrringe von hohem Werthe.
Sie hat wohl nur in den wenigsten Fällen die Absicht,
etwas zu kaufen, sie ist nur gekommen, um zu sehen, und
allerdings bietet das auch hier eine Augenweide sonder
Gleichen.

Anders das Publikum vor den Läden, in welchen
Tausende von prachtvollen bunten Pferdegeschirren und
Sätteln, kostbar ausgelegte Waffen von uralter Form,
Pulverhörner, Jagdgeräthe und Reiseutensilien aller Art
ausliegen — zu welchen letzteren auch die unentbehrlichen
Amulette gehören, die, in goldgepreßten oder gestickten
kleinen Taschen um den Hals getragen, vor Gefahr und
Unfall schützen. Hier begegnet man meist schönen, oft
beinahe weißen Männern in hellen Burnussen, deren edel=
geschnittene Gesichter bis zu dem bärtigen Munde von der
über den Kopf gezogenen spitzigen Kapuze beschattet sind,
und dasselbe Publikum bevölkert die Ausstellungen jener
reichen, mit goldenen Quasten verzierten Wehrgehänge,
die das malerische Kostüm des Arabers so schön vervoll=
ständigen. Gleicher Beliebtheit erfreuen sich bei dieser
Kundschaft die Rosenölläden, die Verkäufer von Teppichen
und Teppichstoffen, sowie die Händler mit den wohl=
riechenden indischen Hölzern und aromatischen Harzen,
mit welchen die Orientalen — besonders in Fes, wo das
Tabakrauchen von den Khalifen verboten ist — ihre Woh=
nungen in oft betäubender Weise durchräuchern.

Vor den Spielzeugläden versammeln sich in der Be=

gleitung Erwachsener allerlei jugendliche Käufer, darunter
kleine, bis zu den Fußspitzen verhüllte Mädchen, die mit
den Augen junger Angorakätzchen aus dem Spalte ihrer
Schleier hervorblicken und mit den begehrlichen Händchen,
deren Nägel bereits mit Henna roth gefärbt sind, nach
irgend einer wunderlichen Puppe oder einem anderen Spiel=
zeuge greifen.

Die Kupferschmiede, welche den ganzen Tag in ihren
Läden an Schüsseln, Vasen, Räucherbecken und anderen
mit schönen Arabesken verzierten Gefäßen von kunstvollster
getriebener Arbeit hämmern, die Blau= und Rothfärber,
sowie die Fabrikanten lackirter Holzwaaren nehmen ganze
Straßen ein; die dichteste, bunteste Menge aber sammelt
sich bei den zu hunderttausenden feilgebotenen Babuschen
in allen Farben und Formen, von der einfachsten Fuß=
bekleidung bis zu dem kostbarsten, oft mit Gold und
Perlen gestickten Pantöffelchen der vornehmen Dame, so=
wie bei den unzähligen Händlern mit den rothen Kopf=
bedeckungen, die ihren Namen „Fes" von der Stadt em=
pfangen haben.

Am größten aber ist der Zudrang zu den Süßigkeiten
der verschiedensten Art, welche dem europäischen Gaumen
meist wenig zusagen, hier jedoch in unglaublichen Massen
verzehrt und bei Gastmählern in vornehmen Häusern in
ungeheuren Schüsseln, mit golddurchwebter Gaze überdeckt,
aufgetragen werden.

In diesem unbeschreiblichen Gewimmel herrscht der
weißgraue, oft zerrissene Burnus, die über den Kopf ge=
zogene Kapuze vor, dazwischen aber tauchen die ver=
schiedenartigsten Erscheinungen auf. Der stolze Beduine,
der schmutzige, einen ungeheuren, grünen, zwiebelförmigen
Turban tragende Derwisch, welcher ausspeit, wenn er
einem Juden oder Nazarener begegnet; der Berber, der
sudanesische Händler und Karawanenführer; die schwarze

Sklavin aus gutem Hause, welche, meist in helle Farben
gekleidet, riesige goldene Ringe in den Ohren, bunte Perlen
um den Hals, ein buntes Tuch um den Kopf geschlungen
trägt und um einen Wedel von Pfauenfedern, um eine
Kette von stark duftenden Rosenperlen oder um eine der
tausend unbeschreiblichen Kleinigkeiten feilscht, zu deren
Einkauf man oft weit herkommt. Hier drängt sich ein
„Heiliger“, vollständig nackt, rastlos dahin eilend, mit
verzückter Miene Gebete vor sich hinmurmelnd, durch die
Menge; da ist eine „Heilige“, eine unverschleierte, mit
seidenen Lappen behangene Frau mit zinnoberroth gefärbten
Wangen und wahnsinnigen Augen, welche die Vorübergehenden mit Segenssprüchen verfolgt; da gibt es schmutz-
starrende Bettler, die ihre entsetzlichen Wunden zeigen;
da führt eine Horde phantastisch gekleideter Männer unter
Flintenschüssen, Pfeifen- und Tamburinklängen einen wilden
kriegerischen Tanz auf.

In den Fondaks, großen, mehrstöckigen Gebäuden mit
Säulengängen und ringsum laufenden durchbrochenen Gal-
lerien von Cedernholz, bieten die aus- und einziehenden
Karawanen mit ihrem bunten Gemisch von Kameelen,
Eseln, Maulthieren und ihren Treibern und Packträgern,
unter denen alle Stämme der Wüste und alle Abstufungen
der Hautfarbe vertreten sind, wunderbar malerische Bilder;
und nicht weniger fremdartig fühlt sich der Europäer bei
dem Besuche des großen Frucht-, Produkten- und Vieh-
marktes von Fes berührt.

Derselbe findet auf einem von der Stadtmauer be-
grenzten, weiten, ebenen Platze statt. Platt auf dem
Boden sitzen hier Hunderte von Frauen, die, bis auf die
Augen verhüllt, Butter, Brod, Gemüse, Früchte, Ge-
flügel u. s. f. feilbieten. Ungeheure Berge von Orangen,
grünen Mandeln, Datteln, frischen Feigen, Arekanüssen
Granatäpfeln u. s. w. sind hier aufgestellt. Riesige, schwer

beladene Neger eilen, ihr baleuk! baleuk! rufend, durch
das Gewühl; beladene Kameele ziehen wiegenden Schrittes,
als erfreuten sie sich an dem Klange ihrer Glöckchen,
daher; wildblickende Hirten in braunen Mänteln treiben
Ziegen und blökende Schafheerden vorüber; Gaukler aller
Art zeigen ihre Künste. Da gibt es Schlangenbeschwörer,
Leute, welche giftige Skorpionen verspeisen, Andere, die
sich lange Nadeln durch die Zunge stoßen, noch Andere,
welche ihre Augäpfel mit kleinen Spateln aus den Höhlen
nehmen und sich auf die Wangen legen. An mehreren
Stellen lassen sich dunkelbraune, kraushaarige Bergbewohner
die Köpfe rasiren, an anderen Orten wird zu Ader gelassen.

Aber all' dies unbeschreibliche Leben und Treiben verstummt wie mit einem Zauberschlage, wenn die Muezzin
zum Mogreb, dem heiligsten Gebete des Tages, rufen.
Im Augenblicke des Sonnenunterganges fliegen auf allen
Moscheen weiße Fahnen empor: „Allah Akbar!" (Gott ist
groß!) tönt es halb heulend, halb psalmodirend von den
Minarets wie ein ungeheurer Klageruf. „Allah Akbar!"
Auf die Kniee, alle ihr Gläubigen! Auf die Kniee in den
Straßen, auf den Märkten, auf den Schwellen der Wohnungen, wie draußen auf dem Felde; es ist die Stunde
des Mogreb!

Und wenn die Stimmen der Gebetrufer verstummt
sind, liegt die Stadt in tiefer Ruhe. Auf den flachen
Dächern der vornehmen Häuser, wo schöne, reichgekleidete
Frauen, die Abendkühle genießend, unverhüllten Angesichts,
plaudernd und lachend lustwandeln, auf den niedrigen
Umfassungsmauern sitzen, oder sich, vermittelst kleiner
Brücken und Leitern, über die engen Gassen hinweg gegen-
seitig besuchen, herrscht noch einige Zeit Leben und Be-
wegung — das Straßenleben von Fes aber ist mit dem
Eintritt der Dämmerung zu Ende.

————

Gelehrige Vögel.

Zoologische Skizze

von

Jos. Siegmar.

———

Die Vögel sind bevorzugte Lieblinge des Menschen. Ihr anmuthender Gesang, ihr allezeit ungetrübter Frohsinn, ihre Farbenpracht mußten die Augen jedes Naturfreundes auf sie lenken. Doch nimmer würden sie die bevorzugte Stellung erreicht haben, welche sie heute als Freunde und Hausgenossen einnehmen, wenn nicht ihre hohen, geistigen Eigenschaften sie dieser Ehre auch werth gemacht hätten.

Natürlich gibt es auch im Vogelleben einen verschiedenen Grad dieser geistigen Fähigkeiten. Wer möchte das nur auf den Weideplatz und Futtertrog beschränkte Sinnen und Trachten der Gans und des Puters vergleichen mit der Klugheit eines Papagei's, der List der Rabenvögel, der Gelehrigkeit des Kanarienvogels, der Geschicklichkeit des drolligen Stieglitz und lockeren Zeisigs.

Und denken wir erst an die Leistungen eines gut geschulten Edelfalken! Von der Hand seines Herrn aus steigt er in die Luft; mit sicherem Stoße erhascht er die Beute und bringt sie mit staunenswerther Selbstüberwindung dem Falkner. Dem Fange selber liegen ja nur die niederen thierischen Triebe der Blutgier und Mordlust zu Grunde; das Bringen aber bekundet den Sieg der geistigen Eigenschaften über den niederen Trieb in gleicher

Weise, wie es bei dem Jagdhunde zu Tage tritt. Im
Jahre 1878 berichteten die Zeitungen von der Kunstfertig=
keit eines Edelfalken aus dem Raubvogelhaus des herzog=
lichen Schlosses Calenberg bei Coburg, der nicht nur
lebendes und todtes Wild, sondern auch Gummibälle,
Holzstücke und dergleichen zu apportiren verstand. Ein
Gutsverwalter in Raab besaß bis vor Kurzem noch einen
Habicht, der auf Befehl eine Taube aus der Luft herab=
holte und sie unbeschädigt seinem Herrn überbrachte.

Sogar kleinere Vögel lassen sich in dieser Weise heran=
bilden. Ein eifriger Vogelfreund meiner Bekanntschaft
besaß einen Stieglitz, einen Kanarienvogel und einen
Staar, welche abgerichtet waren, auf Befehl verschieden
gefärbte Bänder zu überbringen. Der Kanarienvogel
wählte regelmäßig das gelbe, der Stieglitz das rothe, der
Staar das schwarze Band. Wurde für eines dieser Bänder
ein anderfarbiges untergeschoben, so ließen die kleinen ge=
lehrigen Thierchen es unberührt.

Die interessanteste und entsprechendste Gestalt gewinnt
die Gelehrigkeit bei jenen Vögeln, deren Singorgan sie
befähigt, die ihnen von der Natur gegebene Stimme in
hohem Grade zu entwickeln oder umzugestalten. Fast alle
unsere heimischen Singvögel besitzen einen stark ausgeprägten
Nachahmungstrieb, welchem folgend sie bald von diesem,
bald von jenem ihrer Brüder einen Ton, eine Silbe oder
gar eine ganze Strophe in ihr eigenes Lied hinübernehmen.
Sehr störend wird dieser Trieb, wie Jedem bekannt, oft
bei unserem Kanarienvogel. Hat dieser Gelegenheit, wenn
auch nur für kurze Zeit, den Gesang eines anderen Vogels,
eines Zeisigs, Hänflings oder Stieglitz zu hören, so wird
er bald hier, bald dort einen von ihm aufgefangenen Ton
in seine künstlichen Triller einflechten, so daß bald, zum
großen Aerger seines Herrn, der mit vieler Mühe ihm
angewöhnte Kunstgesang völlig verloren ist.

Soll der Kanarienvogel seinen Gesang rein und un=
verfälscht bewahren, so ist er sorgfältig aus der Nähe
anderer Vögel zu entfernen. Ist das Uebel einmal ein=
gerissen, läßt es sich schwer wieder ausrotten, denn mit
einer wahren Leidenschaft schmettert der kleine Sänger sein
neues Lied immer und immer wieder heraus, gerade als
wenn es ihm Vergnügen machte, zu zeigen, was er aus
eigenem Antriebe zu lernen vermochte. Auch bei den frei=
lebenden Sängern ist der Nachahmungstrieb in größerem
Maße entwickelt, als für gewöhnlich angenommen wird.
Ist in einem Tannendickicht eine alte Drossel, die ihren
Schlag rein und feurig vorträgt, so wirkt diese veredelnd
auf ihre jungen Sangesbrüder ein; beginnt dagegen ein
Stümper im ersten Frühling zu singen, so werden wir
im Laufe des Sommers schwerlich eine edle, ansprechende
Strophe aus dem Walde vernehmen.

Und wie es beim Kanarienvogel der Fall, so flechten
auch die übrigen Sänger von anderen gehörte Verse in
die von der Natur ihnen eigene Strophe. Lauschen wir
nur der Lerche im Frühling. Es sind wenige helle, reine
Töne, aus welchem ihr Gesang besteht. Aber mit unend=
licher Abwechslung werden sie vorgetragen, bald trillernd,
bald wirbelnd, bald hell pfeifend; und zwischendurch klingen
die nachgeahmten Theile aus anderen Vogelliedern, das
Zwitschern der Schwalben, das Locken der Meise, der Ruf
des Stieglitz.

In noch höherem Maße als bei unserer Feldlerche ist
die Nachahmungskunst bei der südlichen Kalanderlerche
ausgebildet. Ihre natürliche Stimme ist nur ein munteres
Geschwätz von nicht gerade großer Anmuth; aber ihre
Einbildungskraft faßt Alles auf, das an ihr Ohr dringt,
und ihre dichterische Kehle gibt Alles verschönert wieder.
Auf dem Lande ist sie ein Echo aller Vögel. Sie ver=
wendet ebenso das Geschrei der Raubvögel wie die Weise

der Sänger und verschwendet, in der Luft schwebend, Tausende ineinander geflochtener Strophen, Triller und Lieder.

Ein rechter Sprachkünstler ist der allbekannte und beliebte Staar. Hat eine Familie dieser drolligen Gesellen im ersten Frühling die kahle Krone einer geraden Pappel zu ihrem Sitze erwählt, so wetzen und schmalzen und pfeifen die Stimmen in solch' buntem Durcheinander, daß eine Musik entsteht, wie sie wohl an das Tongemenge im Orchester erinnert, wenn vor Beginn der Oper die Instrumente gestimmt werden. Mit großer Lust schwatzt jeder auf eigene Rechnung, mit gesträubtem Gefieder gibt jeder zum Besten, was er gelernt, und so erklingen in buntem Wirrwarr das Lachen des Spechtes, der Waldruf des Kukuks, das Krächzen des Hähers, das Jodeln des Pirols.

Uebertroffen wird der Staar noch von dem bekannten rothrückigen Würger. Recht anschaulich schildern die Brüder Müller den Gesang dieses Vogels: „Welch' ein wunderbarer Sänger ist dieser Würger. Wären nicht die Gesänge und Locktöne vieler Vögel im Garten überflüssig, wenn er sie nur lauter vorträge? Jetzt ist's, als klinge Wirbel und Triller der Feldlerche aus der Luft vom Felde her gedämpft an unser Ohr, oder eine Baumlerche habe sich vom Berge in das Thal verirrt und flöte, über unseren Häuptern kreisend, ein haideverklärendes Lied. Wir hören den lang gezogenen, hinsterbenden Gesang des Baumpiepers, es ruft die Drossel, es flötet leise die Amsel, und das Gewinmer des Thurmfalken und Sperbers fährt wie ein Schreckton dazwischen. War es die Dorngrasmücke, die eben sommerlich zwitscherte? War es jetzt der Edelfink, der leise und doch klar und deutlich schmetterte? Schlägt in der jungen Saat die Wachtel? Ruft das Feldhuhn? Und ziehen gar schon herbstlich geschaart Meisen und Goldhähnchen an uns vorüber? — Alles,

Alles zaubert allein dieser vortreffliche Meister vor Ohr
und Seele."

Der König der Sprachkünstler aber in unserer heimi=
schen Vogelwelt ist das kleine Spötterchen, auch Garten=
nachtigall genannt. Erst zu Anfang des Mai, wenn die
Blätter sprießen, kehrt dieser Sänger in unsere Heimath
zurück. Sofort am nächsten Morgen aber gibt er seine
Ankunft durch laute Lockrufe und seinen unvergleichlichen
Gesang kund; von der Morgendämmerung bis zum Mittag,
und Abends bis zum Sonnenuntergang erschallt seine
Stimme, bald auf hohen Bäumen, bald in dichtem Ge=
büsch. In immerwährender Bewegung begriffen, sucht
das Auge ihn oft vergebens, trotzdem sein Gesang ihn
verräth. Dieser selbst ist eine ungemein geschickte Ver=
bindung eigenthümlich flötender Töne von besonderer An=
muth mit den abgelernten Strophen anderer Vögel. Der
Vortrag sprudelt in lebendigem Wechsel; in kürzester Zeit
führt uns der interessante Sänger eine ganze Reihe der
verschiedensten Vogelstimmen vor: den Schlag der Wachtel,
den Triller der Lerche, den Ruf der Meise, das Zwitschern
der Schwalben, das Krächzen der Elster; jetzt den tiefen,
langgezogenen Ruf der Amsel mit dem charakteristischen
Tack! Tack! dann das Zwitschern der Rauchschwalbe oder
den Schäferpfiff des Staares. Der kleine Sänger kann
seine Stimme in einer Weise ändern, die den Hörer in
Erstaunen setzt.

Es ist nur schade, daß gerade diejenigen Vögel, welche
bereits im Freien eine besondere Fähigkeit zum Erlernen
fremder Gesänge bekunden, sich für die Gefangenschaft selten
eignen. Der Spötter gehört zu den hinfälligsten Stuben=
vögeln, die nur bei sorgfältigster Pflege einige Zeit am
Leben erhalten werden können. Der Würger ist ebenfalls
für die Gefangenschaft nicht zu empfehlen. Er verleugnet
seine Raubritternatur nicht und stiftet in der Vogelstube

nur Unheil. Für die Gesellschaft des Menschen eignen
sich mehr die körnerfressenden Finken, die Amsel, der
Staar, und sie lohnen reichlich die Mühe und Sorgfalt,
die ihnen entgegengebracht wird. Es dürfte vielleicht den
Leser interessiren, wenn wir in Kürze eine Anleitung geben,
wie dies pfeifende und zwitschernde Volk in geeigneter
Weise zu unterrichten ist, damit nicht die Arbeit ihres
Lehrmeisters vergebens sei, und er statt des gehofften Er=
folges nur Enttäuschung erziele.

Betrachten wir die Abrichtung des Staares. Er ist
wohl einer der klügsten von allen heimischen Vögeln, die
in der Gefangenschaft gedeihen. Ich besaß einen solchen,
dem Wort und Lied, Gesang und Sprache gleich geläufig
waren, einen Gesellschafter, der seinen Herrn verstand wie
ein treuer Hund. Jeder Laut, den er zwei= bis dreimal
vernahm, wurde von ihm aufgenommen. In allen losen
Streichen war er Meister. Kaum sah er sich unbeobachtet,
so hatte er den Deckel von der Mehlwürmerkiste auf=
gehoben und naschte. Konnte er den Futternapf eines
anderen Vogels erreichen, wurde derselbe regelmäßig ge=
plündert. Wurde er bei diesem Treiben überrascht, schalt
er sich selber: „Du Spitzbub!“ und suchte dann mit der
harmlosesten Miene von der Welt die verstreuten Krüm=
chen vom Boden auf. Erhielt die Katze ihr Mittagbrod
und Staarmatz hätte gern mitgespeist, spazierte er breit=
spurig hin und schrie dem Kater sein: „Jakob! Jakob!“
in die Ohren, worauf dieser gewöhnlich den Rückzug an=
trat und den kleinen Taugenichts sich einen Bissen nehmen
ließ.

Er war ganz jung in meinen Besitz gekommen. Wenn
wir wirklichen Erfolg bei den zum Lernen bestimmten
Vögeln sehen wollen, suchen wir immer nur möglichst
junge oder am zweckmäßigsten Nestlinge zu erhalten,
welche wir selber auffüttern. Von den Jungen wählen

wir dann zum Abrichten dasjenige Männchen aus, welches
am gelehrigſten erſcheint, das ſich durch kecken Uebermuth
und allerlei Neckereien den anderen gegenüber auszeichnet,
denn nicht alle Vögel einer Art ſind auch gleich begabt.
Der eine Vogel begreift ſchwer, behält aber das einmal
Gelernte gut; der andere lernt zwar mit ſpielender
Leichtigkeit, hat aber auch ebenſo ſchnell wieder Alles
vergeſſen; ein dritter wiederum lernt gar nicht und ſpottet
jeder Mühe; ein vierter hat mehr Talent, irgend eine
Melodie zu lernen, während einem anderen dies nicht gelingt, dieſer aber dafür leicht Worte und Sätze nachſpricht.
Die Hauptaufgabe eines Vogelzüchters beſteht demgemäß
darin, bei Zeiten das angeborene Talent ſeiner Schüler
zu entdecken und dann durch geeigneten Unterricht zur
größtmöglichen Vollendung zu bringen. Darum ſchließen
wir für gewöhnlich jene ſtillſitzenden, ſtumpf vor ſich hin-
brütenden Geſellen aus; bei ihrem phlegmatiſchen Tem-
peramente werden ſie doch alle vorgeſprochenen Worte und
Lieder unbeachtet laſſen. Der Vogel aber, der herbei-
ſpringt, wenn wir uns ſeinem Käfig nähern, der uns
nachſchaut, wenn wir ihn verlaſſen, der verſtändnißinnig uns
anblinzelt, wenn wir mit ihm ſprechen — bei ihm können
wir auf Erfolg unſerer Mühe rechnen.

Das Sprechenlernen iſt durchaus nicht ſo leicht, es
erfordert viele Geduld und auch ein gewiſſes Geſchick von
Seiten des Lehrers. Milde und Nachſicht, dabei doch
ſtrenge Konſequenz ſind dabei nicht zu entbehren. Vor
Allem muß ein Band inniger Zuneigung zwiſchen dem
Vogel und ſeinem Herrn beſtehen. Erſt wenn der Zög-
ling alle Scheu verloren, wenn er zutraulich und anhäng-
lich geworden iſt, darf der Unterricht beginnen. Den
Käfig hänge oder ſtelle man mit dem Vogel in Geſichts-
höhe und zwar an einen ſolchen Ort, wo er wenig Gelegenheit hat, ſeine Aufmerkſamkeit abzulenken und ſich zu

zerstreuen. Am besten ist irgend ein dämmeriger, stiller Winkel; ist ein solcher nicht zur Verfügung, behängen wir den Käfig mit einem Tuche, ohne ihn jedoch ganz zu ver= dunkeln.

Die größte Schwierigkeit bietet das Erlernen des ersten Wortes; die folgenden kommen im Verhältniß zu diesem wie von selber. Für den Anfang wähle man ein Wort, welches den Naturlauten unseres Vogels entspricht, beim Staar also ein solches, das Zischlaute wie „sch" „ß" „z" enthält, weil diese Laute auch in seinem Naturgesange eine große Rolle spielen. Sollte als erstes etwa das Wort „Matz" bestimmt sein, so sprechen wir dem Schüler dieses Wort, und nur dies eine ruhig und deutlich vor. Als geeignete Zeit sind die frühesten Morgen= oder die Abendstunden zu empfehlen, weil dann der Vogel am besten gesammelt ist. Er wird nun studiren und sich mit dem gehörten Wort beschäftigen. Wollten wir ihm für den Anfang noch mehr vorführen, so würde seine Auf= merksamkeit zersplittert werden zwischen den verschiedenen Wörtern, und da alle zu lernen sein Gedächtniß noch nicht genügend erstarkt ist, so würde er alle ohne Ausnahme vergessen. Spricht er einmal ein Wort, so gebe man ein zweites dazu. Hat der Vogel auch dieses gelernt, so werden die beiden zusammen wiederholt, und erst wenn wir überzeugt sind, daß beide fest sitzen, sprechen wir ihm Neues vor. Dabei vermeide man durchaus nachzuhelfen, wenn der Vogel übt und inmitten des Wortes oder Satzes stecken bleibt; er würde dadurch leicht eine falsche doppel= silbige Aussprache der Worte annehmen. Man warte, bis der Vogel schweigt, und spreche ihm dann das betreffende Wort oder den Satz nochmals klar und scharf betont vor.

Dieselbe Methode befolgen wir, wenn unser Staarmatz ein Liedchen lernen soll. Man hat sogenannte Vogelorgeln und Vogelflöten erfunden, doch nie vermögen sie solche

Erfolge zu erzielen, wie ein gut pfeifender Mund, weil
dieser sich in Tonlage, Höhe und Tiefe genau der Stimme
des lernenden Vogels anzupassen im Stande ist. Soll
der Staar oder auch ein anderer Vogel eine Melodie er=
lernen, so wähle man eine einfache ansprechende Weise
aus. Diese wird dann in den Morgen= und Abendstunden
dem Schüler vorgetragen und zwar nicht stückweise, sondern
ganz, von Anfang bis zu Ende. Einmal, zweimal tragen
wir die Melodie vor, dann überlassen wir den Vogel sich
selber.

Schon bald wird er versuchen, sie nachzusingen; erst
geht es noch abgebrochen, stolpernd, bald aber immer ge=
läufiger. Bleibt er in seiner Aufgabe stecken und kann
nicht weiter, so ist es durchaus verkehrt, ihm auf die
Melodie zu helfen, indem wir dort fortfahren, wo er auf=
gehört. Er soll und muß das zu lernende Stück als ein
Ganzes auffassen, sonst wird er auch später sein Lied gar
zu gerne durch seinen gellenden Schäferpfiff oder sein be=
liebtes Schmatzen unterbrechen. Wenn er nicht weiter
kann, was für den Anfang ja nicht zu vermeiden ist, so
führen wir ihm seinen Stoff wieder als ein Ganzes vor.
Bringt er dann seine Aufgabe zu Ende, so erhält er als
Belohnung einen Leckerbissen. Ein Mehlwurm, als Be=
lohnung des Fleißes gereicht, schärft das Gedächtniß unseres
pfiffigen Staarmatzes über alle Maßen. Schon sehr bald
weiß er, daß die Belohnung ihn erwartet, und unauf=
haltsam wird er seine Künste zum Besten geben in Er=
wartung seiner Lieblingsspeisen.

Die schwarze Amsel lernt mit gleicher Leichtigkeit eine
Melodie wie unser Staar; mit ihrer vollen, metallreichen
Stimme vermag sie es sogar noch weit feuriger und an=
sprechender zum Vortrag zu bringen. Auch hier befolgen
wir den gleichen Weg, wählen einen jungen kräftigen
Vogel, bringen ihn im Käfig an einen ruhigen Ort, wo

er andere Sänger weder sehen noch hören kann, und tragen
ihm die Melodie vor, indem wir unsere Stimme möglichst
genau in die Tonlage des Amselgesanges bringen. Vor=
sicht kann hier nicht dringend genug anempfohlen werden,
sonst flechtet der gelehrige Schüler in die zu lernende
Weise allerlei ungehörige Sachen hinein.

Vor einigen Jahren hatte ich eine junge Schwarzamsel
aufgezogen und abgerichtet. Mit vollendeter Schönheit
pfiff der Vogel das bekannte Lied: „Letzte Rose!" Im
Juli aber mußte ich eines Tages zu meinem großen Ver=
drusse gewahren, wie die elegische Melodie durch einen
durchdringenden grellen Pfiff unterbrochen wurde. Und
die Ursache davon? Alle Vorsichtsmaßregeln hatten nicht
zu verhindern vermocht, daß der Ton der Dampfpfeife
einer benachbarten Fabrik bis in den sorglich gehüteten
Amselwinkel drang. Der Vogel hatte den Ton gehört
und in sein Lied hineingeflochten. Alle Mühe war somit
vergebens gewesen; das Uebel nahm immer mehr zu, und
ich mußte ihm die Freiheit geben. Noch lange Zeit hin=
durch ertönte es Morgens und Abends zum Erstaunen
aller Vorübergehenden aus dem Gebüsch der umliegenden
Gärten: „Letzte Rose, wie magst Du so einsam hier blühn!"
Und in das Lied hinein waren dann verstreut der Ton
der Dampfpfeife und der schnell aufgefangene Naturgesang
der frei lebenden Amseln. —

Berühmt als Liedersänger ist überall der Dompfaff,
auch Gimpel und Blutfink genannt. Es ist kaum glaub=
lich, wie weit dieser Vogel es unter der sorgsamen Pflege
des erfahrenen Züchters zu bringen vermag. In der
Freiheit besteht sein Gesang nur aus einigen wispernden
Tönen, die entfernt an das Geräusch zweier aneinander
geriebener Messerklingen erinnern; auch zeichnet er sich
dort keineswegs durch besondere Geistesgaben aus. Im
Umgange mit den Menschen hingegen schwingt er sich zu

einer Höhe der Gelehrigkeit empor, die Staunen erregt. Die knarrende heisere Stimme wird veredelt und erhält eine Reinheit, Weichheit und Fülle des Tones, vor welcher sogar die Schwarzdrossel zurückstehen muß. Er lernt nicht selten die Melodie von zwei und noch mehr Liedern und trägt sie in einer Weise vor, daß man nicht müde wird, ihm zuzuhören. Freilich wird ein guter Vogel auch theuer bezahlt.

Die Hauptquellen für abgerichtete Gimpel bieten na= mentlich die thüringischen Gebirgsgegenden. Dort werden Jahr für Jahr einige Hundert Vögel erzogen, abgerichtet und durch besondere Vogelhändler in alle Welt gebracht. Sehr jung nimmt man die Gimpel aus dem Neste und füttert sie auf. Für die jungen Männchen beginnt dann bald der Unterricht, und die Kunst des Lehrmeisters be= steht darin, dem Schüler das zu lernende Stück immer in völlig gleicher Weise und möglichst rein vorzutragen. Ist der Vogel begabt, so lernt er mit Leichtigkeit seine, zwei bis drei Lieder. Sehr oft aber vergißt er sie in der Mauserzeit theilweise wieder. Doch gibt es auch welche, die zeitlebens das einmal Gelernte behalten.

Auch der Staar und die Amsel vergessen gerne im Herbst zur Mauserzeit die im Frühling gelernte Melodie. Ist dies der Fall, so bleibt nichts anderes übrig, als den Vogel von Neuem anzuleiten, doch bereitet diesmal der Unterricht nicht viel Mühe; ist nur erst wieder der Grund gelegt, so hat er Alles schnell wiederholt. Für die erste Zeit nach dem Federwechsel sind dann die kleinen Künstler höchst sorgfältig zu isoliren, wie es auch beim erstmaligen Lernen geschehen, da gerade um diese Zeit der Vogel gern fremde Laute auffängt.

Aus der Finkenfamilie eignet sich auch der Bluthänf= ling zum Erlernen von Melodien; die Lerche lernt gleich= falls mit wenig Mühe. Daß die Rabenvögel, Elstern,

Dohlen und Häher großes Nachahmungstalent besitzen, ist bekannt. Doch passen diese nicht in die Vogelstube. Wollen wir sie zum Sprechen oder Singen abrichten, so ist ebenfalls nach den oben angeführten Grundsätzen zu verfahren. Der Erfolg wird nicht fehlen, wenn wir zu unserem Schüler einen möglichst talentvollen Vogel wählen und bei unserem Unterrichte Milde und Geduld nicht verlieren. Mag diese letztere Eigenschaft auch zuweilen auf eine gar harte Probe gestellt werden, erreichen wir unser Ziel, so fühlen wir uns reichlich belohnt. Für jeden Freund der Natur ist dieses Unterrichten anziehend, weil gerade hierbei überraschende und interessante Einblicke in das geistige Leben unserer Vögel sich erschließen.

Mannigfaltiges.

--- —

Feuergeister und Wassergeister. — Im Frühling des Jahres 1822 war Karl Maria v. Weber, damals Dirigent der königlichen Oper in Dresden, emsig mit dem Komponiren einer neuen Zauberoper „Alindor" beschäftigt, deren Text Friedrich Kind, der Dichter des „Freischütz", gemacht hatte. Die neue Oper war für einen besonderen Zweck bestimmt, nämlich für die Festvorstellung zur Feier der Vermählung des Prinzen Johann, des Neffen des Königs, mit der Prinzessin Amalie Auguste von Bayern.

Eines Nachmittags, als der große Meister der Töne eben ein Duett komponirte, ließ sich ein Herr bei ihm melden, der ihn in einer angeblich sehr dringenden Angelegenheit zu sprechen wünschte. Weber ließ ihn also vor. Es war ein ältlicher, geschäftsmäßig aussehender Herr, der sich als Kaufmann vorstellte.

„Was wünschen Sie von mir, mein Herr?" fragte der Komponist zerstreut. „Womit kann ich Ihnen dienen?"

„Es handelt sich um die neue Oper, mit der Sie jetzt beschäftigt sind, Herr Hofkapellmeister," versetzte der Kaufmann. „Die Sache ist die. Ich stehe zum Hoftheater in Beziehungen, indem ich Lieferungen für die Garderobe übernehme. Sie müssen wissen, ich handle mit Seide, Atlaß, Sammet, Spitzen und anderen Artikeln der Mode und des Luxus. Für die neue Galaoper ist ja jedenfalls eine ganz neue Ausstattung der Dekorationen und Kostüme erforderlich."

„Das versteht sich," sagte Weber. „Aber damit habe ich gar nichts zu schaffen. Das ist Sache der Intendanz. Wenden Sie sich an diese."

„Das will ich auch. Aber ich halte es doch für zweckmäßig,

zuerst mit Ihnen zu sprechen. Bei dem Herrn Hofrath Kind, dem Dichter der neuen Oper, bin ich auch schon gewesen; aber er mußte mir leider nichts Tröstliches zu sagen."

„Möchten Sie nun wohl die Güte haben, mir zu erklären —"

„Gewiß, Herr Hofkapellmeister! In der neuen Zauberoper kommen Feuergeister vor, die natürlich in rothe Seide kostümirt werden müssen. Das ist mir sehr unangenehm. Ich hätte viel lieber Wassergeister, verstehen Sie, die in den prachtvollsten Gewändern von grüner Seide vorzüglich effektvoll sich ausnehmen würden. Der Herr Hofrath sagte mir aber, das ließe sich nicht mehr so einrichten."

„Da hat er ganz Recht," versetzte der Komponist ungeduldig. „Was denken Sie denn? Grüne Wassergeister kann ich beim besten Willen nicht brauchen in der neuen Oper! Aber warum wollen Sie denn gerade Wassergeister?"

„Das will ich Ihnen sehr gerne im Vertrauen mittheilen, hochverehrter Herr Hofkapellmeister," antwortete seufzend der Geschäftsmann. „Ich habe da in meinem Laden zweihundert Ellen grünes Seidenzeug liegen, die ich gerne verkaufen möchte. Wären Wassergeister in der Festoper vorgesehen, so könnte der prachtvolle Stoff die herrlichste Verwendung finden."

„Es thut mir sehr leid, aber —"

„Sie können also wirklich nicht die Feuergeister in Wassergeister verwandeln?"

„Sie werden doch wohl begreifen, bester Herr, daß das ganz unmöglich ist!"

„Adieu, Herr Hofkapellmeister!"

„Adieu, mein Herr!"

Der Kaufmann ging seufzend hinaus. Weber schloß die Thüre und machte sich brummend wieder an seine Arbeit. —

Der Kaufmann schritt durch die Straßen nach seinem Geschäftslokal. Er schien sehr aufgeregt zu sein, und als es vier Uhr schlug, schaute er gespannt zum Fenster hinaus, und es kam richtig ein Herr an, auf den er gewartet zu haben schien. Es war ein ältlicher, sehr würdevoll aussehender, schwarzgekleideter Mann. Er trat in's Comptoir. Die beiden Männer begrüßten sich. Der Ankömmling hieß Secconda und war der

vertraute Kammerdiener des Königs und ein Vetter des Kauf-
manns.

„Nun, Vetter, wie ist's geworden?" fragte der königliche
Kammerdiener. „Hast Du jetzt bessere Aussichten, den großen
Posten grünen Seidenstoff an das Hoftheater zu verkaufen?"

„Leider nein, lieber Vetter!" antwortete der Kaufmann. Und
er berichtete, wie es ihm bei dem Dichter Kind und dem Komponisten Weber ergangen war.

„Hm!" brummte der Kammerdiener. „So muß man andere
Mittel anwenden."

„Also Du weißt wirklich noch Mittel und Wege, Vetter?"

„Höre!"

Die beiden Biedermänner steckten die alten grauen Köpfe zusammen und hielten einen weisen Rath. Nach einem Geflüster
von fünf Minuten rieb sich der Kaufmann vergnügt die Hände.
Der Kammerdiener Seconda aber nahm seinen goldknopfigen
Stock zur Hand und verließ das Comptoir des Vetters, um nach
dem königlichen Schlosse zurückzukehren. —

König Friedrich August von Sachsen mit dem wohlverdienten
Beinamen „der Gerechte", damals zweiundsiebenzig Jahre alt,
genoß mit vollem Rechte wegen seiner vielen vortrefflichen Eigenschaften die Liebe und Verehrung seines Volkes. Doch hatte er natürlich auch seine schwachen Seiten und Stunden, so wie alle Menschen.

Zu seinen schwachen Seiten gehörte die Eigenheit, daß er sich
Abends beim Zubettgehen von seinem vertrauten Kammerdiener
Seconda gerne „Klatschgeschichten" erzählen ließ.

Es war am Spätabend des Tages, an welchem Seconda bei
seinem Vetter gewesen war. Der König wollte sich zur Ruhe
legen. Da fragte er, wie er gewöhnlich zu thun pflegte: „Na,
Seconda, was erzählt man sich Neues?"

Der Kammerdiener sandte einen heuchlerischen Blick zur Zimmer-
decke empor, seufzte tief und sagte darauf: „Ach, Majestät, man
erzählt leider nicht viel Gutes. Man spricht so allerlei von der
neuen Festoper, die Herr v. Weber komponirt für die bevorstehende Vermählungsfeier, und die Herr Hofrath Kind gemacht
hat. Man sagt, daß es auch wieder eine solche Zauberoper sein
würde, wie der ‚Freischütz' mit der schrecklichen Wolfsschlucht,

nur daß es diesmal noch viel ärger sei, indem nämlich unzählige
Feuergeister und ähnliche unheimliche Gespenster in der neuen
Oper vorkommen werden. Man meint, etwas so Grausliches sei
doch eigentlich nicht schicklich darzustellen zur Vermählungsfeier
des erlauchten Prinzen mit der erlauchten Prinzeſſin. Ja, man
meint, die hohen Neuvermählten könnten dadurch vielleicht auf
unheilvolle Weise erschreckt werden."

Friedrich August war ein großer Freund des Theaters, ein
größerer noch der Tonkunst, und er schätzte vorzüglich Weber's
Musik sehr hoch. Nur gegen dessen ‚Freischütz' hatte er stets einen
unüberwindlichen Widerwillen gezeigt, besonders gegen die Wolfs-
schluchtsſcenen.

„Es ist ja nun einmal so die unglückselige Manier der Herren
Kind und Weber, solche Spukgeschichten auf die Bühne zu bringen,
und sie sind schwerlich auf einen besseren Weg zu leiten," sprach
der König nach einer kleinen Pause. „Es ist gut, Seconda, daß
Du mich darauf aufmerksam gemacht hast. Ich muß da Wandel
schaffen und werde morgen mit meinem Intendanten darüber
sprechen. Die Dresdener haben wirklich ganz Recht — ganz
Recht! Und Du bist ein getreuer und guter Diener. Gute Nacht,
Seconda!"

„Gute Nacht, Majeſtät!"

Und der Kammerdiener verließ mit leisen Schritten das königliche Schlafgemach, indem er sich die Hände rieb wie heute Nachmittag sein Vetter, der Kaufmann. —

Am anderen Morgen ließ Friedrich August den Intendanten seines Hoftheaters rufen, mit dem er eine lange Unterhaltung hatte.

Das Resultat davon war, daß Weber und Kind noch am
selben Tage zum Intendanten beschieden wurden, der ihnen mit
einiger Verlegenheit, wenn auch auf artigste und verbindlichste
Weise, erklärte, es sei des Königs Wunsch oder vielmehr Befehl,
daß eine andere Festoper anstatt „Alindor" für die Vermählungsfeier beschafft werden solle, und zwar von einem anderen Dichter
und einem anderen Komponisten. Denn Seine Majeſtät habe
gesagt: ‚Es sei nur gerecht, daß auch einmal andere Häupter
mit Kränzen des Ruhmes geziert würden. Weber und Kind
hätten deren ja schon so viele.'

Dichter und Komponist schauten sich an und hielten es natürlich für unnütz, Vorstellungen zu machen. Sie verneigten sich und gingen ab. Weber glaubte anfänglich, es sei eine italienische Intrigue gegen ihn angesponnen worden; den wahren Sachverhalt ahnte er noch nicht.

Die Intendanz mußte also in aller Eile eine andere Festoper beschaffen. Ludwig Tief, damals Dramaturg des Hoftheaters, erhielt Auftrag, sich schleunigst nach einem Dichter umzusehen. Ein solcher wurde bald gefunden — er war aber auch darnach. Es wurde schnell eine lokalpatriotische Festoper gemacht mit Wassergeistern oder vielmehr „Elbnixen", für deren Bekleidung man also sehr gut grünes Seidenzeug gebrauchen konnte. Den Titel der Oper, den Namen des Dichters und den Namen des Komponisten haben wir vergebens zu erforschen versucht — sie sind spurlos verschollen.

Aber mit großem Pomp wurde die neue Oper zur Vermählungsfeier aufgeführt.

Der alte König meinte erstaunt und unwillig: „Es sind ja nun aber doch Geister darin!"

Darauf verbeugte sich der Intendant und sprach: „Ja, Majestät! Es sind aber Wassergeister!"

„Ach was!" rief Friedrich August. „Feuergeister oder Wassergeister — das ist ganz einerlei! Geister sind Geister, Gespenster sind Gespenster. Dann hätten wir ebenso gut Weber's Oper hören können. Seine Musik wäre wohl jedenfalls eine bessere geworden, als diese da!" —

Auf solche Weise also geschah es, daß die Zauberoper „Alindor" nicht zu Stande kam. Ein Dresdener Kaufmann, der durchaus zweihundert Ellen grünes Seidenzeug verkaufen wollte, hat es verschuldet, daß die musikliebende Welt ein schönes Werk des großen Meisters der Töne nicht erhielt.

Die bereits fertig komponirte Ouverture zu „Alindor" ließ Weber separat erscheinen unter dem Titel: „Ouverture zu dem Beherrscher der Geister", und einige Gesangsstücke verwerthete er etliche Jahre später für „Oberon", welche Oper er für London schrieb, wo der unsterbliche Meister inmitten seiner Triumphe und leider zu früh für die Kunst aus dem Leben scheiden mußte.   F. L.

Die deutsche Titelsucht. — Wie der bekannte rothe Faden
zieht sich die Titelsucht durch die deutsche Geschichte, wobei auch
der Humor zu seinem Rechte gelangt. Im Anfange des 17. Jahr-
hunderts kam die „Durchlaucht" auf, die Kaiser Ferdinand II.
dem kursächsischen Hofe verlieh. Damals erschienen auch zuerst
„Prinzen" und „Prinzessinnen", während es bis dahin nur „Junge
Herren" und „Fräulein" gegeben hatte. Den Titel „Wohlgeboren"
nimmt heute jeder Nichtadelige in Anspruch, früher verlieh nur
der Kaiser dieses Prädikat, so 1624 an den Grafen von Olden-
burg, 1625 an den Fürsten Reuß, 1640 an die Herren von Schön-
burg. Von Jahrzehnt zu Jahrzehnt häuften sich die Titel, sie
wurden immer künstlicher und werthloser.

Die Gelehrten ließen sich Magnificenz, Spectabilität und Cele-
brität nennen. Der Doktortitel war lange Zeit sehr begehrt und
werthvoll; er wurde aber werthlos, weil früher manche Universi-
täten ihn ohne Examen nur um der Sporteln willen verkauften.
Herr Buchanan an der berüchtigten Philadelphia-Bogus-Univer-
sität, die in That und Wahrheit gar nicht existirte, soll mit seinen
Helfershelfern an 40,000 Doktortitel nach allen möglichen Ländern
hin verkauft haben. Durch Beiwörter ehrte man noch die hervor-
ragenden Doktoren; so hieß Thomas von Aquino der „englische"
Doktor, ein anderer Gelehrter der „christlichste" Doktor, der „un-
widersprechliche", der „honigfließende", „wunderbare" Doktor.

Früher sollen 146 Rathstitel im Gebrauch gewesen sein; einige
sind wieder verblaßt und verschwunden, doch immerhin sind noch
so viele vorhanden, daß Jemand daraus folgendes Raths-ABC
herstellen konnte: Amtsrath — Bergrath — Commissionsrath —
Domänenrath — Expeditionsrath — Finanzrath — Geheim-
rath — Hofrath — Justizrath — Kanzleirath — Legationsrath —
Medicinalrath — Nationalrath — Oekonomierath — Post-
rath — Quästurrath — Revisionsrath — Staatsrath — Tribu-
nalsrath — Universitätsrath — Verwaltungsrath — Wirklicher
Geheimer Rath — Xundheitsrath — Zollrath. Also eigentlich
nur auf Y wußte man sich keinen Rath.

Der alte Fritz, der große Spötter, soll einmal einen Titel
„Viehrath" verliehen haben. Er haßte besonders die „Kammer-
herren" und verfügte einmal abschlägig: „Bei'm Kammerherrn

kommt Nichts heraus; heißt nur Hofschlingel;" und ein andermal: „Kammer-Herren Seindt Tag Diebe, die habe ich nicht nöthig." Der „Hof-Rattenfänger" eines Grafen von Lainingen führte ein Wappen, welches eine schwarze Ratte im weißen Felde nebst zwei Rattenschwänzen über dem Helme enthielt. Er hatte die Erlaubniß, jährlich einen Monat in Frankfurt a. M. zuzubringen, um den sogenannten Rattenpfennig des Rathes zu verdienen, er führte den Titel Kammerjägermeister und hatte 50 Gulden Besoldung. Sonst pflegten nicht sehr „feine" Berufsarten sich durch latinisirte Titel zu decken; so nannte sich der Blasebalgtreter Calcant, der Vogelausstopfer Präparant, der Stubenmaler Zierateur und sogar der Ziegelstreicher Lemirer. Noch alberner klangen manche Titel bei Frauen: Frau reitende Steuerassistentin, Frau Kammerhusarin 2c.

Jedem der Titel, der ihm gebührt! Wir schließen mit dem bekannten Erlasse des Fürsten Heinrich's LXXII. von Reuß, datirt vom 12. Oktober 1844: „Ich befehle hiermit Folgendes in's Ordrebuch und in die Spezial-Ordrebücher zu bringen. Seit zwanzig Jahren reite ich auf einem Principe herum, d. h. Ich verlange, daß ein Jeglicher bei seinem Titel genannt wird. Das geschieht stets nicht. Ich will also hiermit ausnahmsweise eine Strafe von einem Thaler festsetzen, der in Meinem Dienste ist und einen Anderen, der in Meinem Dienste ist, nicht bei seinem Titel oder Charge nennt."   Hy.

Eine Lücke in unserem Wahrnehmungsvermögen. — Je mehr wir mit dem Wesen unserer Sinnesorgane bekannt werden, desto mehr steigt unsere Bewunderung des Baues und der Feinheit ihres Wahrnehmungsvermögens. In der That sind wir im Stande, die leisesten Reize, die in Gestalt von Schwingungen unsere Sinnesorgane treffen, wahrzunehmen, mögen sie nun als Gehörs- oder Gesichtseindrücke oder in irgend einer anderen Form empfunden werden. Und trotzdem geht uns fortwährend eine außerordentlich hohe Summe von Schwingungen verloren, die wir auf keine Weise aufzunehmen wissen. Unsere Schallempfindung beruht im Allgemeinen auf Luftschwingungen, welche unser Trommelfell treffen. Die Stärke des Schalles hängt ab von dem Umfang und der Kraft der Schallwelle, während die Höhe des Tons der

größeren ober geringeren Häufigkeit der Schwingungen entspricht,
also der Zahl der Schallwellen, die unser Ohr in einem bestimmten
Zeitraum treffen, unterliegt. Je weniger Schwingungen in einer
Sekunde, desto tiefer der Ton, je zahlreicher, desto höher. Unsere
Klaviere beginnen gewöhnlich mit einem Ton von 32 und gehen
hinauf bis zu einem solchen von 3520 Schwingungen in der
Sekunde. Die Zahl der Schwingungen des Tones, der dem
Summen einer Hummel oder Biene gleicht, beträgt ungefähr
440 in der Sekunde. Sind die Schwingungen weniger als 30
in der Sekunde, so erzeugen sie für unser Ohr blos ein un-
bestimmtes brummendes Geräusch, während der höchste Ton, den
wir zu hören vermögen, durch ungefähr 35,000 Schwingungen
hervorgebracht wird. Sind es ihrer aber 40,000 in der Sekunde
geworden, so hören sie auf, für unsere Ohren wahrnehmbar zu
sein. Die Lichtempfindung wird hervorgerufen, wenn die Licht-
wellen unser Auge treffen. Wenn 400 Millionen mal Millionen
von Schwingungen des Aethers in einer Sekunde unsere Netzhaut
reizen, so erzeugen sie Roth, steigt ihre Zahl, so geht die Farbe
in Orange über, dann in Gelb, Grün, Blau und Violett. Für
alle Eindrücke aber, die erregt werden durch Schwingungen, die
zwischen 40,000 und 400 Millionen mal Millionen liegen, besitzen
wir kein Wahrnehmungsvermögen, sie gehen uns verloren, weil
wir kein Organ für sie haben. Eine solch' gewaltige Lücke klafft
in unserem Empfindungsvermögen.

Wenn wir daher auch von der Vorzüglichkeit unserer fünf
Sinne überzeugt sein können, so dürfen wir dennoch nicht glauben,
daß uns alle Vorgänge bewußt werden. Dagegen hat man gewisse Gründe dafür, daß gewisse Thiere die Eindrücke, die uns
entgehen, zu empfinden wissen. Wenigstens hat man bei einer
Reihe von Insekten Organe gefunden, die zweifellos Sinnesorgane
sind, denen wir ähnliche nicht zur Seite zu setzen haben. Die
uns umgebende Welt kann daher in anderen Wesen einer gänzlich verschiedenen Platz machen, sie kann voll sein von einer
Musik, die wir nicht hören, von einer Farbenpracht, die wir
nicht sehen, und von Gefühlseindrücken, die wir nicht empfinden.

                                                              Th. S.

Grausame Strafe. — Wenige Menschen haben die Unbeständigkeit des irdischen Glückes in so herber Weise erfahren, wie die schöne und geistreiche Johanna Shore. In früher Jugend mit einem Goldarbeiter verheirathet, hatte sie durch ihre bezaubernde Anmuth und die reichen Gaben ihres Geistes einen großen Kreis von Bewunderern angezogen. Der König Eduard IV. von England (1461—1483), welcher sich als Kaufmann verkleidet bei ihr einführen ließ, faßte eine solche Liebe zu der schönen Frau, daß er sie an seinen Hof zog. Hier wurde sie nahezu vergöttert.

Aber diese Herrlichkeit nahm mit dem Tode des Königs ein rasches Ende. Als der durch Shakespeare für ewig gebrandmarkte grausame Richard III. nach der Ermordung der Söhne Eduard's den Thron bestiegen hatte, ließ er die unglückliche Johanna ergreifen und übergab sie unter der Anklage vieler Vergehen dem Gerichte. Von diesem wurde sie zu einer öffentlichen Buße in der Kathedralkirche zu London verurtheilt.

In weißer Kleidung und mit einer Kerze in der Hand mußte die vor Kurzem so gefeierte Frau durch die Reihen des höhnenden und spottenden Pöbels die Kirche betreten und dann am Altare knieend mit lauter Stimme die Sünden bekennen, dessen man sie beschuldigte.

Aber Richard's grausamer Sinn gab sich damit noch nicht zufrieden. Er ließ bei Lebensstrafe und Verlust des Vermögens verbieten, der Unglücklichen Lebensmittel zu reichen oder sie zu beherbergen. Ein Bäcker in London, der ihr aus Dankbarkeit und Mitgefühl ein Stück Brod gab, wurde sofort gehenkt.

Aus Furcht wurde nun dieses entsetzliche, unmenschliche Gebot nur zu gewissenhaft beobachtet. Entstellt von Hunger und Entbehrung aller Art wankte die bisher so einflußreiche Frau, die vorher vom reichsten Glanze umgeben war, durch die Straßen. Keines der Angehörigen wagte sie aufzunehmen. In ihrer gräßlichen Noth suchte sie ihre kärgliche Nahrung auf der Straße unter den Abfällen oder auf den Feldern. Sie verschlang gierig Alles, was sie fand. Die Nächte verbrachte sie meist obdachlos hungernd und frierend unter freiem Himmel.

Auch als der blutige Richard III. in der Schlacht bei Bosworth gefallen war (1485), trat keine Verbesserung ihrer Lage

ein. Aber trotz aller Seelen- und Körperqualen und trotz der
beispiellosen Entbehrungen, welche diese unglückliche Frau ertragen
mußte, erreichte sie dennoch ein hohes Alter. Sie starb unter
der Regierung Heinrich's VIII. im 96. Lebensjahre. Man fand
die Greisin verhungert in einem Graben der nördlichen Vorstadt
von London, welcher nach ihr der Shoregraben genannt wurde.

C. L.

Die Verwendung von Pflanzenblättern ist ungemein mannig-
faltig. Abgesehen von den Blättern des Tabaks, Thee's, der
Sennespflanze und hundert anderer in der Medicin, Parfümerie
und Textilindustrie verwendeter Blätter gibt es noch eine ganze
Reihe von solchen, die bisher mißachtet wurden, aber nützliche
und angenehme Eigenschaften haben. Wer kennt nicht den angenehmen Duft der Pfirsich-, Mandel- und Lorbeerblätter? Wie
leicht wäre es nicht, statt des in unseren Küchen so häufig verwandten Bittermandelöls, einen Aufguß dieser Blätter zu benutzen! Harmlos und doch durch ihren Duft angenehm sind die
Blätter des gewöhnlichen Jasmins. Wenn Gurken eine seltene
Frucht werden, geben diese einen vollkommenen Ersatz als Salat,
oder überhaupt da, wo ein Gurkengeschmack gewünscht wird.
Ebenso haben die jungen Gurkenblätter eine auffallende Geschmacks-
ähnlichkeit mit den Früchten selbst. Dasselbe gilt von dem Mohr-
rübenkraut, welches der Mohrrübe selbst vollkommen gleich im
Geschmack ist. Auch mit Sellerieblättern und Stengeln findet zu-
meist eine große Verschwendung statt; der Geschmack derselben ist,
wenn nicht besser, so doch mindestens gleich dem in unsere Suppen
gethanenen Wurzelstücke. Die jungen Blätter von Stachelbeeren
geben, zu den eingemachten Früchten gelegt, denselben einen
frischeren Geschmack und eine lebhaftere Färbung. Die Blätter
der blühenden Johannisbeere vermitteln den Geschmack zwischen
den schwarzen und rothen Beeren. Orangen- und Citronenblätter
haben einen gleichen Geruch wie die Frucht und Schalen, und
doch, von beiden etwas verschieden, geben sie Milch, Torten
und sonstigen Speisen einen ganz unnachahmbaren Duft.

Diese Angaben sind keineswegs erschöpfend, sie sollen auch
nur anregen, vegetabilischen Produkten, denen man bis jetzt gar
keinen oder doch nur geringen Werth beigemessen hat, Aufmerk-

samkeit zu schenken und sich vielleicht einen neuen und guten
Erwerb zu eröffnen. Dr. A. B.

Beckmann 'raus! — Als Fritz Beckmann, der bekannte
Komiker, schon eine schauspielerische Größe war, kam er einmal
zum Gastspiel nach seiner Geburtsstadt Breslau und holte sich
auch seinen Vater, einen ehrsamen Töpfermeister, in's Theater.
Er setzte ihn, der in seinem Leben noch kein Theater gesehen, in
eine leere Loge im zweiten Range. Beckmann's Erfolg war ein
großer. Der Komiker mußte immer und immer wieder vor der
Rampe erscheinen, und als er sich endlich in die Garderobe zurückziehen konnte, fand er seinen Vater verlegen dort auf einem Stuhl
sitzend vor. „Aber Vater, warum bliebst Du denn nicht in der
Loge, die ich eigens für Dich genommen habe?"

„Fritz," sagte der, „ich hab's voraus gewußt, aber nur nichts
gesagt. Natürlich erkannten sie mich als Deinen Alten und daß
ich als Töpfer wohl nicht in die Loge gehöre. So lange Du
gespielt, waren sie Deinetwegen noch ruhig. Doch kaum fiel der
Vorhang, da riefen sie Alle wie rasend: ‚Beckmann 'raus! Beckmann 'raus!' Nanu, da konnte ich doch wohl nicht sitzen bleiben,
da ich deutlich genug hörte, daß sie mich 'raushaben wollten,
und einen Skandal wollte ich Deinetwegen auch nicht machen;
d'rum ging ich 'raus." Schl.

**Wundersame Abstammungen klügelte man im Mittel-
alter heraus.** — Der alte Geschichtsschreiber de Thac erzählt,
daß die Preußen, um doch mit der antiken Welt in Verbindung
zu stehen, sich der Abstammung von Prussus, einem sagenhaften
Bruder des römischen Kaisers Augustus, rühmten. Wie Prussus,
wenn er existirt hat, von Rom nach den samländischen Küsten
gelangt sein soll, kann freilich nicht erwiesen werden. Dr. Adams
berichtet, die Schlesier leiteten allen Ernstes ihren Namen und
ihre Abstammung vom alttestamentlichen Propheten Elisa her —
wenigstens behaupteten sie dies im frühen Mittelalter. Die Stadt
Zürich wollte bereits zur Zeit Abraham's erbaut sein; und daß
Nürnberg eine Schöpfung des Kaisers Nero sei, galt dort für
gewiß. Die Hohenlohes gaben vor, von den römischen Flaminiern
abzustammen, und das Geschlecht der Oettingen führte seinen Ur-
sprung auf einen Centurio oder Hauptmann zurück, der unter

Cäsar in den Legionen stand und bei der Eroberung Galliens mitkämpfte. Die v. Barfuß wollten ebenfalls römischen Stammes sein; dagegen bildeten sich die später gefürsteten Thurn und Taxis ein, ihr Urahn sei kein Geringerer als Torquato Tasso. Das Bedeutendste leisteten jedoch die Esterhazys im unfreiwilligen Humor, indem sie nach Einigen ihr Geschlecht vom Patriarchen Henoch, nach Anderen von Attila dem Hunnenkönig herleiteten. Beide Angaben haben ungefähr den gleichen Werth.

Ein Skribent stellte in der Hoffnung auf eine Anstellung im Staatsdienst oder eine reiche Geldbelohnung an den Kaiser Maximilian II. (1564—1576) das Gesuch, ihm die Einsicht in die österreichischen Archive und alten Briefe zu gestatten, „um des Hauses Oesterreich Herkunft aus alter Zeit an's Licht zu setzen." Der Kaiser antwortete jedoch: „Wir wollen Euch dieser Mühe und Dienste gern erlassen und überheben, maßen es zu besorgen stehet, Ihr möchtet aus Eurem gar zu vielen und weiten Nachsuchen endlich auf einen Schuster oder Schneider kommen, so etwa von Alters her der Gründer unseres Hauses gewesen."

Diese Besorgniß ist in der That in vielen Fällen nicht so ganz unbegründet.   Hp.

Unerwarteter Bescheid. — Nach dem Erfurter Kongreß im Jahre 1808 kam Napoleon auf seiner Rückreise durch Aschaffenburg. Es war der Befehl ergangen, die Zöglinge aller Schulen und Institute auf dem Wege, den der Kaiser zum Schlosse nehmen würde, aufzustellen, damit sie ihn mit Lebehochs bewillkommnen sollten.

Beim Vorübergehen Napoleon's herrschte aber auf dem äußersten rechten Flügel tiefe Stille. Der Adjutant des Kaisers äußerte über dieses Stillschweigen sein Mißfallen, indem er darin eine verabredete Demonstration der Feinde Frankreichs vermuthete.

„Mein Herr," fuhr er den Bürgermeister an, „wer hat denn diesen jungen Leuten Stillschweigen auferlegt?"

„Der liebe Gott," antwortete der Gefragte; „denn es sind die Schüler des Taubstummeninstituts."   —dn—

Hindostanischer Styl. — Der hervorstechendste Charakterzug der hindostanischen Literatur ist die Leidenschaft für Hyperbeln, d. h. für übertriebenen Ausdruck der Rede. Die indischen Redeblumen sind in der That ungeheuerlich. Ein fürstlicher Palast ist „der Himmel Wischnu's", ein Regen eine „Sintfluth", der Donner ist „der Klang der Blitze Indra's, der Lärm der gigan= tischen Dämonen, welche das Wasser aus den Wolken trinken wollen". Einem der kleinen Könige aus dem Inneren galt fol= gende Anrede: „Dem großen, dem vortrefflichen, dem blühenden, dem erlauchten Könige Krischna Chundra Raya, dem, der zahl= lose Mengen aus den verschiedensten Gegenden speist, dessen Ruhmes= duft sich über die ganze Welt verbreitet, zu dessen Füßen sich viele mit blitzenden Kronen geschmückte Könige beugen, vor dessen Ruhm seine Feinde erbleichen, wie der Mond vor dem Lichte der Sonne, dessen Ruf rein ist wie die Königin der Nacht — dem Priester des ewigen Opferfeuers." — Ein Musiklehrer wurde folgendermaßen angeredet: „An Abishtadeva, dem Steuermann in dem Meere dieser Welt, dem Wegweiser, um sich von der Sünde zu befreien, wie die erleuchtende Sonne von der großen Finsterniß, welche aus der Verbindung aller irdischen Dinge hervor= geht — an Abishtadeva, der Stimme, welche die Unreinheit der Seele klärt, zu dessen Füßen ich mich niederwerfe, dessen Nägel gleich sind den Hörnern des Mondes u. s. w." — Die Schluß= strophe eines Gedichtes von Haïbar Ali, das zur Feier der An= kunft des Prinzen von Wales in Indien in Hindostanisch geschrieben wurde, zeigt den hyperbolischen Charakter der indischen Poesie sehr schlagend: „Wenn der Prinz seinen Geist zeigt," heißt es da, „so erstaunt Aristoteles, der große griechische Weise. Bei seiner Ankunft in Indien haben sich die beunruhigten Menschen beruhigt und die unglücklichen haben ihre Leiden enden sehen. Die Thür des Paradieses ist geöffnet worden, oder besser gesagt, Jeder hat den Schlüssel dazu gehabt und hat sie öffnen können. Der Prinz besitzt mehr Weisheit denn Plato, seine Freigebigkeit ist größer als die des unendlichen Oceans. Der Staub unter seinen Füßen erhebt sich bis zum Himmel und bildet dort eine Wolke, welche die ganze Welt erfrischt und wieder grünen läßt." A. St.

Ein Stückchen vom Professor Taubmann. — Professor Taubmann (1565—1613) war am kurfürstlichen Hofe in Witten= berg wegen seines Witzes und seiner launigen Einfälle sehr be= liebt. Eines Tages war Taubmann zur Tafel geladen worden, und als die Suppe servirt war, bemerkte er, daß er keinen Löffel hatte, so daß er also schlechterdings nicht mitessen konnte. Der Kurfürst, der vor dem Essen befohlen hatte, Taubmann keinen Löffel hinzulegen, fragte ihn anscheinend ganz erstaunt, was er denn suche, und Taubmann erwiederte, daß er keinen Löffel zur Suppe bekommen hätte.

„So, so?" sagte der Kurfürst, „das ist schade — aber ein Schelm ist der, der seine Suppe nicht ißt!"

Taubmann hatte inzwischen schon einen Ausweg gefunden: er griff nach einem vor ihm liegenden Bröbchen, nahm das Weiche aus demselben heraus und spießte die ausgehöhlte Kruste auf seine Gabel; so hatte er sich rasch einen Löffel konstruirt und aß damit wie jeder Andere.

Der Kurfürst lachte und die ganze Tischgesellschaft auch. Aber mit Taubmann war man noch nicht fertig; machte man sich einen Scherz mit ihm, so konnte man sicher darauf rechnen, daß er ihn erwiederte, und man nahm Taubmann in dieser Beziehung auch nichts übel.

Als Alle ihre Suppe genossen hatten, nahm Taubmann das hohle Bröbchen, mit dem er seine Suppe geschöpft hatte, in die Hand und rief über die Tafel: „Ein Schelm ist der, der seinen Löffel nicht ißt!" Mit diesen Worten steckte er sich das Bröbchen in den Mund und aß es.

Das konnte ihm freilich Keiner nachmachen, und Taubmann hatte, wie immer, gewonnen.   J. D.

Das Ende aller Dinge ist der Titel der letzten Arbeit des berühmten Malers Hogarth. Er stellte folgende Gegenstände in buntem Durcheinander auf dem Gemälde zusammen: eine zerbrochene Flasche; einen alten bis auf den Stumpf verbrauchten Besen; den Kolben einer alten Flinte; eine gesprungene Glocke; einen abgespannten Bogen; eine in Stücke zerfallene Krone; Thürme in Ruinen; das herabstürzende Schild eines Wirthshauses, „der Welt Ende" genannt; den abnehmenden Mond; eine brennende Karte der Weltkugel; einen umfallenden Galgen mit einem verwesten Leichnam, an dem die Ketten in zerbrochenen Stücken herabhangen; Phöbus und seine Rosse todt in den Wolken; ein zertrümmertes Schiff; die Zeit mit zerbrochenem Stundenglase und Sichel, und mit einer Tabakspfeife im Munde, deren letzter Dampf ausgeht; ein aufgeschlagenes Schauspiel mit den Worten: „Alle gehen ab" am Ende der Seite; einen leeren Geldbeutel; und — ein Konkursinstrument der bankerotten Natur. Zuletzt, als er alles dieses fertig hatte, warf er noch das Bild einer zerbrochenen Palette auf sein Gemälde und rief aus: „Finis! Ich bin fertig — Alles ist vorbei!" — Hogarth sagte damit voraus, daß dies seine letzte Arbeit sein würde, und starb einen Monat darauf. Sl.

Eine Flucht von einem Throne auf den anderen. — Heinrich von Anjou hatte als französischer Prinz durch die Bemühungen seiner Mutter, der berüchtigten Katharina von Medici, nach dem Tode des Königs Sigismund August die Krone Polens erhalten. Doch er hatte erst wenige Wochen in dem aufrührerischen, in Parteien zerspaltenen Lande zugebracht, da starb am 30. Mai 1574 sein Bruder, der König Karl IX., und seine Mutter sandte sofort einen Eilboten an ihn, in Polen Alles stehen und liegen zu lassen und sich ohne Säumen nach Frankreich zu begeben, um hier die Herrschaft anzutreten. Heinrich schwankte keinen Augenblick, das rebellische Polen mit dem üppigen Frankreich zu vertauschen, schon am 18. Juni befand er sich, ohne die Einwilligung der polnischen Stände abzuwarten, unterwegs. Diese Flucht war um so unwürdiger, als die Polen alle möglichen Mittel aufboten, um ihres eidbrüchigen Königs wieder habhaft zu werden. Dieser aber erreichte glücklich die österreichische Grenze, und die Vorstellungen und die Vorwürfe einer ihm nach Prag nachgeschickten polnischen Gesandtschaft, daß er die Heiligkeit des Eides verletzt habe, ließen ihn unberührt. D.

Das ist starker Tabak. — Gewöhnlich nimmt man an, daß diese Redensart der folgenden Teufelsanekdote („Der Teufel und der Schütze") entlehnt sei: Als der Teufel noch keine Flinte kannte, ging er einmal im Walde spazieren. Da begegnete ihm ein schleswig'scher Schütze, und der Teufel frug, als er das Gewehr sah: „Was hast Du da?" — „Dat is min Tabaksdoos," sagte der Wildschütze, und der Teufel bat: „Ah, so laat mi ehn Prischen kriegen." — Der Wildschütze hielt ihm die Flinte unter die Nase und drückte los; da pustete der Teufel und rief: „Dat is mi waraftigen starken Tabak!"

Nach Anderen steht diese Redensart jedoch mit einer histori-
schen Anekdote über den Marschall v. Tasze in Verbindung.
Als in einer Gesellschaft der Marschall, welcher die Belagerung
von Barcelona hatte aufgeben müssen, aus einer von einer Dame
herumgereichten Tabatière eine Prise nehmen wollte, entzog ihm
die schöne Schnupferin die Dose mit den Worten: „Der Tabak
möchte Ihnen zu stark sein, Herr Marschall; er kommt aus Barcelona!"   G. Pf.

Der Brief des Schneiders. — Der seinerzeit vielgenannte
österreichische Staatskanzler und Premierminister Graf Beust
(gest. 1886) liebte es, oft minder bekannte Handwerker und
Industrielle zu seinen Lieferanten zu machen. So bestellte er
einmal bei einem kleinen Schneider mehrere Livreen, die dieser
auch pünktlich im Palais ablieferte. Inzwischen aber war der
Graf abgereist und hatte befohlen, der Schneider solle ihm die
Livreen auf sein Landgut nachschicken. In der Verlegenheit, in
welcher sich der gute Bekleidungskünstler bezüglich der gehörig
abzufassenden Adresse befand, suchte er unter der Menge von
Briefumschlägen, die im Arbeitszimmer des Ministers auf dem
Fußboden lagen, einen zu erhaschen. Unglücklicherweise war es
aber gerade das Couvert eines kaiserlichen Handschreibens, und
der Graf hatte alle Ursache, sehr erstaunt zu sein, als er einen
die Sendung begleitenden Brief erhielt mit der Aufschrift: „An
meinen lieben Staatsminister Graf Beust."   Kl.

Sehr wahr. — Als die geistreiche Gattin Friedrich's v. Schle-
gel einst bei einer weiblichen Handarbeit angetroffen wurde und
man sie fragte, warum sie nicht lieber eine ihrem Geiste mehr
entsprechende Arbeit sich erwähle, erwiederte sie voller Humor:
„Ich habe niemals gehört, daß es zu viele Strümpfe auf der
Welt gebe, wohl aber habe ich oft gehört, daß es viel zu viele
Bücher in der Welt gibt. Es erscheint mir daher viel verdienst-
licher, einen Strumpf zu stricken, als ein Buch zu schreiben."
                                                    v. D.—H.

www.ingramcontent.com/pod-product-compliance
Lightning Source LLC
Chambersburg PA
CBHW020116030726
47498CB00006B/2128

*9 7 8 3 7 4 1 1 3 0 6 4 9 *